La Casa de Altagracia

Vol. III

Los herederos (1828-1863)

Carlos Machado Allison

La Casa de Altagracia

VOL III. Los herederos (1828-1863)

Portada diseñada por Cognitio

e-Book diseñado, desarrollado y publicado por Cognitio.

Primera Edición Digital

ISBN 978-1-939393-84-5 (ebook)
ISBN 978-1-939393-85-2

www.cognitiobooks.com

Acerca del autor

Carlos Machado Allison, es un profesor e investigador venezolano graduado en Biología en la Universidad Nacional Autónoma de México, luego se especializa en entomología médica de la Universidad de Sao Paulo y obtiene un PhD en Genética en la Notre Dame University en los EEUU. Ha sido autor de más de 140 publicaciones científicas, libros de texto, técnicos y de divulgación científica. También es columnista del diario El Universal de Caracas. Profesor titular de la Universidad Central de Venezuela y del IESA, fue Director General del principal instituto de investigaciones agropecuarias de Venezuela y especialista internacional del IICA en América Central. El haber vivido en seis países y conocer otros 30 le despertó una pasión por la historia que se plasma ahora en su novela, *La Casa de Altagracia.* En la actualidad es miembro de la Academia de Ciencias Físicas, Matemáticas y Naturales de Venezuela.

Indice

Prólogo

En el año 2004 fue publicada, en un volumen, con el título *La casa de Altagracia* las primeras dos partes de ésta saga. Fue editada por el autor. La misma se desarrolla entre 1750 y 1828 y relata la historia de una familia asentada en los valles de Aragua, en el norte de Venezuela. Los personajes centrales, producto de la imaginación, son los integrantes de la familia Carvallo. Ahora, en ésta nueva edición, la saga se divide en tres volúmenes que cubren, respectivamente, los años 1750-1810; 1810-1828 y 1828-1863.

Roberto Carvallo y María Antonia Romero de Carvallo ocupan la posición central en la primera parte. El primero es un hacendado abolicionista impregnado por las ideas del siglo de la ilustración que firma las cartas de manumisión de todos sus esclavos entre 1785 y 1790, y su esposa, María Antonia, nacida en Santo Domingo es la hija de un español que, hasta su muerte, oculta sus vínculos con la masonería.

María Antonia, es centro y soporte de cuatro generaciones que viven las décadas previas a la guerra de independencia y los primeros años de la república. Uno de sus hijos, Carlos Augusto, debe abandonar el país a raíz de la conspiración de Gual, España y Caribens en 1798, se vincula a Francisco de Miranda en Inglaterra y alcanzará años más tarde el rango de General durante la guerra. Carlos Augusto se casa con una española, Mercedes Madrigal en 1801 y tras enviudar, contrae nupcias con una bella mulata, Mariana, en 1807. Sus vínculos con Miranda y Bolívar no son obstáculo para que, ante uno o el otro, mantenga sus puntos de vista con energía.

María Antonia sobrevive a Roberto que muere en 1820, y a dos de sus hijos, Roberto Antonio, víctima de la malaria en 1804 y Eduardo muerto en la batalla de Carabobo (1821). La familia, en una trama que se desarrolla en Caracas, Londres, Madrid, Paris, Curazao y Nueva York, tiene parientes en Francia, las hermanas de María Antonia. A través de Miranda y los primos franceses, aparecen fugazmente en la novela personajes como Pitt, Mirabeau, Lafayette, Hamilton, Waldorf, O'Higgins, Owen y Turnbull, mientras que en Venezuela el telón de fondo se encuentra matizado por Bolívar, Piar, Espejo, Andrés Bello, Casa León, Carbonell, Emparan y muchos otros. El personaje central es Carlos Augusto, hijo de Roberto y María Antonia.

Los eventos históricos y los personajes reales se alternan con los actores de la novela que tiene su eje central en una próspera hacienda, *Altagracia,* próxima al poblado de La Victoria y establecida tres generaciones atrás por los ancestros de Roberto. A pesar de los avatares de la guerra y otros obstáculos, los Carvallo y su hacienda persisten generación tras generación. El tercer volumen retoma la historia en 1828 y la sigue a través de los gobiernos de Páez, Soublette, Vargas y los hermanos Monagas hasta la Guerra Federal.

Carlos Machado Allison, Caracas 2012

1

Pinceladas

Caracas, 1828

Aunque las gruesas gotas del efímero chubasco le habían golpeado el rostro con fuerza, Carlos Roberto Carvallo no le quitó la vista a la cordillera que se erguía verde, húmeda e imponente como si acabara de surgir del mar. La nave se aproximaba a La Guaira desde Oriente donde las nubes, de un gris azulado parecían atrapadas entre los grandes desfiladeros que descendían de los picos de Naiguatá y El Ávila hasta llegar al rompiente de las olas. Entre uno y otro, los riachuelos seculares descargaban a través de los profundos y milenarios surcos labrados por el agua. Hacia el puerto, aún invisible, no había nubes y la aridez de la banda occidental, bañada por la luz, contrastaba con el verdor que tenía frente a sí. Corrió hacia la cabina y buscó un carboncillo y papel. Sin ocultar la emoción del regreso, tras casi nueve años de ausencia, ejecutó con habilidad los trazos de lo que quizás sería luego un óleo.

En Caracas había un desasosiego que se prolongó por meses. Para comenzar, los allegados a su familia y su padre en particular, se sintieron poco representados en la Convención de Ocaña. La insatisfacción aumentó cuando la misma, desestimando la creación de un gobierno federal, aprobó dividir a Colombia en 20 departamentos. En Caracas se pensaba que detrás de todo esto se movían las ambiciones de Santander y la oposición de los bogotanos a Bolívar. En marzo José Antonio Páez le envió una carta a la Convención demandando que se colocara todo el poder en Bolívar y por otras vías manifestó el deseo de dividir a Colombia en tres grandes departamentos, Venezuela uno de ellos. Al final la Convención de Ocaña terminó tan mal como se inició, los representantes de Santa Cruz la abandonaron y en Cundinamarca otro grupo decidió darle a Bolívar poderes dictatoriales, cosa que recibió el apoyo de Páez, pero que causó irritación entre los más liberales.

Su padre, el general Carlos Augusto Carvallo, había prestado servicios a la República durante y después de la guerra y su hermano Eduardo murió en la batalla de Carabobo. El general Carvallo, quién había combatido y ejercido embajadas para buscar apoyo en Europa, no siempre había estado de acuerdo con Bolívar y el Libertador lo sabía. Había manifestado su molestia cuando fusilaron a Piar, casi una década atrás y era junto a su abuelo, Roberto Carvallo, un entusiasta seguidor de Miranda. En su última entrevista con el Libertador le había reclamado la no ejecución de las órdenes de liberación de los esclavos. También era conocida su posición en contra del reparto de tierras entre coroneles, generales y otros militares como pago de sus servicios porque, con frecuencia los mismos no habían sido ni servicios, ni valiosos, como aparecía en los documentos. Roberto proponía la simple venta de las tierras a quien quisiera adquirirlas.

En Altagracia, como en las otras haciendas de la familia, no había esclavos desde hacía buen número de años, pero muchas propiedades vecinas los conservaban y más aún en las plantaciones de cacao en el Oriente del naciente país. Los Carvallo tenían, con buenas razones, fama de liberales desde el siglo anterior. En sus haciendas se daba buen trato a los peones, el manejo de las finanzas siempre había sido adecuado, e innovar en los cultivos y el comercio había sido una norma establecida por Roberto y seguida por sus descendientes.

Carlos Roberto y Eduardo, su difunto hermano, tercera generación desde los grandes cambios en el manejo de Altagracia, habían viajado a Europa en plena guerra y con destino a la academia militar de St. Cyr. Matías, su medio hermano también viajó a Europa, pero con destino y vocación diferentes. El primero pronto descubrió que la vida militar no de su agrado y en 1819 logró convencer a su padre e ingresó en la Academia de Bellas Artes, un año después se fue a Londres con Lucille, su modelo y primer amor. Allí logró ingresar al taller del famoso Turner. Pero sus cuadros, sin ser calificados mal, ya que vendió unos cuantos, no lograron el éxito esperado y para sobrevivir comenzó a trabajar con sus parientes franceses en la sucursal londinense de los Boisnard quienes, de los vinos, fuente de la riqueza familiar por generaciones, se habían movido, con éxito, hacia la naciente industria de los alimentos y la no tan reciente de las armas y la fundición.

Por casi seis años alternó la pintura con la venta de buenos vinos, frecuentó a viejos amigos de su padre y de Miranda y, llevado de la mano de Jennifer, no le faltó acceso a ciertos círculos de la aristocracia británica. La pasión juvenil hacia Lucille, se fue apagando y cuando la encontró una tarde empacando sus pertenencias y dispuesta a regresar a París, sintió cierto alivio.

Londres y París vivían la efervescencia del cambio. Aplacadas las furias desatadas por la revolución en Francia, crecían las nuevas clases sociales, obreros y burgueses, así como nuevas formas de vivir y hacer dinero. Del siglo de las ideas, Europa se estaba moviendo al siglo de la innovación, la vieja aristocracia rural cedía espacios a comerciantes e industriales. Estos últimos presionaban al mundo académico a dejar la retórica y generar soluciones a los enormes problemas determinados por la creciente demanda de bienes. Después que el primer tren comercial recorrió la distancia que separaba a Stockton de Darlington en 1825, todo parecía posible. Stephenson, Baldwin, y Fulton eran las figuras del día: locomotoras y buques a vapor. Acero y vapor, más vapor, hierro y humo anunciaban la nueva era. Tras un breve viaje a España con el propósito de visitar a Matías, fue invitado al nuevo Instituto Industrial creado por Benth en 1821 y gracias a su amistad con el hijo de Sir John Edwards entró en contacto con la Asociación para la Promoción del Conocimiento Industrial. Se le ocurrió pintar un cuadro de una conocida fundición, pero nadie quiso comprarlo y cuando regresó a Caracas, el lienzo aún estaba entre sus pertenencias. La idea de retornar a Caracas se mezclaba con una nueva pasión: comenzó a estudiar matemáticas y mecánica aún si saber con precisión que haría con esos nuevos conocimientos, se acercó a la ciencia como lo había hecho con el arte, simplemente porque le gustaba.

Caracas, 1829

-Sabéis mi querida primogénita, el tal Carlos es cortesana persona.

-Sí. Contestó en forma lacónica Cristina mientras miraba a su padre, que sentado en la poltrona de terciopelo y vestido con su peculiar y anticuado atuendo, estaba de nuevo hablando como Don Quijote.

-Pero a veces, mi fermosa Cristinita, se comporta como perro con cencerro y otras como muñidor de cofradía.

Cristina le lanzó una mirada algo temerosa. Otro posible novio que voy a perder, pensó y luego se atrevió:

-Padre, ¿acaso no puede hablar de otro modo cuando Carlos Roberto viene de visita? Su merced lo asusta.

-¿Cómo queréis que hable? ¿Acaso mi castellano os incomoda? ¿Debo hablar cual rústico cuando a mi casa acuda un zagal de dudosa alcurnia?

-Padre, no hay dudas sobre la alcurnia de los Carvallo, son una de las mejores familias de Caracas.

-No creo, ¿acaso os olvidáis que el viejo Marqués se casó con una mulata y el General, padre de vuestro pretendiente, en segundas nupcias, hizo lo mismo?

-Pero padre, eso ocurrió el siglo pasado y quién sabe si en nuestra familia no pasaron cosas parecidas. Tía Lucrecia sostiene que la bisabuela era medio india.

-Una golondrina no hace verano y Lucrecia, en su senectud, ya desvaría. Dijo Don Juan, molesto por el impertinente recordatorio. –Además están las historias de París y Londres, todos los artistas son...

-Que no son ni peores ni mejores que las de otros pretendientes que he tenido y eso incluye a Don Felipe que terminó no regresando más. Además, si la mitad de lo que cuentan sobre el padre del Libertador es cierto, entonces tampoco era diferente a poetas y artistas. Interrumpió Cristina y su padre la miró en forma admonitoria mientras seguía buscando defectos en el joven pintor a pesar que en el fondo comenzaba a tenerle cierto aprecio.

-Pero Felipe se expresaba bien, mientras que el tal Roberto emplea una jerigonza rabultada, con un extraño acento.

-Padre, ¿qué quiere decir rabultado?, y si perdona mi ignorancia, ¿qué es un muñidor de cofradía?

-Rabultado, y deberías leer a Cervantes, es igual a desordenado y los muñidores eran los sirvientes de las cofradías. En el Quijote....

-Padre, Carlos Roberto Carvallo será cualquier cosa menos sirviente de cofradía y después de tantos años en Europa es natural que tenga un modo curioso de hablar, pero domina el inglés y el francés a la perfección.

-Bueno, hija, es una forma de decir...

Cristina se libró otro discurso sobre la lengua española gracias a la entrada del sirviente que anunciaba la llegada de Carlos Roberto Carvallo y se levantó sin pedir licencia caminando hacia la puerta del salón.

Se decía en Caracas que Juan del Río, a la par de Don Quijote, se había vuelto loco de tanto leer. Mas no como el personaje de Cervantes, atiborrado de historias de caballería, sino de cuanta cosa escrita en castellano o francés, llegaba a Venezuela. Era tan famoso por pedir libros prestados y nunca devolverlos, como por las largas horas que dedicaba cada día a la lectura. Pero tal entretenimiento, argumentaban injustamente algunos, no le había traído otro beneficio que la memorización de largos párrafos y el frecuente empleo de palabras en desuso que fortalecían su imagen de hombre culto. También, se comentaba, que aprovechando la fama de orate, trataba con irreverencia a los poderosos. Una vez le dijo al Obispo que él detestaba a quienes "eran propincuos al espíritu lacayuno" El Obispo tragó entero y se abstuvo de responder ya que si bien pensó que Juan estaba haciendo referencia al clero - o a él mismo - que a fin de cuentas era igual, contestar era una forma de admitir. En otra oportunidad, en la tertulia que ocasionalmente organizaba la señora de la Sierra, dijo en directa referencia al doctor Martínez que era "bien nacido, pero como sacapotras era una desgracia" Nadie se atrevió a preguntar que significaba "sacapotras" para no parecer ignorante. Pero la infeliz frase llegó a oídos del galeno que, tras algunos esfuerzos, averiguó que sacapotras era un arcaísmo despectivo usado por Cervantes para describir a los médicos y barberos de la época.

El general Páez decidió hacer algo con respecto a Juan del Río, que tampoco escatimaba comentarios sobre el gobierno y a través de uno de sus ayudantes, le envió una advertencia. Pero Juan, ignorándola, comentó en la Plaza Mayor y a viva voz, que la única solución para el futuro de la patria era "*defenestrar a toda priesa al General por su ausencia de prosapia, alcurnia y linaje, amén de su odio a Bolívar, mala traza y peor talante.*" A Páez no le molestó tanto lo de la alcurnia y el linaje, como lo de la mala traza ya que llevaba meses mejorando su vestimenta y puliendo el lenguaje, gracias a Barbarita y a una dama que de esas cosas, amén de otras e inconfesables habilidades, sabía bastante. El general Soublette le aconsejó al flamante Presidente no hacer caso de los comentarios y éste, con asuntos más importantes que atender, terminó ignorando, pero sin olvidar, las hirientes frases del impertinente. Estaba casi seguro que Juan del Río representaba de alguna manera el sentir de la vieja casta caraqueña entre los que no faltaban quienes hubiesen preferido conservar al rey de España antes que tener a un Bolívar y sin duda preferían al Libertador, más por su origen aristocrático que por sus ideas, que tener a un áspero llanero como jefe.

Pero Juan del Río siguió haciendo comentarios sobre Páez y al final éste, en una breve visita a Caracas, decidió actuar, no tanto por lo que decía Juan, sino por lo que representaba. Decidió confrontarlo y dos días después Juan del Río fue invitado al despacho del General quien lo hizo esperar por más de una hora en la modesta antesala dónde apenas había dos sillas de cuero crudo y una pequeña mesa, modo de ablandar y hacer sentir a los visitantes quién estaba en el poder. Finalmente el joven asistente, que observaba con curiosidad el vistoso ropaje del convocado, lo invitó a pasar. Páez estaba de espaldas, fingiendo mirar algo a través de los cristales del ventanal y Juan carraspeó para llamar su atención. El General se dio vuelta y mirando a Juan directamente a los ojos lo invitó a sentarse, mientras que él permanecía de pie, pose que, al no ser un hombre particularmente espigado, fortalecía su autoridad obligando a sus interlocutores a mirar hacia arriba. Sin preámbulos fue al grano y con un tono suave de voz dijo:

-Señor del Río, me cuentan que su merced no hace otra cosa que hablar mal de mí y desearía saber que daño le he hecho que justifique ese comportamiento. Para comenzar le he dado veinte años de mi vida a la patria, me he jugado el pellejo en no pocas oportunidades y si lo de Bolívar se trata, debe su merced saber bien que fueron los diputados, desde Ocaña hasta Valencia, los que quieren separar a Venezuela de Colombia. ¿Entonces, por qué me juzga mal?

Juan del Río no esperaba ni el tono, ni las palabras. Había entrado a la habitación con la certeza de encontrar un hombre iracundo y torpe en el lenguaje. Había preparado un discurso breve y complejo, matizado de términos que probablemente el General, a quien juzgaba ignorante, no entendería.

-General, en ocasiones me voy de bruces con palabras y gracejadas que le encantan a cierta audiencia, pero equivocarme, es evidentemente, una posibilidad. Además en ese asunto de separar a Venezuela de Colombia, pues tengo mis propias ideas.

-Señor del Río, entiendo a su gente y aprecio el humor, pero cosas que su merced ha dicho resultan ofensivas y hasta podrían ser vistas como traición. Si no fuera por la amistad que a su merced le tiene el general Carlos Augusto Carvallo, quien me ha dado garantías, estaría obligado a cosas que le resultarían ingratas. ¿No entiende su merced que vivimos un momento delicado? ¿No sabe que además de la separación con Colombia existe un riesgo real de una división dentro de Venezuela o acaso desea que la miseria en que estamos aumente con una guerra civil? ¿O su merced se encuentra entre los que todavía añoran a Fernando VII?

-No, General, no desearía que eso ocurriera, soy un hombre de paz. Desearía, como Sancho en su ínsula, que la justicia y el buen gobierno fuesen fuentes de prosperidad. Tampoco creo que mis palabras puedan incitar a las alcaveras que pululan en nuestra geografía y en lo que a España concierne, mi posición es harto conocida.

-¿Qué diablos es una alcavera?

-Una turba, o si prefiere, una horda desenfrenada, cosa que, citando a Bolívar, bien pudiera conducir a una oclocracia. Respondió Juan del Río, casi satisfecho de haber empleado otro término que posiblemente no conocía el General, pero apreció la pregunta. Otros hubieran disimulado la ignorancia.

-¿Entonces por qué en lugar de insultarme no emplea su talento en ayudar a que el gobierno sea bueno? ¿Y qué carajo es una oclocracia?

-El gobierno de una turba.

Juan, hizo una pausa y miró al General sin saber que responder. Esperaba cualquier cosa menos una invitación a colaborar y no tenía la menor idea de cómo hacerlo. No había hecho otra cosa en la vida, gracias a una importante herencia, que leer, viajar de vez en cuando y asistir a cenas o tertulias entre lo más granado de la sociedad de Caracas. Había pasado buena parte de la guerra entre Francia e Inglaterra y al margen del conflicto. Páez a su vez lo miraba y en sus labios se dibujaba una tenue sonrisa. Desarmado contestó:

-Eso haré, General, eso mismo haré, pero al menos ofrezca mejorar la educación que es una desgracia…

-Mi buen amigo, los tiempos no sólo son difíciles, sino que llaman a reflexión. Sobre mis hombros han colocado una enorme carga y necesito compartirla con hombres como su merced. En Colombia hay quienes siguen insistiendo en establecer una monarquía al estilo europeo, no faltan quienes desean que Bolívar acepte una corona, cosa que no ocurrirá. Aquí la mayoría quiere la

separación y me presionan con ese asunto cada día, todavía existe el riesgo que desde Madrid ordenen nuevas tropas para regresar a la situación de 1810. Por allí andan unos alzados y sobran salteadores de caminos. Como si fuera poco, las arcas del gobierno están vacías. ¿Qué me aconseja Don Juan?

-General, difícil pregunta...

-Pero su merced no es corto en opiniones cuando se junta con los otros mantuanos. Respóndame ahora.

Juan del Río pensó rápido. Se decía que tarde o temprano Páez se inclinaría por la separación y que además había cruzado cartas con Bolívar sobre ese asunto. Además, él tampoco pensaba que fuera buena idea depender de Bogotá.

-General, su merced tiene razón cuando dice que la mayoría quiere la separación. No gusta la idea de tener a Bogotá como capital y pagar impuestos para que allá los disfruten. En cuanto a la forma de gobierno, hay mucha confusión. Unos todavía piensan en una federación como la de los Estados Unidos, otros piensan que hace falta un gobierno central que ponga orden y no falta quién añora una monarquía, pero más al estilo británico que al español.

Páez percibió cuan escurridizo era el hombre y decidió confrontarlo. Lo miró fijamente, cerró el puño y sobre él apoyó la mandíbula.

-¿Su merced seguirá hablando de lo que otros opinan y no me va a decir lo que piensa?

-No, General, suponía que usted quería saber lo que se habla en las casas de los principales en Caracas. Yo me sumo a la mayoría que quiere la separación y es posible que su merced sea el hombre de la circunstancia.

-Bien, mi querido señor. Tengo en mis manos las declaraciones de muchos pueblos que opinan lo mismo y cartas del Libertador quien insiste en que se proceda de acuerdo a la opinión de la mayoría. ¿Qué le parece si convocamos a una reunión en el Coliseo y escuchamos la opinión de los principales ciudadanos?

El General se movió hacia la puerta y con un suave gesto con la mano derecha le dio a entender que la entrevista había concluido. Juan se levantó e hizo una suerte de reverencia que a Páez se le antojó algo ridícula, pero le colocó la mano en el hombro.

-Vaya con Dios buen hombre y cuando pueda visite al General Carvallo, él también le dirá como puede ayudar a que tengamos paz y buen gobierno. Ninguno de nosotros desea una oclocracia.

Cristina, sonriente, recibió a Carlos Roberto y lo invitó a pasar. El joven saludó a Juan del Río y al estilo europeo inclinó el torso mientras le daba las buenas tardes.

-Tome asiento mi joven amigo, que tengo algo que contarle…

-Papá, por favor, Carlos vino a visitarme ¿por qué no eres bueno y nos dejas solos?

-Vea su merced cómo me trata mi propia hija. Yo jamás le hubiera dicho a mi padre algo semejante, pero desde la ruptura con España, se han perdido los buenos modos y costumbres. En el pasado mi apreciado Don Carlos…

-Papá, por favor.

Esa era su tercera visita a la casa de Juan del Río desde que su familia había sido invitada a un almuerzo dominguero en el cual había conocido a la única hija del peculiar personaje. Pronto aprendió a no tomar partido en las pugnas entre padre e hija. Presentía que Don Juan cedería y se iría a la biblioteca contigua dejándolo sólo con Cristina.

-Bien, sí, ya me voy, pero sólo porque Don Carlos Roberto es un caballero y tengo la certeza que como tal se comportará. Hizo una breve reverencia y caminó a través del salón en dirección a la biblioteca pero antes que Juan cerrara la pesada puerta, Carlos Roberto consideró prudente responder.

-Puede su merced estar seguro. Dijo Carlos Roberto con fingida seriedad cruzando rápidamente una mirada cómplice con la jovencita.

Valencia, 1829

En Valencia el general Páez estaba escribiendo una carta, quizás la más difícil de su vida. Habían pasado meses después del intento de asesinato de Bolívar en Bogotá y la captura de Padilla, Carujo y Azuero. La noticia había llegado cuando Páez se ocupaba de asuntos bastante delicados, por una parte Cisneros y otras pequeñas bandas que aún anhelaban conservar el vínculo con España, le causaban problemas, por la otra la deuda del gobierno parecía impagable y no faltaba día en que un nuevo acreedor se presentara con papeles, muchos falsos o hinchados por las hábiles manos de abogados y magistrados corruptos. Mientras tanto, caos y miseria iban de la mano en buena parte de una geografía en la que los ilustrados parecían más preocupados sobre la forma que debería tener el gobierno, que de los mejores modos para producir riqueza y emplear a los miles de antiguos soldados que vagaban sin empleo, conocimientos para cultivar la tierra o para realizar algún oficio.

Mientras redactaba unas líneas con su apoyo y solidaridad a Bolívar, pensaba en cuanta fidelidad le guardarían los 1.200 hombres, casi todos de caballería, de los que había recibido juramento durante la bendición de las banderas, o los seis mil que había reunido en el Campo de Marte. Pero tan importante como la fidelidad de sus tropas era el precio del café, la recesión en Europa, su principal mercado, que se sumaba ahora a la disminución de las exportaciones de algodón y añil. Terminó la carta indicando que si el atentado hubiese tenido éxito, personalmente lo vengaría y, convencido que Santander algo tenía que ver con la conjura, le notificó al Libertador que ese hombre nunca cosecharía los frutos de su infamia.

Estaba inquieto desde el amanecer. En breve debía reunirse con una junta de hacendados y comerciantes para buscar solución a la eliminación de la circulación de vales que había decretado Bolívar desde Bogotá. También quería consultarles sobre la conveniencia de eliminar la alcabala que pesaba sobre el arroz, el maíz y otros productos esenciales para el sector más pobre de la población. Pero el propósito central era generar confianza para que hacendados y comerciantes sacaran el dinero escondido o trajeran de regreso al país el oro y la plata que habían guardado en Europa durante la guerra. Buscaba también modos de eliminar la influencia de la Junta Superior de Hacienda, creada por Bolívar, que un día sí y otro también, certificaba más papeles de deuda y le hacía imposible gobernar. Caminando hacia el salón, llegó a la conclusión que hacer la guerra había sido más fácil que manejar la administración de un país.

Salió al amplio patio donde estaban más de treinta caballos y media docena de carretas y hasta algo parecido a un tílburi, prueba de que habían llegado buena parte de los invitados. Muchos caballos mostraban sillas, cabezales y cinchas de calidad, algunas hasta con incrustaciones que podían ser de plata y una gran variedad de estribos. Otros, sacrificando lujo por comodidad, mostraban aperos más simples. Cuando entró en el salón observó con sorpresa que no había silla que no estuviera ocupada y varios hacendados estaban de pié mientras tres agitados soldados buscaban en la amplia casona cualquier cosa que sirviera para sentarlos. En la primera fila reconoció con satisfacción, al general Carvallo, a un Tovar y otro, cuyo nombre no recordaba, pero sabía que algún parentesco tenía con los Bolívar. A la izquierda ubicó al único Zuloaga que aún cultivaba añil y en el centro, donde se había asegurado de estar en la línea de visión de Páez y Peña, estaban Antonio Zúñiga y Prudencio Silva, con los hermanos Ramírez, conocidos agiotistas, a diestra. Reconoció a otros tres hacendados de los valles de Aragua y no menos de ocho que formaban parte de una especie de corte valenciana conocida por sus buenas maneras, gustos conservadores y sólida tacañería. Hacia el fondo reconoció a los nuevos dueños de unas tierras ubicadas en el camino a Guanare, dos antiguos coroneles que habían hecho buenos negocios con los vales de sus soldados y aún eran incapaces de distinguir entre un novillo y una vaca vieja.

Observándolos no pudo menos que recordar su niñez y juventud en los Llanos de Apure, rodeado de hombres rudos y conocedores del peculiar arte de criar ganado en sitios que, durante las lluvias, dos varas de agua cubrían el suelo y en las secas el intenso sol cuarteaba la sabana. Una vez más miró hacia los asistentes y esperó con paciencia que ubicaran a

Mariano Alcántara que hizo notoria su llegada, no sólo por hacerlo tarde, sino por su vistoso atuendo.

A ocho años del fin de la guerra la pobreza y las enfermedades diezmaban a la población, muchas familias arruinadas y también nuevos ricos que habían hecho de la guerra un negocio. Su ayudante hizo tintinear la pequeña campanilla indicando que la reunión se iniciaba. Páez, de pié, recorrió con sus intensos ojos a la ahora silente audiencia. Detuvo aquí y allá la mirada, unas veces acompañada por un discreto movimiento de la cabeza, señal de reconocimiento que sin duda pagaría dividendos, otras cerrando ligeramente los ojos y arrugando el entrecejo para intimidar a uno que otro asistente Colocó las fuertes manos sobre la pequeña mesa y expuso sus ideas. Con honestidad, también sus dudas. Al concluir llamó al asistente que debía anotar, con el mayor rigor, el nombre de aquellos que solicitaran la palabra. Páez sorprendía a muchos con sus bien hilvanados discursos y su capacidad para establecer el orden, en particular a quienes aún menospreciaban su origen y le suponían incapaz de manejar adecuadamente tanto el verbo como la pluma.

El General no era el arriero encumbrado que algunos suponían, le habían enseñado a escribir de niño, más había aprendido en la escuelita de Doña Gregoria Pérez en Guama. Antes de involucrarse en la guerra, había practicado algo de comercio y en la hacienda de Manuel Pulido, escondido tras un incidente con unos bandoleros. Había enriquecido su formación leyendo algunos libros, a la par de cumplir con las faenas más duras en las haciendas del acaudalado barinés, hasta que éste lo ascendió al descubrir que el joven José Antonio tenía otras habilidades, como capacidad para negociar y liderazgo entre los peones. El asistente le entregó la lista y aunque no la encabezaba, le otorgó la palabra a Carlos Augusto Carvallo.

-General Carvallo, por favor tome la palabra

Carlos Augusto se puso de pie y caminó hasta el estrecho pasillo donde podía ser visto por buena parte de la audiencia.

-Señores, estamos viviendo momentos difíciles y con todo respeto pienso que el problema no es si la capital está en

Bogotá, Valencia o Caracas. Que me disculpen quienes discrepan de mis ideas, pero mejor servicio le prestaríamos a esta tierra, si hacemos cambios importantes en la forma de vivir. Vean que está ocurriendo en Europa y la nueva nación del Norte. ¿Qué hacen ellos y qué dejamos de hacer nosotros? Pues bien, distinguidos amigos, están haciendo buenas las promesas de libertad, igualdad y el derecho a ser dueños de tierras y casas. Ya no hay esclavos en Europa, los reyes se someten a los parlamentos y muchos se esfuerzan por tratar de mejorar la educación del pueblo. Las máquinas de vapor están animando viejas industrias y creando otras, las ciudades de Europa y su comercio están creciendo. Algo similar ocurre en el norte de los Estados Unidos. Aquí, como en el Sur de ese nuevo país, impera la pobreza, la agricultura no cambia, todavía hay esclavos, los caminos son peligrosos, faltan tribunales de justicia, buenos alcaldes y sólo hay unos cuantos policías.

-Con todo respeto, señores. Continuó tras una breve pausa:

-Pienso que no se trata de escoger entre Bogotá y Caracas, entre un gobierno central y otro federal, tampoco pienso que si optamos por república y no por monarquía las cosas van a cambiar. Tampoco se trata de escoger como jefe entre los Generales Bolívar y Páez, ambos honorables y valientes. No me opongo a la consulta que aquí se hace, ni en la que seguramente se hará en Caracas y en otros pueblos y me someteré a la decisión de la mayoría, pero hay otra labor importante, reconstruir las instituciones, y esa no la estamos haciendo como Dios manda. Gracias por oírme.

Carlos Augusto se sentó mientras los murmullos generaban un eco sordo en las espigadas paredes encaladas. Sabía lo que pensaba la mayoría, no les gustaba que les recordaran ciertas cosas, pero tampoco tenían argumentos para descalificarlo. Observó que Páez lo miraba intrigado antes de otorgarle la palabra al siguiente orador. Dos horas después se levantó la reunión, la gran mayoría se inclinaba por la separación de Colombia.

2

La ruptura

Caracas, diciembre de 1829

Juan del Río caminó con su acostumbrado garbo cruzando la plaza y luego buscando un quicio para evitar el intenso sol del mediodía. Había concluido la estación de las lluvias y aunque en las noches se sentía la fresca brisa del Este, la ausencia de nubes calentaba las calles. Era la hora en que cualquier caballero que se apreciara estaría durmiendo la siesta. Decidió acercarse a la casa de Doña Amparo, sabía que ella nunca dormía a no ser que se ayudara con unas gotas de paregórico mezcladas con el magnífico jerez que solía beber con moderación. Golpeó la aldaba del grueso portón próximo a la esquina de los mercaderes. El sirviente lo reconoció y lo invitó a pasar a la umbrosa y fresca sala donde se secó las gotitas de sudor con su amplio pañuelo francés.

-Don Juan, ¿qué lo trae por aquí?, lo veo como agitado.

-Doña Amparo, buenas tardes y disculpe que venga de improviso y sin anuncio, pero acabo de hablar con el General y le tengo noticias.

-Vamos Don Juan, no se disculpe, más bien tendría que disculparse si no me trae el chisme de inmediato. Cuénteme de qué hablaron.

-Pues me exigió, imagínese, a mí, que sea activo mensajero de su voluntad para que los principales de Caracas se junten en asamblea y decidan sobre el futuro del país. El muy zorro no quiere pronunciarse, sino actuar como si representara la voluntad de los vecinos.

-¿Y entonces, que hará Su Merced?

-¿Qué me aconseja Doña Amparo? Usted conoce a todo el mundo.

-Pues haga lo mismo que el General. No se comprometa, pero hable con los más importantes y dígales que juntarse para decidir es lo más conveniente para Caracas. Si no lo hace, ese Páez que como llanero es medio bárbaro a lo mejor nos pasa a cuchillo como quería hacer Boves. Yo era casi una niña, pero me acuerdo como…

Juan del Río recordaba perfectamente bien el año 14 y Amparo, no era una niña como clamaba, ya había enviudado. La interrumpió:

-¿Por quién comenzaría Su Merced? Dijo, manteniendo el trato formal de "Su Merced" aunque no sin deseos de uno menos formal. Amparo era una mujer atractiva e inteligente y Juan estaba deseando una relación distinta.

-Pues por los Ponte, Tovar, Toro, Herrera, quizás el General Carvallo y no debemos olvidar al Obispo, los miembros de lo que queda del Ayuntamiento…

Sin respirar le soltó veinte nombres más. No sólo de los hacendados más importantes, sino también tres o cuatro comerciantes, dos coroneles en retiro forzado, el más destacado de los pardos del mercado, un abogado, dos médicos y el dueño de la botica principal.

-Además Don Juan, no se acalore que ya unos cuantos, sino la mayoría, se han estado reuniendo y no me equivocaría diciendo que separarnos de Colombia es lo que quieren casi todos. Las reuniones de la semana pasada ya marcaron rumbo.

-Pero mí querida señora, ¿cómo cree que lo va a tomar Bolívar? Además en esas reuniones había más populacho que principales.

-Pues nada bien, ¿pero que podrá hacer? En Bogotá desearían que estuviera en Caracas y aquí quieren que se quede allá. Además ya no es el mismo, sé que está enfermo. Pero ahora tómese un jerez conmigo que le tengo una historia buenísima sobre Doña Eulalia, su hija y el inglés.

-¿El pelirrojo de la Legión que puso el almacén cerca de la Iglesia de La Candelaria?

-Ese mismo, Don Juan, ese mismo, que su cara de inocente parece que es…bueno, Su Merced sabe, ese nombre que le dan a los cochinos machos y que las damas no debemos mencionar.

-Un berraco, dijo Don Juan. Seguro que embarazó a la hija. Doña Eulalia le dispensó demasiada confianza, pero lo bueno es que tendrán por fin un rubio en la familia. A mi hija la está visitando el hijo de Carlos Augusto Carvallo, y aunque es de magnífica familia, no le quito la vista. Uno nunca sabe que esperar de los jóvenes de ahora.

-Pues no, mi querido amigo, parece que la que quedó embarazada es Eulalia y la hija, feita como es, se va a quedar para vestir santos.

-¡Qué horror! Exclamó Don Juan, ¿A dónde hemos llegado? Además el pelirrojo ni siquiera es inglés, creo que vino de Irlanda y lo recomendó el mismo O' Leary.

Amparo de la Sierra hizo sonar la campanilla y el sirviente acudió de inmediato.

-Sírvale a Don Juan otra copita de Jerez y unas gotitas para mí, vea también si queda algo de la torta de cambur que tanto le gusta a nuestro visitante y a mí me trae una bolita de chocolate azucarado.

-Pero Doña Amparo no se moleste...

-Usted nunca molesta Don Juan, todo lo contrario. Contestó Amparo obsequiándole su mejor y probablemente, ensayada sonrisa, acompañada por un gracioso movimiento, algo teatral, de sus manos y cabeza. Juan la miró pensando que debajo del amplio vestido, se sugerían ciertas formas a las que no era del todo indiferente. A fin de cuentas su viudez ya casi cumplía diez años. Los negros ojos de Amparo descubrían lo que pensaba mientras hablaba con Juan, pero éste no lo había percibido.

El General Páez regresó a Caracas después de pulsar, una vez más, la opinión en Valencia y escribirle a Bolívar explicándole cuan inevitable era la separación, cabalgando con los ojos entrecerrados para evitar el polvo, le venían a la mente las líneas que había redactado:

"Hemos llegado al peor estado imaginable, pues yo nunca me he visto en situación más difícil y peligrosa; mi suerte y mi reputación están comprometidas, y yo creo no solo necesaria, sino indispensable la reunión de un congreso venezolano, para que delibere y organice el país" (sic)

Mil quinientos y tantos señores firmaron la declaración de Caracas el 24 de diciembre y le dieron forma de carta dirigida a Bolívar, respetando en el encabezado la posición que aún ocupaba: "S.E. El Libertador Presidente". *"Sacerdotes, padres de familia y ciudadanos notables..."*, decía la declaración, *"hemos determinado manifestar á V.E. que este pueblo en los días 25 y 26 de Noviembre último y los demás en otros diferentes, ha expresado sus deseos unánimes de que la antigua Venezuela separe de la unión con el resto del territorio que ha formado la república de Colombia, recobrando en consecuencia su soberanía* (sic)..."

Seguían luego palabras que a muchos les parecieron exageradas, pero eran las que debían consignarse en tan importante documento: *"...para darse un gobierno republicano, popular, representativo, alternativo, responsable y electivo, que consideran el más adaptable a sus costumbres, clima y circunstancias* (sic)".

Entusiasmados, algunos asistentes aseguraban que ese día estaba ocurriendo la verdadera independencia y el nacimiento de una nueva nación. Páez circunspecto, firmó encabezando la larga lista seguido por los presbíteros y a continuación buena parte de los principales de Caracas: Ortega, Atencio, Osío, Borjes, de la Madriz, Lovera, Toro, Parejo, Urbaneja, Soublette, Revenga, Fortique, Herrera, Quintero, Machado, Salas, Viana, Ayala y muchos más.

Carlos Augusto Carvallo decidió no firmarla y tampoco lo hicieron sus hijos a pesar de la presión que ejercieron sus más cercanos amigos como el Presbítero Calzadilla, Don Pedro Machado y Carlos Soublette. Tal decisión dejó sentimientos encontrados ya que para muchos era notorio que entre Carlos Augusto y Bolívar nunca había existido un buen entendimiento, pero otros conocían bien la fortaleza de los puntos de vista de los Carvallo. Al salir de la reunión Soublette, al que nadie podía acusar de enemigo del Libertador, le preguntó con cautela sobre su decisión.

-¿Por qué mi dilecto amigo no ha suscrito la declaración? ¿Acaso es por desconfianza hacia Páez?

-No, nada de eso, se trata de un asunto más trascendente. Es el texto mismo, hay demasiada hipocresía. ¿Acaso no sabemos todos

que no habrá ningún gobierno popular, representativo, alternativo y todo lo demás sin cambios profundos en nuestra forma de vivir? A veces pienso que se está repitiendo el año 10 y que así como queríamos librarnos de los impuestos de España, ahora nos queremos librar de Bogotá, pero eso sí, siempre que aquí todo quede igual. Ya lo dije en Valencia y mucho agradecería mi querido amigo que para su merced y para todos los demás, quede claro que no tengo rencillas ni con Páez, ni con Bolívar.

- Nadie piensa eso. Lo que sí creen es que usted tiene ideas más adecuadas para Europa que para nuestra tierra.

- No espero que seamos como los europeos, pero creo, mi apreciado General, que hay algo podrido en nuestra sociedad, cuando Miranda y sus ideas resultaron incómodas, se libraron de él. Ahora el incómodo es Bolívar. Afectos y desafectos se alternan, somos inconsistentes e inconcinos.

Soublette, lo miró y decidió ser conciliador:

-No le quito razón, pero así somos y llevará tiempo antes de parecernos a lo que usted desea. Ahora es imperativo hacer cosas útiles para levantar al país. La ruina es mucha y ante tanta pobreza, la desesperación puede llevarnos al caos. Que no ocurra aquí lo que pasó en Haití debe ser nuestra misión y no percibo a nadie mejor que Páez para hacerlo.

Carlos Augusto extendió el brazo y Soublette respondió al saludo, pero se cruzaron terminando, cada mano en el antebrazo del otro, el gesto de paz de los antiguos guerreros. Ambos sonrieron ante el incidente y Soublette dijo:

-Mi querido amigo, ¿será que la fortuna y con este apretón, ha querido que existan por lo menos dos Generales, unidos por afecto, poseedores del mismo nombre y ambos procurando la paz?

3

Altagracia

Hacienda Altagracia, 1829

Amanecía y sólo el gorgoteo de algunas aves y el saludo de un perro inquieto rompía el silencio de la casa donde todos aún dormían. María Antonia, caminaba entre las flores que adornaban el frente de la casa. Había disfrutado la cena navideña a pesar de la imposibilidad de reunir a la totalidad de la familia como deseaba. Allá se habían quedado Carlos Augusto, Juan Lorenzo, su yerno Alonso y sus nietos mayores. En la hacienda la celebración decembrina había contado con Guillermo, Carlos, María Isabel, Mariana, Rosalía, Albertina, que esperaba su primer hijo y los nietos más jóvenes, que no eran pocos. Sonrió con cierta picardía al pensar como, con éxito, lograba siempre manipular a su familia haciéndoles pensar, que a lo mejor esa era la última navidad en que ella estaría en éste mundo.

Su duelo había sido largo y la pérdida de Roberto y Eduardo la habían afectado profundamente, pero en las últimas semanas sentía que regresaban las fuerzas y el deseo de vivir. A veces el dolor en las articulaciones inducía a la inmovilidad, pero había aprendido, en contra de la opinión de Juan Lorenzo, que combatía mejor el dolor caminando, que sentada en la mecedora. En el día de Navidad no había concluido la cena cuando anunció:

-Bien, hoy nos faltaron algunos y los perdono por que están haciendo cosas importantes en Caracas, pero es mi deseo, y así lo participo, celebrar mis ochenta con toda la familia. Así que ya saben. Dijo, mirando a las cuatro mujeres- *Las hago responsables y si ven que me pongo mala, pues adelantan la fiesta.*

María Antonia llamó a Quiroga El Joven, que bostezando se ponía las botas en la puerta de la casa del mayordomo. Aunque ya no lo era tanto, siendo el tercer Quiroga que ejercía esas funciones, a Remigio, el remoquete de "El Joven" le quedaría para siempre. Levantó la cabeza, observó el gesto de María Antonia y asintió. Caminó hacia la cochera, despertando en el camino al mozo de los caballos.

-Coño, Don Quiroga hoy es 25, ando transnochao.

-Anda Rafael, espabílate, te lavas la cara y prepara la carreta pequeña. Doña María Antonia quiere salir. Nadie te obligó a tragarte anoche media jarra de aguardiente.

La hacienda *Altagracia,* de la mano de Carlos Augusto y Guillermo, estaba en un buen momento. El engorde de ganado pagaba buenos dividendos, la cosecha de añil y tabaco había estado mejor que nunca gracias a los bien mantenidos canales de riego que bajaban de las colinas y aún se podían ver las cañas secas del maíz que habían cosechado en octubre y cuyo malojo había sido aprovechado por el ganado. Los siete tablones de caña de azúcar, cada uno de 100 varas por lado, algo habían producido, aunque para lograr tan buenos rendimientos como los de la hacienda-trapiche de Tovar, cerca de El Consejo, era necesario que les llegara más agua. Entre los tablones de caña y la montaña había una pequeña laguna alimentada por un riachuelo, pero el terreno ondulado, tenía bandas elevadas que recibían menos agua.

Buena parte del país seguía en la ruina y los precios estaban al alza, escaseaba el maíz y poco era el trigo que llegaba de Europa. Aunque había otras haciendas prósperas en los valles de Aragua, los Carvallo sentían que la de ellos se encontraba entre las mejores. No había esclavos, Roberto Carvallo había eliminado esa práctica una generación atrás: unos se habían quedado haciendo el servicio de la casa, dos trabajaban como peones y tres de las familias más antiguas, cultivaban sus propias tierras dentro del enclave de la hacienda. Buena parte del éxito radicaba en que, de un modo u otro, casi siempre un miembro de la familia había administrado directamente la hacienda, mientras que la práctica dominante en buena parte del valle, es que los dueños vivieran en Caracas o Maracay, mientras un caporal o mayordomo a sueldo, se ocupaba de la propiedad.

María Antonia pidió que subieran hacia la toma de agua en la colina, para luego visitar los potreros. En ausencia de su hijo y nieto, sentía la urgencia de mirar con sus propios ojos y cada día, los sitios más importantes para el buen funcionamiento de la hacienda. Subieron lentamente, Rafael consciente de los dolores que a veces sufría María Antonia, controlaba el paso del caballo. Cuando llegaron a la toma de agua, un estanque construido para captar parte del agua que descendía desde lo alto del brazo Sur de la cordillera, Rafael detuvo el rústico carretón y ayudó a María Antonia a descender mientras Quiroga saltaba en el lado opuesto.

La mañana estaba luminosa. Sin nubes que filtraran los rayos del sol, era posible ver hasta muy lejos. Al fondo, el brazo de la cordillera que marcaba el límite de la hacienda; abajo, el verde de los potreros salpicados por el ganado rojizo, e interrumpidos aquí y allá por suaves colinas matizadas por árboles y arbustos dispersos. Hacia el Oeste una colina más elevada ocultaba los nuevos potreros que se extendían hasta la antigua hacienda que una vez perteneció a Federico del Valle. La fundación de la hacienda la había hecho en 1651 el bisabuelo de Roberto. Si su nieto Guillermo mantenía la tradición -pensó María Antonia- seis, quizás siete ya que uno de los ancestros había muerto muy joven, serían las generaciones de Carvallos que habían respirado ese aire y habían bebido agua del riachuelo que llevaba vida a potreros y sembradíos. Giró para mirar hacia el Norte y allí estaba el perfil de la casa, luego el sendero que iba hacia el Camino Real y La Victoria, con su trazo interrumpido por macollas de ese pasto alto y cortante, que amarillento y floreado anunciaba la estación seca.

Caminó hasta la fuerte tabla que servía de compuerta y la golpeó con una piedra, cosa que hacía cada mañana para que el sonido le informara sobre su condición.

-Quiroga, hay que ir haciendo una nueva. Sonó blanda y pronto hará un año que se colocó.

-Sí, Doña María Antonia, ya Pedro está trabajando en eso. Conseguí un buen árbol hacia el picacho de Los Pericos y lo estamos trabajando. Además de la compuerta, saldrá madera para arreglar varias cosas.

-Todavía están verdes los potreros y con buena alzada de pasto, este año las lluvias fueron buenas, pero pronto, yo diría que mañana mismo, ya debemos comenzar el riego. Sólo un poquito Quiroga, sólo un poquito, no aguachines los bajos porque luego los zancudos hacen de las suyas.

-Sin duda, Doña María Antonia. Contestó Remigio con paciencia ya que esa decisión la había tomado con Guillermo unos días atrás.

-Quiroga ¿qué has sabido de los alzados? ¿Crees que debemos colocar centinela hacia la cordillera?

-Todavía no, están lejos y los hombres de Páez los tienen a salto de mata. Hace como un mes dicen que los vieron hacia El Sombrero y cuentan que se atrevieron a llegar cerca de Santa Teresa del Tuy. Ahorita mi Doña, tengo dos, uno a la entrada de la casa y un buen cerrero cerca del Camino Real. No quisiera sacar a otro de las faenas.

María Antonia encontró visita al regresar a la casa. Se trataba de Nicanor López, su reciente vecino hacia el Naciente, que dos años atrás había comprado una pequeña hacienda, abandonada por años y encajada entre tres brazos de la cordillera. Una de las tantas que había adquirido el Marqués de Casa León, cuando éste era el mayor propietario en los valles. López era un hombre alto y delgado, de sus mejillas descendían surcos profundos que lo hacían ver mayor. Entre los recuerdos de la guerra, se encontraba una fea cicatriz y la falta de dos dedos en la mano izquierda. Hijo de canarios, se había alistado con Mariño en Cumaná y había participado en Carabobo bajo las órdenes de Cedeño. Contaba sólo con tres peones y había sembrado añil en los últimos dos años, amén del requerido conuco para producir parte de lo requerido en el consumo diario. Carlos Augusto lo había visitado en dos ocasiones, pero López era hombre de pocas palabras y tras intercambiar algunas ideas sobre ganado y cultivos, la conversación languidecía. Nicanor devolvió la visita a fines del año pasado y compró dos novillas pagando en efectivo. A través de los peones, que ocasionalmente se encontraban algún fin de semana en La Victoria, sabían que el hombre era trabajador, austero y no hablaba sino cuando era imprescindible dar alguna orden. Rara vez salía de su pequeña hacienda y cuando lo hacia, iba hasta Maracay donde - así especulaban los peones- o tenía parientes o visitaba a alguna mujer.

Nicanor saludó a María Antonia con una inclinación de cabeza.

-Tenga su merced buenos días.

-Lo mismo para usted señor López. ¿Qué de bueno lo trae por aquí?

-Doña María Antonia, desearía hablar con su hijo o con Don Guillermo. Necesito comprar dos novillas. Estoy trabajando en un potrerito nuevo.

-¿Desearía tomar algo? Guillermo no tarda, está en los potreros.

-Gracias Su Merced, quizás un poco de agua.

López no cruzó más de veinte palabras con Guillermo antes de cerrar el negocio. Más tardaron en buscar las novillas, que en ponerse de acuerdo. López estimó que el precio era justo y como la vez anterior, pagó en efectivo y acompañado por uno de sus peones se despidió. María Antonia y Guillermo observaron que Nicanor tenía cierta dificultad para montar en el caballo cuyos estribos colgaban de cinchas a distinta altura, ajustadas para compensar la torcida pierna del jinete.

-Al señor López hay que conseguirle esposa. Creo que es un buen hombre y me gustaría verlo mejorar. Comentó María Antonia.

-Abuela, hay hombres que les gusta la libertad.

-Guillermo ¿a ti te gustaría tenerla?

-No abuela, yo soy de los otros, como mi padre. No podría vivir sin Albertina, así como no me imagino a él sin Mariana, o a mi abuelo sin ti.

-Algo andas buscando con tanta miel en la boca, pero volviendo a lo que decía, le voy a buscar novia al señor López. Todavía no está tan viejo.

Guillermo, que algo sabía de las andanzas de López en La Victoria y Maracay pensó en comentárselo a su abuela, pero desistió. Ella con certeza ya había tomado una decisión y sería inútil intentar que la cambiara. Caminó hacia la parte posterior de la casona y entró a sus habitaciones.

Después del matrimonio de Guillermo con Albertina se habían borrado las rencillas entre los Carvallo y los Rengel. Sin duda a ello había contribuido Bolívar que, en un acto de magnanimidad, en lugar de mandar a fusilar a Diego Rengel por traidor, tras el hallazgo de la carta que éste le había dirigido a Morillo informándole detalles sobre tropas y armamento antes de la batalla de Carabobo, tan sólo lo había expulsado del país. De regresar se le aplicaría la pena de muerte, señalaba el edicto y el hermano de Albertina se había ido a Puerto Rico y luego a Cuba donde vivía desde el año 22.

La simpatía de la más joven de los Rengel, pronto cautivó a todos los Carvallo y cuando Guillermo decidió que tomarían residencia en *Altagracia*, fue necesario ampliar y modificar la casa. Con el tiempo dejaron en el olvido las malas artes del padre de Albertina y la traición de su hermano, que por cierto, como señalaba con frecuencia María Antonia y en contra de la categórica opinión de Carlos Augusto, no había sido algo extraordinario. Entre 1811 y 1821, e incluso después, no habían sido pocos los que se pasaron de un bando a otro. Casa León era siempre citado como el más notorio, pero si alguien hubiera hecho una lista, la misma sería larga. La vieja mansión tenía ahora dos entradas independientes. Guillermo y Albertina, ahora con su pequeño hijo, contaban con cuatro habitaciones que daban, como era la costumbre a un pequeño jardín central, así como un amplio estar, un salón comedor, y al fondo, una sala de baño y una cocina.

Altagracia contaba con 42 peones, diez de ellos con familia y asignación de tierras. En la casa trabajaban cinco mujeres, hijas de esclavos que habían recibido la libertad en los tiempos de Roberto, pero que habían decidido quedarse en la hacienda. Con excepción de Remigio, todos percibían 18 pesos y dos reales de sueldo anual y a diferencia de otras haciendas, los Carvallo habían decidido que no tendrían una pulpería, ya que en las mismas y en otras haciendas, los peones terminaban en deuda con el patrón. La costumbre en *Altagracia* era hacer compras mayores en La Victoria para lo cual los peones juntaban su dinero. Sin embargo a veces era difícil conseguir monedas, el circulante en el país era muy bajo, y se acudía al trueque o a monedas que acuñaban los mismos comerciantes.

López no era el único vecino. En la zona Este del valle había varias haciendas importantes y entre los principales propietarios se encontraban los Condes de Tovar, los Ustáriz y los Ribas que tenían una hacienda medio abandonada. También había nuevos propietarios como López y Francisco León y más al Sur las tierras de los herederos de Arce, que poco se ocupaban de las mismas. Carlos Augusto había comentado en varias oportunidades que debería buscar a los herederos para comprar esas tierras.

4

Páez

Valencia, 1830.

El general Páez necesitaba algo de paz y la buscó. Ordenó al secretario que no lo interrumpieran por el resto de la tarde a menos que algo catastrófico estuviera ocurriendo. Tenía que escribirle una vez más a Bolívar, revisar buen número de cartas, cuentas e informes; había decisiones pendientes y tarde o temprano, también debía revisar un grueso fajo de documentos, todos ellos contentivos de alguna petición. Había descubierto que le gustaba gobernar, que darle algún orden al caos, era un reto tan interesante como lo habían sido las batallas del pasado. Cuando el tiempo lo permitía, buscaba en los libros las ideas que intuitivamente había manejado por años.

Del arte de gobernar y quizás, como a veces lo admitía, de las desavenencias, había aprendido de Cristóbal Mendoza. Desde su fallecimiento en mayo de 1828, cada vez que tenía una decisión importante en sus manos, pensaba en él. Mendoza había recorrido cuanto cargo civil importante existía y en rápida sucesión había ejercido, los cargos de Alcalde en su nativo Trujillo, Secretario de la Junta Provisional de Barinas y Administrador de la Renta del Tabaco. Menos de un año después era Diputado ante la Constituyente de 1811, signatario de la Declaración de Independencia, Presidente del Ejecutivo y finalmente primer y breve Presidente de Venezuela. Después, tras la caída de la República había sido consejero de Camilo Torres en Bogotá, Gobernador de Mérida por mandato de Bolívar, exilado en Trinidad, Presidente de la Corte Superior de Justicia,

Vicepresidente y hasta el final de sus días Intendente de Venezuela. Mendoza era un hombre formal, conservador y apegado a las normas. Los conflictos tuvieron una fuente en la ley y otra en la fidelidad que Don Cristóbal le tenía a Bolívar. Entre 1825 y 1828, meditaba el General, cada vez que él o sus seguidores, transgredían una norma, decreto, ley o acuerdo, allí estaba Mendoza para exigir el retorno a la legalidad.

Admito, le había dicho una noche a Barbarita, que sin las intervenciones de Mendoza, Venezuela se hubiera separado de Colombia en 1826 y también era bastante probable, que hubiera ocurrido un baño de sangre. No había sido fácil compartir el poder, cierto era que su designación," Jefe Civil y Militar de Venezuela" parecía significar más que la de Mendoza como "Intendente de Venezuela", pero al final uno tenía la espada y el otro la ley, amén de los impuestos. Cada uno había cometido una equivocación con el otro en esos agitados años y en cada oportunidad habían perdido los cargos. Páez había sido brevemente destituido y luego el mismo Mendoza trabajó para restituirle la posición, más tarde Páez hasta expulsó a Mendoza de Venezuela, para luego manifestar su acuerdo en que regresara para que ocupara de nuevo el cargo de Intendente, cosa que hizo hasta el día en que consumido por la tuberculosis murió.

Páez sabía que la espada era imprescindible para conservar el poder, pero aprendió que el mismo debía apoyarse en la ley. También el elegante lenguaje, los finos modales y elegantes ropajes de Mendoza, fueron un acicate para pulirse en la medida en que las tareas de gobierno se lo permitían. El rudo llanero comenzaba a encontrar placer en las palabras, la buena mesa, la música y sin desechar las virtudes de la hamaca, también disfrutaba la sábanas limpias y meticulosamente blanqueadas de su cama. Como pudo consiguió dos diccionarios y comenzó a estudiar francés e inglés. Sin duda, Barbarita estaba detrás de estos cambios.

Pensar en Mendoza lo inspiró. Era necesario darle alguna forma legal al gobierno hasta que se convocara un congreso para redactar la necesaria Constitución. Tomó la decisión. Lo llamaría gobierno provisional con Manuel Peña en Interior, Justicia y Policía, Carlos Soublette a cargo del ejército y Diego Bautista Urbaneja en el manejo de las relaciones exteriores. A Peña habría que mirarlo con cuidado, contaba con la fidelidad de Soublette y Urbaneja, jurada dentro de los límites de la masonería a la que pertenecían. Límites porque a veces aún entre hermanos masones, no siempre la solidaridad se imponía a los intereses personales. Páez era muy activo entre los masones, había pertenecido a la logia Concordia de Valencia y de Bogotá habían llegado rumores que los integracionistas pensaban armar un ejército al mando de O'Leary, otro masón, para someterlo. Si tal cosa ocurría, lo encontrarían preparado, pero, como le había comentado a Soublette esa misma mañana, estaba seguro que Bolívar no estaría de acuerdo con tal aventura. Terminó de leer los documentos, dejó una nota para el secretario encima de las peticiones indicando que respondiera señalando que había leído con interés cada una de ellas, pero que la situación económica de la nación no le permitía, por el momento, atenderla.

Sin embargo, seleccionó una, la enviada por Soledad Silva, la viuda de uno de sus lugartenientes en Carabobo que pasaba penurias en Puerto Cabello con dos hijos pequeños y el mayor sin oficio. Garabateó una nota al comandante del puerto para que buscara al mayorcito, lo empleara en lo que fuese o que se lo mandara a Valencia para darle algún trabajo que sirviera de soporte a la viuda. En el grueso legajo de peticiones encontró otra que le llamó la atención, era una misiva de Mariano Alcántara solicitando la asignación de una propiedad como pago de los servicios militares prestados por su padre. Tomó la hoja y la colocó debajo de todas las demás, forma de asegurarse que sería la última en ser considerada. El padre había tenido una conducta cobarde en la única batalla que participó y el hijo, en opinión de Páez, era un inútil. Luego redactó la convocatoria para las elecciones de diputados y la fijó para el 20 febrero, apenas a cinco semanas de distancia. Esperaba que para mayo estuviera en funciones la Asamblea Constituyente, para mediados de año tener un gobierno legal y para fines del mismo, la nueva Venezuela debería tener también una Constitución.

Barbarita lo interrumpió.

-José Antonio, descansa un poco. Aquí te traigo un buen vaso de guarapo y arepitas dulces.

Páez se levantó apoyando las manos sobre el rústico mesón y se estiró mientras sonreía. Barbarita tenía la cualidad de ser oportuna y casi siempre lo interrumpía cuando él mismo estaba convencido de haberse cumplido el tiempo de estar sentado. La silla no era cómoda y el borde hacía, que después de algunas horas, sintiera el incómodo cosquilleo de las piernas entumecidas. Barbarita tenía 27 años y era una mujer hermosa. Pero no terminaba allí el motivo del enamoramiento del General, Barbarita cantaba bien, tocaba mejor el piano, era una maravilla en la cama y además, sin mayor esfuerzo, con su natural aire de dignidad, se había ganado el aprecio de la sociedad valenciana. Tanto, que la gente se refería a ella como "la señora del General" y raro era el que empleaba la palabra querida o amante. Ya habían tenido tres hijos Sabás, Juana de Dios y Úrsula.

-No querida, gracias, pero tengo hambre. Mejor ordenar que nos preparen una buena cena y mientras tanto vamos al salón. Soublette viene y le pediré que comparta nuestra mesa y, ¿por qué no? Si te place me gustaría que tocaras algo ligero al piano.

-Me alegra que venga el general Soublette y más todavía que quieras pasar una velada tranquila. ¿Quieres ver a los niños antes de que se vayan a dormir?

-Sí, debo hacerlo, después me bañaré y voy a estrenar ese atuendo tan peculiar que me mandaste a hacer con el sastre. Nunca tengo suficiente tiempo para los niños, un día de estos no me van a reconocer.

-Sin el uniforme quizás no vean al militar, pero con el frac, la camisa de holanda y el corbatín tan a la moda que encargué, comenzarán a ver a un estadista y a los civiles les gustará. Dijo Barbarita riendo.

Barbarita lo miró con satisfacción cuando abandonó la habitación. Lo estoy logrando, pensó. Esta noche se vestirá formalmente, ya no tengo duda que le gusta la música, cada día disfruta más la pulcritud y se asea con cuidado. Está aprendiendo francés e inglés. Cuando viene alguien de Caracas y espera ver a un rudo llanero en alpargatas, encuentra algo diferente y a su lado, estoy yo y sin papeles que lo aseguren, él me presenta como su esposa. A veces pensaba sobre la forma en que la habían educado y aunque con seguridad en su casa nadie había pensado que llegaría a ser la mujer del Presidente, quizás les animaba la esperanza de verla relacionada con algún caballero de fortuna.

El general Soublette llegó puntual como de costumbre. Delgado, con hombros anchos, portaba con distinción su uniforme de dorados galones y guarda puño rojo con adornos. Carlos Augusto Carvallo, que había viajado mucho por Europa, decía que Soublette parecía un mariscal de Francia y, en efecto, a veces se comportaba como tal a pesar de haber nacido en La Guaira y no en Calais. La gente decía que su distinción y seriedad, ya que rara vez sonreía, venía de los Jerez de Aristeguieta, más que del padre, de origen canario a pesar del apellido francés. Soublette había hecho la guerra desde el comienzo, cuando apenas tenía algo más de 20 años, hasta el final. Tenía 30 años cuando Bolívar lo nombró General de División y casi simultáneamente Vicepresidente. Su esposa se encontraba emparentada con la influyente familia Tovar y de allí que, por razones que iban más allá de su capacidad como militar, para Páez tener a Soublette cerca de él, también tenía sentido político.

Barbarita tocó tres suaves melodías en el piano, un Broadwood de seis octavas que Páez había obtenido de un comerciante holandés por 40 libras esterlinas, mientras los hombres tomaban un aperitivo. Escuchaban a Barbarita y la aplaudieron después de cada pieza. Soublette preguntó sobre el origen del piano y el nombre de una de las piezas que le era desconocida y a la conclusión de la misma, hizo un breve comentario sobre cuanto le hubiera gustado a su esposa haber estado con ellos. La conversación seria fue guardada para después de la cena y una vez que Barbarita se retiró.

Páez busco los papeles que había firmado y los extendió frente a Soublette en la mesa.

-General, vamos adelante como acordamos. Mañana usted se estrena como Secretario de Guerra y Marina, así que es menester que busque acomodo y despacho. No anticipo ninguna oposición a su persona, ni tampoco a Diego Bautista. Con Peña será diferente, es malquerido por muchos.

-Hay razones. Comentó Soublette.

-Muchas, respondió Páez. *Es el precio que debe pagar el político y yo hago también política al nombrarlo. Él, aunque es algo soberbio, está consciente que será responsable por los fracasos, mientras que usted, Diego, Lanz y yo, a lo mejor nos salpicamos con los éxitos. Peña, mi dilecto amigo, no sólo es como el dueño de Valencia, sino que se ha paseado por Caracas, Ocaña, Cúcuta, Bogotá y en todas partes ha encendido algo. Muchos no le perdonan lo que hizo con Miranda, otros resienten su odio hacia Santander, pero yo pienso que es tan patriota como el que más. Pero hablemos de usted. ¿Acepta?*

-General Páez, le agradezco la confianza que me dispensado y le prometo que le haré honor a tan elevada posición...

-Gracias y no siga General, ya sé lo que viene después. La ley, el respeto a Bolívar, las instituciones y todo lo demás. Hay quienes piensan que con su merced me estoy poniendo una soga al cuello, yo creo lo contrario. Ahora vamos a trabajar un poco, quiero que revisemos el estado de las tropas y el costo de mejorarlas.

Hasta avanzada la noche los dos generales analizaron la situación. Había serios problemas financieros, entre ellos la obligación de pagar más de 400 mil libras esterlinas de réditos por la deuda exterior. Además muchos generales y no pocos coroneles eran caudillos locales o provinciales, lo que obligaba a Páez a negociar con ellos, mientras las tropas estaban siempre insatisfechas y todavía unas cuantas bandas, relativamente bien armadas, deambulaban en el centro del país esperando que desde Puerto Rico se armara una invasión a Venezuela.

Revenga elaboró una minuciosa relación de la grave situación económica y el impuesto al tabaco no sería suficiente para cubrir todos los gastos. Llegó incluso a criticar que Páez gastaba demasiado por mantener una casa en Valencia y otra en Caracas, lo que generó mala sangre entre ellos. Luego Páez entendió que Revenga no lo había hecho para molestarlo, sino que consideraba urgente reducir gastos, no sólo en su entorno, sino hasta eliminar los medios salarios que devengaban docenas de coroneles y generales. Pero licenciar sin paga a los militares podía aumentar la inestabilidad y Páez descartó la idea, al menos por el momento.

Soublette se retiró y el General se dirigió a sus aposentos. Cruzó el pequeño salón y entró al dormitorio. Barbarita lo esperaba, leía recostada en la cama, apenas cubierta por una delgada camisa de dormir que no sólo hacía evidente su bien formado cuerpo, sino que le hizo a Páez olvidar el cansancio de la larga jornada y lo avanzado de la hora. Mirándola, excitado, se desvistió rápidamente, mientras ella cerraba el libro y soplaba, una a una, las numerosas velas. Se sentó en el borde de la cama, se quitó la camisa y e inclinó para quitarse las botas. Sintió sobre su desnuda espalda el suave y tibio contacto de los senos de Barbarita. Los problemas de gobierno desaparecieron por el resto de la noche.

5

La reunión

Hacienda Altagracia, 1830.

Resultó inevitable que Juan del Río aceptara la invitación de Carlos Augusto. Le tenía horror a los caballos, aún más a las carretas y detestaba a cuanta alimaña existía. Aunque tenía unas tierras en Barlovento, fuente de buena parte de su renta, sólo las había visitado dos veces en su vida. La primera, aún niño, cuando su padre lo llevó para que las conociera; la segunda, ya fallecido éste, obligado por asuntos legales. El caporal había insistido en mostrarle cada rincón de lo que él definía como "la maldita hacienda" y había regresado a Caracas picado de zancudos, con un sabañón en el pié derecho y una garrapatera en la entrepierna que lo atormentó por más de dos semanas.

El hijo de Carlos Augusto había visitado dos veces más a Cristina, el asunto parecía serio y declinar la invitación de un hombre tan importante, no parecía lo más conveniente. Pero no tuvo que meditar mucho y de pronto descubrió no sólo que la decisión había sido tomada, sino que venía con complemento.

-Padre, me he tomado una libertad para hacer fácil que aceptes la invitación.

-¿Y será posible saber, mozuela, cual es ella?

-¿Cómo sabes que es "ella"?

-"Libertad" mi querida hija, es palabra femenina.

-Papá, me confundes siempre con esa jerigonza, pero si hay una "ella" y esa es Doña Amparo. Como seguramente no te parecería adecuado ir a Altagracia sólo contigo y sin quien me cuide, hice que

el General invitara a Doña Amparo que no sólo es de tu confianza, sino que será como mi dama de compañía.

-¡Por Dios santo! ¿Te has vuelto loca? ¿Qué pensará el General de nosotros después de tal monumental despropósito? ¿Qué dirán al saber que estoy viajando con Doña Amparo? Y ¿Qué pensará ella de todo este enredo que has tramado?

-Pues nada, al general Carvallo le pareció muy bien. Amparo de la Sierra tiene buena conversación, se viste con gusto y tú mismo me has dicho que sus tertulias son placenteras.

Juan se levantó de la butaca francesa forrada con un terciopelo verde ya algo raído y en espera del nuevo paño que ya había encargado. Colocó los pulgares en la cintura y le dio dos vueltas a la sala mirando hacia el techo mientras Cristina lo observaba. Giró hacia ella y preguntó:

-¿Cuándo debemos emprender tan horroroso periplo?

-¡El sábado! Gritó Cristina y como si fuera una chiquilla saltó abrazando a su padre y le dio un beso en la mejilla.

El viaje desde Caracas hasta los valles de Aragua resultó tan penoso como había anticipado. Aunque ya había cesado la estación de lluvias y enero era sin duda el mes más fresco del año. La partida se había demorado después que Quiroga, enviado por Carlos Augusto con cuatro hombres armados para conducirlos, los convenciera de lo inadecuado del atuendo con el cual pretendían viajar Juan, Amparo y Cristina.

-Señor Quiroga, primero me veréis difunto que montado en esa bestia de maligna mirada y peor talante.

-Le doy seguridad, Don Juan, que es un animal manso y de buen paso. Es uno de los reservados para las señoras cuando pasean en la hacienda.

Juan dejó pasar el último comentario que en algo comprometía su masculinidad y replicó.

-Señor Quiroga, o me hacen sitio en ese carromato, que también parece ser un artilugio infernal, o me quedo en Caracas.

De allí que fue necesario enviar por un vendedor de ropa para adquirir prendas ligeras y un carpintero para fabricara e instalara en la carreta una suerte de asiento adicional en el cual Amparo colocó un cojín de terciopelo rojo con galones bordados que adornaba el sofá de su casa. La improvisada silla quedó instalada en pocas horas, pero al quedar ubicada en la parte posterior de la carreta, que iba liviana para comodidad de los pasajeros, los tumbos se sentían con mayor fuerza y antes de llegar a Los Teques donde pernoctarían, ya Juan del Río, tenía las nalgas doloridas, las piernas entumecidas y cada músculo de la espalda tan rígido como una tabla. Amparo no estaba mejor, pero se quejaba menos preservando todo el tiempo un aire de dignidad. Quiroga y sus hombres conducían la pequeña caravana con lentitud en honor de los inexpertos viajantes y fue necesaria una segunda pernocta antes de llegar al curato de El Consejo y desviarse hacia el Sur rumbo a la hacienda. Carlos Roberto resultó ser un razonable jinete y buen compañero de ruta atendiendo continuamente las necesidades de las dos mujeres, relatando historias sobre Europa, en particular sobre el ferrocarril, los canales y los nuevos caminos. En las pausas y comidas, le daba ánimo al maltrecho Juan del Río.

-*¿Saben que este es el mismo camino que usaron los primeros colonizadores? Éste, es, sin duda alguna, un país abandonado de la mano de Dios.* Comentó Juan del Río.

-*O de sus gobernantes.* Concluyó Carlos.

Altagracia estaba de fiesta. Escobas, escobillones y plumeros habían hecho su trabajo y la sempiterna fauna de los techos de caña: arañitas, hormigas y hasta las pequeñas lagartijas se ocultaron en los inevitables resquicios de la estructura. Durante tres días María Antonia había disfrutado, acompañada por la siempre diligente Albertina y rodeada de un pequeño ejército de sirvientes, buscando sábanas que debían ser lavadas y asoleadas, extrayendo jofainas y floreros para cada habitación, y hasta contando el número de bacinillas requeridas. La cocina también demandaba atención dado el elevado número de comensales previstos. La hacienda proveería buena parte de la comida, pero sería necesario adquirir en La Victoria algunos faltantes y de Caracas, Quiroga traería aceitunas, alcaparras, bacalao seco y otros abarrotes importados. Solía recordar cada nombre, sexo y edad de su gran familia.

Había logrado que su hermana menor, Luisa, a pesar de sus achaques, decidiera venir. Tras la muerte de Jorge el año pasado, eran las únicas Romero de Terreros sobrevivientes. Luisa vendría acompañada por sus hijos Miguel y Alfredo de la Fuente, así como por Alonso Cortés, María Isabel y su nieta, Altagracia. María Antonia, Alonso y Luisa eran los únicos sobrevivientes de su generación. María Antonia de algún modo resentía la pérdida del apellido materno ya que ni su hermano menor, Fernando, muerto en el terremoto de 1812, ni José fallecido en 1820, dejaron hijos varones.

Sus tres hijos y respectivas esposas, también eran el centro de su atención: Juan Lorenzo y Rosalía, Alfonso y Elisa, pocas veces habían estado simultáneamente con Carlos Augusto y Mariana en *Altagracia*. Pocas madres, pensó, llegaban a ver hijos cincuentones. Atender y organizar a más de treinta personas, entre ellos no pocos niños, era casi una hazaña, pero María Antonia la cumplió con particular entusiasmo, siempre con Mariana a su lado. Entre los preparativos no faltó la nota que le envió a Juan Lorenzo para que portara con él, maletín y botiquín, en caso de que fuera necesaria alguna atención médica.

A lo largo del soleado lunes fueron llegando los distintos grupos y María Antonia los recibía efectuando de inmediato la distribución en las habitaciones, mientras que todos los niños descubrían con alborozo, que serían concentrados en el depósito de la cuadra donde una docena de hamacas ya habían sido dispuestas. Así como le parecía simple ubicar a los más pequeños, más complicado era hacerlo con las hijas mayores de Carlos Augusto y sus respectivos maridos. Rosa y José Antonio Robles tuvieron que dejar a sus hijos en Caracas y Marianita, recién casada con Juan Pedro Ponte por fortuna aún no tenían descendencia. Quiroga salvó la situación ofreciendo su casa para las dos jóvenes parejas, mientras que Alicia, la menor, sería alojada con los niños. Aunque ya era una señorita, Alicia se entendía mejor con los más pequeños que con los adultos.

Cristina encontró a Florinda, la hija de Quiroga dando los últimos toques a su habitación. María Antonia acertó al pedirle a la jovencita, que asistiera a Cristina en lo que fuera necesario. La hija de Quiroga, un par de años menor que Cristina, quince años y una sonrisa perpetua en los labios, se educaba con las monjas de La Victoria, hablaba poco y era querida por todos. Carlos Augusto describió una vez a su madre y a Mariana, como el árbol y la lluvia. Había sido dos años atrás cuando, tras regresar de La Victoria y atender la misa de difuntos en honor a Eduardo y Diego, se disponían a cenar.

-*Quiero hacer un brindis y les estimo que se levanten. Para los pequeños, por favor Porfirio, una gota de vino nada más.*

El sirviente llenó las copas y cuando todos estuvieron atentos y de pié, Carlos Augusto dijo:

-*Esta es la mejor familia que hombre alguno haya tenido y quiero brindar por todos, pero en especial por mi madre que es árbol que con su sombra nos protege y con su porte marca el camino y por Mariana que es como la lluvia que a todo le da vida.*

María Antonia y Mariana se hicieron inseparables. Ambas preferían vivir en la hacienda que en Caracas y aunque Mariana acompañaba a Carlos Augusto ocasionalmente a la capital, era más el tiempo que permanecía en *Altagracia*. Mariana había regresado de París en octubre después de dejar a Gustavo con los Boisnard, los encumbrados parientes franceses que además, desde los tiempos de Napoleón, estaban dotados con título nobiliario. Los dos menores, Augusto y Alicia, pasaban largas temporadas en Caracas debido a la precariedad en materia educativa que caracterizaba a La Victoria. Gustavo quería ser médico como su tío Juan Lorenzo, mientras que Augusto, fascinado por el mundo de las leyes, cuando no estaba en la universidad, merodeaba en el despacho de Alonso Cortés.

La estrecha relación entre las dos mujeres había logrado que entre los hijos mayores de Carlos Augusto con Mercedes Madrigal y los cuatro menores de Mariana, hubiera tanta armonía y fraternales conflictos, como si fueran de la misma camada. Así como Mariana trataba a María Antonia como si fuera su madre, lo hacían con Mariana los hijos de Mercedes, fallecida tantos años atrás que para ellos era un vago recuerdo. María Antonia, a pesar del origen humilde de Mariana, le había abierto un espacio tanto entre los hacendados de los valles, como entre las amistades de Caracas. Ya aproximándose a los cincuenta, Mariana conservaba mucha lozanía en su rostro oliváceo y su figura, ahora un poco más voluptuosa, seguía siendo envidia de mujeres y objeto de furtivas miradas masculinas. Carlos Augusto recordaba, con orgullo, cuando diez años antes, en 1820 habían visitado a los Boisnard en Vincennes y Mariana había sorprendido a todos con su buen francés y gusto al vestir.

A las seis y media la cena fue servida. Sin protocolo, María Antonia dispuso que se colocaran grandes fuentes con el sancocho y luego el asado acompañado con yuca y plátano. Grandes jarras con papelón con limón y guarapo de piña ocupaban una mesa colocada a un lado de la mesa, mientras que en el otro se encontraba las vajillas, dos más finas y una tercera de menor calidad. Un canastón recibía continuamente arepas del budare ubicado en la cocina, mientras las dos sirvientas iban y venían de la cocina reponiendo el caldo, los trozos de maíz tierno, los tubérculos y nuevos cortes de asado bañados en una deliciosa salsa oscura y ligeramente dulzona. En la mesa principal fueron ubicados los diez y siete adultos y los invitados: Juan del Río, en una cabecera con Amparo y Cristina a cada lado; Juan Lorenzo y Rosalía, Alfonso y Elisa, Alonso Cortés y María Isabel, Miguel y Alfredo de la Fuente, Guillermo y Albertina, ocupaban el largo de la mesa con Carlos Roberto frente a Cristina. En el otro extremo Carlos Augusto presidía, bordeado por Mariana y María Antonia. Alicia, con su aire distraído, ocupaba un sitio junto a su abuela. En el amplio corredor que daba al frente, la tropa de adolescentes y niños comieron en mesas improvisadas y en delicioso desorden.

Juan del Río sufrió una profunda metamorfosis en la siguiente hora. Cuando entró al comedor, elegantemente ataviado, resultó discordante entre el grupo familiar, que sin descuido, vestían los usuales y frescos ropajes que se empleaban en la hacienda. Retiró, como correspondía, la silla vecina donde, debía sentarse Amparo, que mejor aconsejada por Mariana, había dejado en el dormitorio el vestido de terciopelo encarnado que había llevado para la ocasión. Juan del Río la miró apreciando lo bien que se veía con la blusa blanca, abierta hasta los hombros, que contrastaba con el negro azabache de su pelo, cejas y grandes ojos. La ligera vestimenta no sólo la hacía ver de menos edad, sino que dimanaba, hasta en los coquetos movimientos de cabeza y hombros, una sensualidad que Juan no había percibido antes.

-Monsieur del Río, bromeó Carlos Augusto. Puede usted liberarse de esa elegante casaca, hace demasiado calor y como podrá observar, aquí en Altagracia, no somos muy formales.

-Juan del Río, es un homme du monde, siempre impecable. Dijo Amparo como elogio.

Juan se sintió incómodo, temiendo que se hiciera evidente algún rubor, pero aceptó la sugerencia. Regresó a la habitación, misma que debía compartir con el pretendiente de su hija, colgó la casaca, pero se dejó puesta la amplia corbata de seda y el chaleco de cuyo bolsillo emergía la cadena de oro de su elegante leontina. Tres copas de vino más tarde, descubrió que nadie prestaba mayor atención a que estuviera en camisa formal, se libró de la corbata y gradualmente se fue incorporando a la conversación. La misma tenía un peculiar ritmo y el grupo no parecía tener dificultad alguna en saltar de un tema a otro, desde asuntos domésticos de la hacienda, pasando por comentarios sobre la vida en Caracas o anécdotas divertidas, posiblemente ya contadas en el pasado. Carlos Augusto reparó que Juan y Amparo a veces quedaban fuera de los temas, aunque por las expresiones y las miradas que de vez en cuando cruzaban, no cabía duda que la estaban pasando bien.

-Don Juan, Doña Amparo, nuestra querida Cristina. Dijo Carlos Augusto en alta voz interrumpiendo la conversación de sobremesa.

-Sean bienvenidos a nuestra casa y ahora, por favor Porfirio, sírvenos unas copitas de ese Cognac que tan celosamente guardas para las ocasiones especiales.

-*¿El Boisnard, señor?* Preguntó Porfirio con una sonrisa que exponía blancos y relucientes dientes con fuerte contraste con lo oscuro de su piel.

-*Ese mismo, Porfirio. La ocasión es especial y ese licor sólo lo fabrican nuestros parientes para convivíos como el de hoy.*

Tras los postres, pequeños merengues, barritas de melcocha endurecida y un delicioso majarete espolvoreado con costosa canela, continuó la tertulia. Carlos Augusto tomó a Juan del Río por el brazo y con un gesto llamó a Guillermo y a Carlos.

-*Vamos a caminar un poco antes de dormir.*

La noche ya había caído, pero la luna llena iluminaba el amplio patio y el silencio sólo era roto por el canto de las ranas que merodeaban la acequia más cercana. Comenzó a soplar una suave brisa, seca y fresca.

-*Don Juan, ¿Qué se cuenta en Caracas? Tengo días que no voy.*

-*General, pues todo gira sobre la elección de los diputados y la convocatoria a la Asamblea Constituyente, para muchos vale aquello de numquam est sera conversio. Dijo Juan del Río con cierta picardía.*

-*Recuerdo la frase.* Contestó Carlos Augusto, *"nunca es tarde para convertirse", creo que la empleaban para los judíos cuando les dieron a escoger entre abandonar España o hacerse católicos.*

-*Así es, ahora los más fervientes seguidores de Bolívar, o quienes estaban convencidos de las virtudes de seguir unidos a Colombia, están en plena etapa de conversión.*

-*¿Y su merced qué piensa sobre todo esto?*

-*Ya dejé de pensar y hasta perdí la capacidad de sorprenderme.* Respondió Juan del Río con honestidad *y continuó: Hagamos algo. Piensen en el país y digan, en sólo una palabra lo que sienten. Yo digo ineptus.* Soltando de nuevo un latinazo.

-*Inexpertus.* Siguió Carlos Roberto que ganas tenía de mostrarle a su potencial suegro que él también sabía algo de latín.

Guillermo soltó una carcajada y continuó.

-*Claro, estás llegando de Inglaterra y aquí no sólo no existe quien pueda construir una máquina, sino que aún viviendo de la tierra, muy pocos saben algo de la ciencia del cultivo. Yo prefiero decir infidelitas.*

-*Bien, ¿pero que les parece inordinatus?* Preguntó Carlos Augusto.

-*¡Por Dios y la Santa Virgen!* Exclamó Juan del Río. *Todos usamos negativos y creo, señores que se complementan. Hemos tenido gobiernos ineptos, magistrados inexpertos, infidelidades a más no poder y no hay más orden, que el que cada uno logra poner en su casa.*

-*Derrotamos sus ejércitos, expulsamos a las tropas peninsulares del país, nos ganamos la independencia, pero destruimos las instituciones y no hemos sido capaces de crear nuevas. Colombia resultó ser un error político, ahora vamos a probar con un nuevo país y no tengo duda alguna que tendremos una Constitución copiada de Francia y con suerte, con algunos artículos inspirados en las leyes británicas o en las que Adams plasmó en las de América del Norte. El problema es de infidelitas, porque en el fondo ni creemos, ni practicamos esas cosas, es de ineptia porque no tenemos escuelas ni deseos de sacar a la masa de la ignorancia, también nos falta experiencia y el orden, sólo es posible si hay justicia, propiedad, igualdad y equidad…*

-*Papá, pero en la Europa tampoco hay todas esas cosas.* Señaló quien conocía bien las injusticias comunes en Francia e Inglaterra.

-*Cierto, Carlos, distan de la perfección, pero bien sabemos que allá los tribunales funcionan mejor, hay bastante respeto por la propiedad, buen número de sus conductores entienden la necesidad de enseñar. Salvo en las colonias que aún poseen, la esclavitud ha sido eliminada. Existe un orden y crece la separación de los poderes. Hasta los más pobres saben que tienen ciertos derechos y no creo que existan las montoneras al mando de un autonombrado Coronel o General, que se cree monarca de un trozo del país.*

-*Creo que todo lo dicho es cierto, sino fuera por el orden que Páez ha logrado, Mariño ya se hubiera coronado Rey de Oriente y Carujo Príncipe de Coro.* Apuntó Guillermo mientras se detenían frente a los escalones de madera que ascendían hacia la puerta principal.

-Pienso también que Páez tiene tantos defectos como cualquier otro y que oponerse y tratar de revivir la idea de Bolívar, hace poco sentido. No firmamos la proclama de Caracas porque papá, y en eso lo acompañamos, señaló que buena parte del documento tenía ideas que la mayoría no tenía la menor intención de cumplir. Pero en mi opinión debemos apoyar la idea de tener una Constitución y luego un gobierno estable.

-Guillermo, creo que tienes toda la razón, sólo espero que todo esto no concluya en una oclocracia jacobina dirigida por truchimanes que me hurten la renta viajera de la cual vivo. Concluyó Juan del Río que después de haber encontrado competidores en latín, decidió cerrar la noche con uno de sus galimatías.

Más tarde Carlos Roberto buscó y encontró en el diccionario el significado de oclocracia. Concluyó que era algo así como lo vivido durante el Terror en la Francia de Robespierre. Al día siguiente Carlos Roberto se levantó temprano y encontró a su probable y temido suegro con uno sus sobrinos, el hijo mayor de Rosa, sentado en sus piernas. El niño se reía sin parar mientras trataba de repetir lo que Juan del Río decía en forma de cancioncilla: "*Vamos del tumbo al tambo, del timbo al tumbo, de tambo al timbo y de la ceca a la meca, sin ton ni son, sin arte ni parte…*".

Carlos Roberto saludó y retomando la conversación de la noche comentó con un dejo de ironía:

-Espero, Don Juan, que esa no sea una clase de historia.

-Mi distinguido amigo, temo hacer de su conocimiento que en efecto, ir del tumbo al tambo, parece ser nuestro fatal destino.

-Don Juan, primero lo veo alegre jugando con el niño y ahora se nos puso triste. Dijo Carlos Augusto que junto a Guillermo entraban a la casa después de haber recorrido los potreros desde al amanecer.

Mariana los interrumpió.

-El desayuno está servido y supongo que apetito no les falta.

Juan, Carlos, Guillermo y Carlos Augusto se sentaron en la mesa con Mariana y María Antonia. Luego fueron llegando los demás que, necesariamente, había hecho turnos para utilizar los dos grandes baños que tenía la casa. Arepas, huevos, casabe, leche recién ordeñada, cuajada y, para alegría de muchos, hasta café, bebida que comenzaba a ganar popularidad en el país, aunque buena parte de la producción se exportaba. Al concluir, los cuatro hombres salieron al pasillo, retomaron la conversación de la noche anterior y Carlos Augusto la inició:

-*Veamos, nos habíamos quedado cuando Don Juan manifestaba su pesimismo, pero yo no siento, a pesar de opiniones de mucho peso, que el estado del país será peor. Páez es hábil y día con día está mostrando su inteligencia. Su alianza con Soublette es prueba de ello, es como un mensaje de paz a Caracas.*

-*Pero general Carvallo, con todos los méritos de Soublette, él dista de ser un representante de los hacendados y comerciantes, a fin de cuentas es hijo de canario…*

-*Don Juan, no olvide que está casado con una Jerez de Aristeguieta.* Intervino Guillermo.

-*Eso vale. Soublette neutraliza a Peña, Páez no se trae a los jefes de las montoneras para hacerlos ministros. Nombra a Diego Bautista Urbaneja, convoca a una Constituyente y dice que se someterá a lo que ella disponga.* Apuntó Carlos Augusto.

-*Dos preguntas, yo no me aventuro a opinar ya que todavía estoy aprendiendo de éste curioso país.* Dijo Carlos Roberto con cierta vacilación: *¿Qué pasaría si lo que dispone la Constituyente no le gusta a Páez? ¿Cómo reaccionarán Mariño y otros jefes si la nueva Constitución resulta ser civilista y desplazan a los militares?*

-*Carlos, estarás aprendiendo todavía, pero sin duda ya sabes hacer preguntas pertinentes.*

-*¿Cuál será la respuesta, Don Juan?* Señaló Guillermo.

-*Éste es un país de truchimanes, montoneras y escaso espíritu público. Sólo con mano dura se puede gobernar. No importa lo que se plasme en la Constitución, la inepcia y la estulticia seguirán siendo el signo de nuestros tiempos y Páez será como Sancho Panza cuando le dieron la gobernación de la ínsula.*

Carlos Augusto no pudo menos que esbozar una sonrisa ante las aseveraciones de Juan del Río.

-*Mi querido Don Juan, no os falta razón. Abundan los truhanes y buen número de mis antiguos compañeros de armas se han hecho con propiedades y pretenden ser gobernantes de cuanto pueblo rodea su nuevo hato. Carecemos de jueces, no hay más policía que la organizada por Arismendi que sólo alcanza a los poblados principales. Acabamos con las instituciones españolas y hemos sido incapaces, hasta ahora, de construir las propias. Sólo nos queda escoger entre apoyar a Páez o el caos.*

-Páez parece haber tomado consejo como lo hizo Sancho. Dijo Carlos Roberto para impresionar a Juan del Río y hacerle saber que él también había leído a Cervantes y continuó:

-¿Recuerdan como Don Quijote le dice a Sancho que se corte las uñas, vista bien pero sin ostentación y coma moderadamente? Pues Páez está haciendo eso y creo que nos dará una grata sorpresa.

Cuatro días después, juntos y formando una pequeña caravana acompañada por cuatro hombres armados provistos por los Carvallo, los visitantes regresaron a Caracas. No se había disipado el polvo en el camino cuando llegó el mensajero con la carta. Al sudoroso soldado le ofrecieron de comer y beber, así como alojamiento para la noche que se aproximaba. Carlos Augusto abrió el sobre, meticulosamente lacrado y desplegó la carta. Estaba firmada por Páez y lo convocaba -"tan pronto le sea posible a Vd. Merced"- a Valencia. La misiva estaba redactada de tal forma que era imposible rehusar. Carecía de imperativos o frases exigentes, era cortés y respetuosa, casi amable, pensó Carlos Augusto. Acompañado por el mensajero, Guillermo y uno de los peones, salieron hacia Valencia poco antes de la salida del sol.

Valencia, 1830

La casa de Páez en Valencia había sido restaurada y Castillo había pintado murales y cuadros alegóricos que creaban, como Páez deseaba, una sensación de permanencia. Sin la calidad de las mansiones que ocupaban los gobernantes europeos como podía recordar Carlos Augusto, preñadas de historia y objetos, la mayoría de indudable calidad, la casa destacaba como una de las mejores de la ciudad. El general

Páez lo recibió, vestido de civil y con una sonrisa. Carlos Augusto observó que el General había cambiado su gabinete y ahora las tres secretarías estaban en manos de Santiago Mariño, Santos Michelena y para su sorpresa, Antonio Leocadio Guzmán.

Recordaba bien los artículos que éste había escrito, al comienzo muy civilistas lo que le había ganado cierta enemistad con Páez, pero luego Guzmán había arremetido contra Bogotá y Santander había sido el objeto de su pluma. Más adelante había vociferado bastante en las reuniones de Caracas en pro de la separación y Páez aprovechó tal circunstancia para atraerlo, aunque no faltó quien comentara que había sido lo opuesto, acusando a Guzmán de arribista. Carlos Augusto tenía sentimientos encontrados con respecto a Antonio Leocadio, a veces se identificaba con lo que el joven escribía, pero cuando lo vio y escuchó en una que otra conversación de pequeños grupos, no pudo obviar cierta sensación de rechazo. La decisión de atraer a Mariño, tenía sentido. Quizás una forma de neutralizar al caudillo de la región oriental.

Quizás no debía haber aceptado, pensaba Carlos Augusto, una vez más en camino hacia Valencia. Todo parecía moverse rápido desde diciembre del año anterior, pero tenía cosas que decir, más aún ahora en su condición de diputado. Llegó al atardecer del 5, se alojó en la pensión que regentaba Doña Encarnación Medina, una viuda de avanzada edad que alquilaba un par de habitaciones en una céntrica casa que había tenido mejores momentos, pero estaba limpia y la comida era razonable. El 6 de mayo no vaciló, las circunstancias lo hacían necesario, en levantar la mano cuando el secretario dio lectura a la proposición de designar a José Antonio Páez como Presidente hasta que el Congreso Constituyente decidiera otra cosa. Entre mayo y julio, fueron muchas las jornadas de viaje entre *Altagracia* y Valencia, amén de las numerosas reuniones con otros hacendados y hasta dos viajes a Caracas, todos en su afán de representar bien a sus electores.

Guillermo y Carlos Roberto tenían ideas, tampoco estaban carentes de ellas su madre y Mariana. Para Guillermo el principal problema de la naciente república era la casi inexistencia de moneda, expresión de la enorme debilidad financiera del país. Para Carlos, aún bajo la influencia de sus prolongados años en Europa, los temas eran la educación, las artes y la necesidad de modernizar al país. María Antonia, que había vivido lo suficiente para ser testigo de toda clase de iniquidades, insistía en que Carlos Augusto velara por un buen sistema de justicia. Mariana completaba el cuadro de opiniones señalando de las reglas para gobernar un país eran las mismas que las necesarias para administrar una hacienda.

-Deseo manifestar mi inconformidad con el texto del artículo propuesto por los honorables integrantes de la comisión, Pienso, señores diputados, que se ha hecho un excelente esfuerzo para construir un texto moderno y que todos nos encontramos animados para que el mismo le otorgue paz, progreso y justicia a nuestros habitantes. ¿Pero cómo puede haber progreso y justicia si restamos ciudadanos en lugar de sumar? ¿Cómo pensar en paz y equidad si excluimos a tantos? El artículo excluye, a los sirvientes domésticos, enajenados, deudores fallidos, deudores a fondo público, vagos declarados, aquellos con causa criminal pendiente o con interdicción judicial.

Tomó un sorbo de agua, miró hacia sus colegas diputados y percibió, al menos en algunos, interés por sus palabras y continuó:

-Más aún, también le resta condición de ciudadano, elector o aspirante, a los ebrios consuetudinarios, lo que determinaría que algún diputado de ésta asamblea y eventual firmante de la Constitución, carezca de la condición esencial para ser elector y elegido...

Fue interrumpido por risas, aplausos y protestas, mientras que dos diputados, conocidos por sus excesos etílicos, pasaban a la fila de sus adversarios. Firme, con los brazos apoyados en el podio, continuó:

-Valen las mismas observaciones para las condiciones fijadas en torno a la solvencia económica. Entiendo la intención de lograr que diputados y senadores sean escogidos entre aquellos con más mérito,

pero no creo que los méritos tengan mucho que ver con la fortuna. Lean, señores diputados con cuidado esos artículos, allí se demanda que los futuros representantes sean mayores de 21 años, lo cual no está mal, pero luego se apunta que deben tener una propiedad raíz que rente 200 pesos anuales, o ejercer profesión que rinda al menos 300 o empleo de a 400 ¿Cuántos empleos de 400 pesos existen en este país arruinado? ¿Cuántos propietarios existen?

-¡Eso prueba la valía de un hombre! ¿Acaso quiere su merced llenar esta sala con la escoria? Interrumpió a viva voz el rollizo diputado, rico hacendado conocido tanto por sus excesos en la mesa como por el elevado número de esclavos que poseía.

Carlos Augusto lo miró y levantó la mano.

-Mi querido amigo y honorable diputado, ya tendrá su merced la oportunidad de rebatir. Ahora, le ruego me permita disfrutar de ese derecho a expresar opinión sin censura, tal como propuso usted mismo en el artículo 194 y les doy mi palabra, que muy pronto terminaré. En efecto, señores, hay demasiadas limitaciones en el texto, tantas que al final dejaremos fuera a la mayoría de los pobladores y al hacerlo, al excluirlos, sólo por ser pobres, así como se está haciendo con las mujeres, no sólo se comete injusticia, sino se pierde la oportunidad de fortalecer a la nación. ¿Cómo puede ser bueno un hombre pobre para tomar las armas y defender al país, pero no para votar o ser elegido? A tiempo estamos para enmendar esos artículos. De hecho muy pocos en una Constitución que tiene grandes ideas como la no reelección inmediata, la de un gobierno alternativo, el civilismo que está plasmado en tantos artículos, los derechos de propiedad, los jueces naturales, la expresión sin censura...pero, ¿dónde está aquello de la igualdad de los derechos? Y, dígame, señor secretario, ¿dónde quedó el artículo que escribí sobre la abolición de la esclavitud? ¿Qué decisiones se tomarán para que los pobres tengan propiedad y así mejoren su condición?

-*¡Jacobino!* Gritó el mismo diputado con el redondo rostro enrojecido.

-No señor, ni tampoco Girondino, mi nombre, en caso de que su merced lo haya olvidado, es Carlos Augusto Carvallo. He concluido señores diputados, pero a usted mi querido amigo, que siempre ha gozado de mi consideración y estima, le recomiendo que se tranquilice, pues mi hermano, médico de magnífica reputación y

preciso pronóstico, señala que en hombres de su complexión, la ira puede conducir a la apoplejía.

Carlos Augusto abandonó el podio con la certeza de que su carrera como hombre público había concluido. Yánez, en su condición de Presidente del Congreso, llamó a receso y convocó a los secretarios para la elaboración del texto definitivo, las palabras de Carlos Augusto quedarían para el recuerdo, no se abriría de nuevo el debate. En la antesala y luego en el patio, algunos diputados felicitaron a Carlos Augusto, otros se mantuvieron alejados. De pronto escuchó que alguien, en voz muy baja y cerca de él decía:

-General Carvallo, usted se adelanta demasiado. Esas cosas no están en la cultura de la mayoría de los presentes. Quizás dentro de algunos años veremos lo que su merced aspira. Será difícil olvidar su última intervención y por ella, para lo que valga mi modesta opinión, lo felicito de todo corazón.

Carlos Augusto giró para ver quien le hablaba y casi tropezó con Fermín Toro, a quien había visto varias veces deambulando por los pasillos. El 22 de septiembre se aprobó la nueva Constitución y Carlos Augusto, satisfecho con buena parte del texto y también bastante frustrado por sus carencias, levantó la mano en señal de aprobación. Camino a *Altagracia*, tres días después, no podía dejar de pensar que pobres, sirvientes, deudores, vagos, ebrios, criminales, enjuiciados, interdictos, locos y mujeres, no serían electores o elegidos. La esclavitud tampoco fue abolida. Cuatro de cada cinco habitantes de esa geografía que en pocos años pasó de colección de capitanías y provincias a país independiente, casi todos pardos, indios o negros, o blancos de orilla, no eran ciudadanos y unos cuantos diputados y hasta el mismo Páez, no hubieran podido ser electores o elegidos antes de la guerra.

El fantasma de Bolívar había estado presente a lo largo de los debates y en las proposiciones. Aunque no se lo mencionara, todos lo tenían en la mente. Carlos Augusto había manifestado, junto a otros diputados, su desagrado ante las intervenciones de Peña, Quintero y José Cabrera, el diputado por Guanarito que era el más exaltado de todos y otros que querían el indulto para Carujo y prohibición para que Bolívar pudiera regresar a Venezuela. Páez y Soublette habían sido, por decir lo menos, muy cautos en ese particular aunque era sabido que preferían a Bolívar en Bogotá. Tampoco faltaron aquellos, en particular los más adinerados que sentían a Bolívar como parte de su casta y veían a Páez como un advenedizo de clase inferior, que trataron de impedir la aprobación de los artículos que consideraban como más radicales y con frecuencia lo lograron. Eran los mismos que había celebrado la entrega de Miranda a los españoles y habían felicitado a Bolívar primero por el fusilamiento de Piar y luego por el de José Padilla tras los sucesos de Cartagena, pero no tanto por los hechos de que habían sido acusados, sino por que ambos, por ser pardos, eran vistos con temor.

Poco antes de desviarse hacia el rústico camino que conducía a *Altagracia,* Carlos Augusto pensó si en el futuro se conmemoraría en julio, junio o septiembre, el nacimiento del nuevo país o si la paternidad del mismo recaería sobre Miranda, Bolívar o Páez. En su opinión los tres tenían suficientes méritos, pero había leído y vivido lo suficiente para saber que con frecuencia las historias oficiales poco tenían que ver con los hechos.

6

El Gavilán

Valles de Aragua, 1831

Encarnación Carreño tenía 29 años, el pelo duro y encrespado, con menos mugre procedente del polvo que las largas cabalgatas depositaban, podría haber sido negro azabache. La nariz larga y ganchuda resultaba fuera de lugar en su rostro de mulato y la misma hizo que lo apodaran "El Gavilán". Que le dieran como apodo el nombre de un ave de rapiña quizás estimuló su mal carácter. La larga nariz descendía hacia una boca de labios gruesos, donde faltaban varios dientes, resultado de una escaramuza en el Paso de Caujaral, cuando pertenecía a la guerrilla de Aramendi en el año 19. Se equivocó al abandonar las tropas de Páez en Apure y ofrecer sus servicios, en lo que mejor sabía hacer, que era robar ganado, para el ejército realista. Pensó que el oficial de provisiones no se daría cuenta que parte del ganado terminaba en manos de un pequeño hacendado que había decidido obtener algún beneficio de la guerra. Se libró de ser fusilado porque los españoles tuvieron que levantar el campamento con gran prisa. En medio del tumulto, se olvidaron de Encarnación.

Al terminar la guerra abandonó Apure y se fue a Barinas buscando que le reconocieran sus servicios, pero mientras se colocaba en la fila en espera de los vales de tierras, fue reconocido por un Sargento que lo acusó de haber desertado. Perseguido por dos soldados tropezó con la raíz de un frondoso árbol y terminó, con una pierna fracturada, en el cauce seco de una quebrada. Como pudo, arrastrándose salió del cauce mientras los soldados, que decidieron que no valía la pena bajar a buscarlo, se reían recostados del árbol.

Al Zambo, que nunca dijo como se llamaba y nadie le preguntó, lo encontró tasajeando una res robada al Sur de San Juan de los Morros y tras compartir parte de la carne se hicieron socios. Como había hecho en el pasado, buscaron a un pequeño hacendado poco escrupuloso y a uno de los dos carniceros de San Juan y se dedicaron al robo de ganado. A comienzos de 1828, en una casa que vendía aguardiente, conocieron a Pacheco y al negro José, ambos veteranos de la guerra, que habían encontrado bastante lucrativo asaltar a los viajeros que intentaban trasladarse desde San Juan hacia Maracay y Valencia. Los cuatro se unieron por unos meses a la pequeña tropa de Luciano Castro que, en nombre del rey de España, se movía entre Villa de Cura, Ortiz, Parapara y San Casimiro de Guiripa, pero para mayo el grupo se disolvió ante el acoso de las tropas de Páez.

El Gavilán retomó el abigeato tras asesinar a los tres miembros otra pequeña banda que con propósitos similares, solía merodear la misma zona. Con mejor conocimiento de armas, implacable con las mismas, corpulento y siendo el único que sabía leer y escribir, se convirtió en el jefe de la banda, no sin antes casi matar a golpes a Pacheco por cuestionar su liderazgo. Éste era un antiguo marinero español cuyo último capitán había decidido abandonarlo en un playón cerca de Cabo Blanco, desde donde se trasladó a Caracas. El comienzo de la guerra lo encontró en la Cárcel Real pagando una condena por hacer trampa en un juego de naipes. En 1812, durante el terremoto, logró escaparse y fue reclutado primero por Monteverde y luego por Boves, tras la muerte de éste último, se unió temporalmente a las tropas de Páez. La aspiración de El Gavilán, compartida por Pacheco, era reunir suficientes pesos, caballos y bastimento para hacerse con algunas tierras hacia Camaguán y tener su propia hacienda. Las aspiraciones de Carreño eran mayores. Desde el fin de la guerra algunos combatientes no sólo se habían hecho con grandes extensiones de tierra, sino además del control político de diversas zonas. Pero para alcanzar esa meta necesitaba dinero y hombres que lo siguieran. En efecto algunos terratenientes habían logrado sus propiedades a través del chantaje, la legalización de las tierras, a cambio de deponer las armas.

De Caracas, Maracay, La Victoria y Valencia iban mercancías hacia los poblados del Norte de los Llanos y éstos trataban de enviar ganado, leña, algo de tabaco, algodón y añil hacia las ciudades. La banda tenía cuatro caballos y una mula que portaba casi todas sus pertenencias. Se movían en un triángulo que iba desde San Juan al Sur y Villa de Cura, San Sebastián de los Reyes, Altagracia y hasta cerca de Ocumare, hacia el Oriente. Un par de veces, incursionaron hacia las tierras del cacao bajando de la selva cerca de Caucagua. Una noche, atraídos por las hogueras, se cruzaron con las partidas del Teniente Coronel Arizábalo, que aún con esperanzas puestas en el retorno de los españoles, se movían hacia Caucagua y Río Chico, pero Encarnación sabía que tras ellos andaba el general Arismendi y le pareció prudente guardar distancia.

José manejaba la mula y los enseres, también cocinaba y era hábil construyendo con palos, hojas de palma y cualquier otro material, precarias viviendas donde solían permanecer por semanas y a veces hasta meses si se sentían seguros. Había sido esclavo de un hacendado español, cuya condición de peninsular no había sido obstáculo para que las hordas de Boves asaltaran la hacienda y reclutaran a los esclavos que, animados por la promesa de tierras, con gusto se unían al caudillo. Cuando fue derrotado, casi a la fuerza, lo incorporaron a la tropa de Páez y allí sirvió hasta el año 21. Luego se juntó con unos esclavos cimarrones cerca de Choroní, pero el hambre lo hizo trasladarse hacia la cordillera interior donde trabajó un tiempo en una hacienda. El dueño la perdió por deudas y José se juntó con Pacheco en San Juan.

Ahora más que ganado procuraban dinero, ropas, armas y naturalmente carne salada, aguardiente y otros víveres que complementaban con algo de cacería o pequeños animales que José capturaba en sus trampas. Acudían de vez en cuando a los poblados. Encarnación y Pacheco se presentaban como comerciantes, José y el Zambo como sus empleados. Éste último, a veces hasta se empleaba por algún tiempo como jornalero y obtenía información útil para la banda. Fue el Zambo quien les contó que en Villa de Cura se hablaba mucho, que entre tanta miseria, algo de prosperidad existía en los valles de Aragua.

-Dicen que hay haciendas ricas, con gente con reales, caballos y buen ganado.

-Sí, pero también hay tropas, peones armados y no faltan Generales y Coroneles que son dueños de esas tierras. Si te agarran por allí, no te van a dar unos palos, te cuelgan de un árbol o te fusilan. Argumentó Pacheco.

Encarnación los escuchó, no le faltaba razón a Pacheco, pero estaba harto de las garrapatas, dormir en el suelo y tener como única satisfacción beber hasta quedarse dormido. Años atrás había pasado por La Victoria y Maracay y la posibilidad de una cama, una mujer y una comida decente, era tentadora. Habían acumulado unas monedas mexicanas de plata que usualmente sólo circulaban entre los más pudientes, un respetable bulto con prendas de vestir y unas joyas cuyo valor desconocían y tampoco sabían a quien venderlas.

El Gavilán decidió:

-Vamos para allá y después veremos que hacer. Eso sí, se me portan bien hasta que yo diga.

El viaje era bastante largo y el terreno accidentado, a veces usaban las trochas y en ciertas oportunidades se aventuraban por algún tiempo por un camino más principal. Cinco días después, crecida la mugre con el abundante polvo que levantaban los caballos, llegaron a un camino, que por su mayor amplitud, debía ser el Camino Real. Pronto dieron con un riachuelo cuyo cauce estaba rodeado por grandes árboles. Bajaron de los caballos y se internaron en la madre del río hasta que encontraron un espacio, adecuado para atar los caballos y hacer campamento.

-Ahora se bañan, saquen el jabón que queda y se ponen bonitos. Laven la ropa y que José haga lo mismo con los caballos. Cuando salgamos mañana al camino debemos parecer comerciantes viajeros y si encontramos a alguien, los quiero a todos callados. El único que

hablará seré yo. Lo primero que debemos hacer es averiguar donde estamos.

El Gavilán y sus hombres, ahora con mejor aspecto, tanto que Encarnación vestía una casaca algo raída, pero aún con el bordado en buenas condiciones, se dirigieron, orientados por un peón con el que se cruzaron en el camino, hacia el curato de El Consejo. Pero el poblado era tan pequeño y pobre que nada de interés encontraron y casi de inmediato tomaron el camino hacia La Victoria llegando al anochecer. Se alojaron en una pequeña posada y por unas monedas encontraron hamacas, comida caliente y un dueño con marcado acento gallego, bien dispuesto a atender a los comerciantes. Vendieron buena parte de la ropa y hasta alguna baratija, pero casi todos los pesos obtenidos, incluyendo un trozo de papel que supuestamente podía ser redimido y hasta medios reales y centavos cortados, se acabaron tres días más tarde distribuidos entre los vendedores de aguardiente y las mujeres del único prostíbulo del poblado. Allí, además, terminaron humillados al ser expulsados por dos fornidos negros que tenían como misión mantener el orden y prestigio del lupanar. Sin las armas, que habían escondido con sus bultos en el depósito del gallego, no pudieron tener otra reacción que unas sonoras mentadas de madre.

Ocurrió que la dueña, que desde la primera noche le había prohibido la entrada a José y el Zambo, descubrió en la madrugada de la segunda, que ambos habían ingresado a través de una ventana y retozaban, gracias a los buenos oficios de Pacheco, el único blanco de la banda, con sus improvisadas parejas en el fondo de la casa. El Gavilán, que no intentó entrar, juró que se vengaría, mientras que José tomó las cosas más con calma:

-Táte quieto Encarnación, hicimo a lo que fuimo. Sabía que si la vieja me avistaba, pué pá juera m'iba mandá. ¿Quién ha visto negro puyando puta é' blanco?

Durmieron el resto de la noche en la posada. Con las primeras luces salieron del poblado acompañados por el tañido de las campanas que llamaban a la primera misa dominical regresaron al paraje del río que parecía ser un sitio adecuado. Pacheco se separó del grupo para reconocer el terreno y regresó en la tarde con una mula, dijo que la había encontrado realenga cerca del camino. En la grupa había un envoltorio con una tela de buena calidad. Una bestia adicional siempre sería útil, pero al Gavilán le pareció una estupidez, ahora alguien estaría buscando a la mula. A la derecha del pequeño claro, junto al agua donde se habían ocultado antes de ir a La Victoria, se erguía, quizás un centenar de varas por encima de la llanura, una colina de suave pendiente. Desde allí podrían atisbar hacia el Camino Real.

Carlos Augusto y Carlos Roberto estaban en La Victoria. Habían pasado la navidad y celebrado el nuevo año en *Altagracia* después del largo viaje hasta *La Esperanza,* la hacienda de la costa que seguía generando buenas rentas con el cacao en la parte baja y el café en la montaña. Era importante mostrarle de nuevo a Carlos Roberto la fuente de los recursos que le habían permitido estudiar en Europa.

Buena parte del cacao y luego también del café se exportaban a través de la Casa Van Linden en Curazao. Comercio que se efectuaba, legal o ilegalmente, de acuerdo a las leyes o decretos, que de imposible aplicación, se habían efectuado desde que el padre de Carlos Augusto había adquirido la hacienda en 1791. Años después le habían cambiado el nombre y por un tiempo se llamó *La Providencia,* pero Carlos Augusto y María Antonia decidieron retomar el nombre inicial que se ajustaba mejor a los eventos que allí habían ocurrido. Habían pasado más de 30 años, pero Carlos Augusto recordaba bien el día en que Francisco Álvarez vino a buscarlo y casi a la fuerza -con el fornido mulato no era conveniente discutir- lo llevó a Choroní. De allí la pequeña goleta lo transportó a Curazao donde Rik van Linden, el padre de su actual socio, lo había recibido. Luego vinieron los años de exilio y su relación con Miranda.

La Esperanza había sido el gran proyecto de Roberto y por varios años, una vez delegada la administración de *Altagracia* en manos de Carlos Augusto, había pasado mucho tiempo en la costa con los Álvarez quienes, quienes ya por dos generaciones habían llevado tanto la administración de la hacienda, como la de sus propias tierras, cedidas por Roberto a Francisco y Rosa, fieles sirvientes de la familia, tiempo atrás.

Carlos Roberto había vendido tres de los cuadros que había traído de Inglaterra y, con cierto desgano, había pintado uno en *Altagracia* y otro en Caracas. Pero algo que no podía explicar seguía apagando su pasión por el arte. Había comenzado en Londres y desde su llegada a Venezuela se sentía perdido, disminuido el interés por la pintura, no encontraba nada, salvo su interés por Cristina, que le diera sentido a su vida. Había intentado y no le resultó difícil, aprender las artes de la agricultura y la administración de la hacienda, pero esas cosas, a diferencia de Guillermo, no le producían mayor satisfacción. Tampoco le interesaba demasiado la política y mucho menos el dedicarse al comercio como un día le sugirió su padre, sin duda preocupado por la evidente falta de rumbo. Pero sin saber si fue su reencuentro con el mar, las horas muertas de los calurosos y húmedos días u observar la diligencia de Víctor y Francisco Manuel, finalmente tomó algunas decisiones. La primera aceptar que era un pintor decente, pero que nunca sería una gran figura. La otra, que su futuro podría estar vinculado con ciertas cosas que estaban ocurriendo en Europa y en el Norte del continente, pero que eran casi desconocidas en Venezuela.

Al salir de la bodega casi tropezaron con Indalecio Pérez, el recién nombrado Juez de Paz, que a paso agitado caminaba hacia la vieja y maltrecha casona, sede de la jefatura del Cantón. Indalecio, sudoroso, vestido formalmente de negro y cubierta la cabeza con un sombrero de estilo bolero, se veía fuera de lugar bajo el intenso sol, los saludó con formalidad y les informó:

-El Libertador ha muerto. Falleció a diez y siete de diciembre en Santa Marta. Lo supe en Maracay y voy a Cabildo para notificarlo.

Indalecio hizo una corta reverencia y retomó su camino, muy consciente de ser el portador de información importante. Había empleado el término español, Cabildo, para darle prestancia a su prisa. No fue sorpresa para los Carvallo. Por una u otra vía sabían de la enfermedad de Bolívar, su salida de Bogotá hacia la costa y su llegada a Santa Marta a comienzos de diciembre. Había transcurrido más de un mes y apenas ahora se difundía la noticia.

-Carlos, vamos a la jefatura. Debemos asegurarnos que al menos se diga una misa y, de ser posible, evitar que algún necio comience a dar gritos de satisfacción. Ha muerto un gran hombre.

-Pero papá, ustedes nunca fueron muy amigos.

-Fue tiempo de buenos y malos momentos, a veces caminamos en la misma dirección, en otras veces le manifesté mi desacuerdo. Nada de eso le resta mérito, siempre le tuve mucho respeto y no poca admiración, sus virtudes eran muchas, pero como cualquier hombre, también sus defectos. Pero eso, muchos o no lo entienden, o no les conviene hacerlo. Verás con el tiempo como Bolívar será la primera figura de esta nación y a falta de otros con tal estatura, que no sorprenda cuando lo traten como a un dios.

7

Florinda

La Victoria, 1831

El cuerpo semidesnudo de la niña estaba de espaldas entre el matorral. No había duda que estaba muerta y Segundo la reconoció de inmediato. La cubrió con los restos del vestido azul manchado con sangre seca. Buen baquiano que era, cuidó de no perturbar el sitio en que se encontraban los restos mientras retrocedía hacia el camino y hacía gestos a los dos peones que lo acompañaban para que se apartaran del cuerpo.

Tres grupos de hombres, uno con Quiroga a la cabeza, buscaban a Florinda desde la noche anterior. La niña había salido a media mañana cabalgando en una de las mulas rumbo a La Victoria para comprar tela, hilos y velas. Tres veces a la semana acudía a la improvisada escuela que administraban las monjas en un tinglado junto a la iglesia y ya con quince años, cuando no acudía a sus clases, igual le fascinaba ir hasta el poblado, allí, a la par de los encargos que le daban, aprovechaba para conversar con sus amigas. Cuando comenzó a atardecer y Florinda no regresaba, Alicia, preocupada, llamó a su marido. A las ocho la preocupación se transformó en angustia ya que Florinda nunca había regresado después de la puesta del sol. Quiroga acompañado por dos peones cabalgó hasta La Victoria. Fue directamente a la vivienda de la dueña de la tienda donde Florinda se proponía ir y en efecto lo había hecho. Doña Milagros le había entregado las telas antes de cerrar el negocio para el almuerzo y lo recordaba bien porque antes de la llegada de la jovencita habían acudido a la tienda Doña Francisca Ribas y su peculiar esposo, un alemán con fuerte acento, que con gran empeño recuperaba la hacienda de los Ribas desde el año anterior.

Recordaba que Florinda se había encontrado en la puerta con las hermanas Fernández y juntas habían caminado hacia la plaza. Milagros sabía quienes eran y donde vivían, nada difícil ya que pertenecían a la misma parroquia. Quiroga, también las conocía y más de una vez habían visitado la hacienda. Acompañado por la tendera, tocó la puerta de la casa. En efecto habían invitado a Florinda a almorzar, cosa que ocurría con frecuencia y poco después de las dos de la tarde la jovencita había colocado sus compras en la mula y había emprendido el regreso a *Altagracia.* La buscaron durante toda la noche. El camino estaba muy seco y era difícil encontrar alguna huella de la mula, salvo tres marcas que apuntaban en dirección a la hacienda a menos de media legua del poblado.

Segundo disparó dos veces, la señal acordada. Guillermo y su grupo se encontraban cerca y llegaron pocos minutos después. Guillermo miró el cuerpo de Florinda y sin decir nada tomó el caballo y galopó hacia el camino de La Victoria donde debía estar Quiroga con el resto de los hombres. Los encontró cerca del río, no lejos de donde habían encontrado las únicas huellas de la mula. Quiroga salió de los matorrales al escuchar el caballo y Guillermo saltó del mismo abrazando al mayordomo.

-Quiroga, lo siento. No quiero que la veas ahora. Ve con tu mujer que necesitará toda tu fuerza, yo me ocuparé de todo. Quien lo haya hecho lo pagará, te lo prometo.

-¿Está...?

-Sí Quiroga, está con Dios. Por favor ve con tu mujer, los hombres que se queden conmigo. La llevaremos a la hacienda y luego vamos a revisar cada pajonal, quebrada y selva de las cercanías.

Guillermo y los seis peones regresaron al anochecer. No habían encontrado a nadie, tampoco a la mula. El suelo estaba seco y duro, no había huellas. Las mujeres habían arreglado a Florinda y el carpintero había construido un ataúd. María Antonia dispuso que el velatorio fuera en la sala de la casa grande, ella misma recogió flores y sobre el pecho de la niña colocó la cruz de plata que usualmente estaba colgada sobre el copete de su cama. Sacó las mejores velas y mandó una carreta para traer al padre Venancio. Se colocaron sillas a ambos lados del ataúd. Como Alicia Quiroga pasaría la noche junto a su hija, se hizo arrimar dos de los sillones más cómodos que fueron colocados hacia la cabecera. La enterraron a media mañana en el cementerio de La Victoria y de inmediato Guillermo armó de nuevo al grupo y previa autorización del Alcalde, se incorporó el veterano sargento que hacía las veces de policía en el poblado.

Revisaron otra vez el camino y sus alrededores sin más éxito que el hallazgo de una rueda dentada, suerte de espuela común en algunos estribos y un machete oxidado que fue reconocido por uno de los peones que lo había extraviado el año anterior. No encontraron nada que les orientara sobre quién había sido el violador y asesino de Florinda. Guillermo dividió a los hombres en dos grupos, uno se dirigió hacia la colina, cerca de la toma de agua y él encabezó el otro hacia el banco opuesto. Al llegar vieron la fina línea de humo que, gracias al escaso viento, se deslizada entre las copas de los árboles que ocultaban el cauce. Guillermo descendió del caballo, y volteando hacia sus cinco acompañantes, se llevó el índice a la boca indicando silencio. Ataron los caballos a un árbol y descendieron a pie, cada uno con su arma preparada. Salvo Guillermo que cargaba un rifle inglés de cacería, los demás portaban fusiles Baker calibre 20, parte del pequeño arsenal que Carlos Augusto mantenía en *Altagracia.*

En silencio caminaron hacia el río y escucharon voces. Guillermo les hizo señas para que se desplegaran formando un semicírculo y se acercó lentamente hasta el banco del río. Un par de metros debajo de él se encontraba el pequeño claro junto al cauce. Tres hombres se encontraban tendidos sobre sus mantas y el cuarto atizaba el fuego colocando pequeñas ramas sobre el mismo. A la derecha, atados al tronco de dos grandes árboles se encontraban cuatro caballos y dos mulas. Guillermo reconoció, por el color y los aperos, el animal que

Florinda había usado para ir a La Victoria. El peón que estaba a su derecha tropezó con una piedra y cayó sobre una rama seca que crujió. El hombre que atizaba el fuego saltó hacia su izquierda para alcanzar el fusil que estaba recostado en una roca y Baltasar apretó el gatillo. La bala golpeó la roca y el negro se lanzó detrás de ella buscando protección. El Gavilán, Pacheco y el Zambo se levantaron buscando sus armas. Guillermo, protegido por un árbol gritó:

-*¡Todos de rodillas y o disparamos!*

Pero los tres hombres ignoraron la advertencia y tomaron sus armas. El Gavilán, que había dejado su fusil cargado, lo tomó y desde el suelo disparó en dirección a Guillermo. La bala se incrustó en el árbol y Guillermo apretó el gatillo. El Gavilán sintió el ardor de la quemadura y luego el dolor en el vientre, dio una vuelta y comenzó a arrastrarse hacia las grandes piedras que lo separaban del río. Pacheco y el Zambo no tuvieron tiempo de cargar sus armas. Segundo, apuntando con cuidado, disparó y la parte posterior de la cabeza de Pacheco quedó destrozada. Dos de los peones hicieron lo mismo y El Zambo se desplomó.

-*Don Guillermo* –Gritó Segundo- *Hay otro detrás del peñón grande.*

Los cinco hombres cargaron de nuevo sus armas y apuntaron en dirección a la piedra. De pronto vieron un Jaeger que era arrojado por encima de la misma.

-*Ya no ´toy armao. No me maten.* Gritó José.

-*No disparen.* Ordenó Guillermo.

-*Sal de allí con las manos arriba.*

José se levantó con las manos en alto y caminó hacia el claro.

-*Voy a bajar y todos ustedes se quedan aquí y listos por si hay alguno más.*

Guillermo bajó hacia el claro y le puso la boca del rifle en la frente al tembloroso negro mientras miraba de reojo al Gavilán que, boca abajo y con las manos en el vientre, tenía convulsiones.

-*¿Cuál de ustedes mató a Florinda?* Preguntó Guillermo empujando a José con el extremo del rifle y el dedo en el gatillo.

-*Yo no he matao a naiden*. Dijo José.

-*¿No dices, desgraciado, y de dónde sacaron la mula?*

-*¿La mula? La mula t'aba realenga cerca del camino y como no había naiden, la agarramo, pero no matamo a naide.*

Segundo bajó hacia el río con una cuerda y ató a José lastimándole las muñecas. Luego volteó al Gavilán con el pié.

-*Amárralo y móntenlo en una de las mulas. Vamos a buscar al Sargento y los llevamos a La Victoria. Deja que ese desgraciado sufra, que se muera poco a poco y así pagará lo que le hicieron a Florinda.*

-*¿Quién...quién es Flor?* Balbuceó El Gavilán mientras lo levantaban.

-*Animal, ¿quién va a ser? La niña que iba en la mula, la que violaron y mataron.*

-*No, no matamos a nadie...sólo encontramos la bestia. No vi., no...vimos a nadie y agarramos la mula.*

El Gavilán, hasta perder el conocimiento, no hizo más que jurar que no había visto a ninguna niña. El sargento se cansó de darle latigazos a José y éste de repetir que sólo se habían llevado la mula. Trataron de todas las maneras posibles de hacer que José confesara, pero fue inútil. El antiguo esclavo repetía con consistencia su versión. A la mañana siguiente Carlos Augusto logró que el alcalde y el policía le permitieran hablar con José. Le llevó agua y comida, se sentó en el suelo del inmundo calabozo junto al prisionero y lo interrogó con calma. José no cambió su versión y Carlos Augusto decidió hacerle otras preguntas. Dos horas después golpeó la puerta del calabozo y el Sargento le abrió. Se reunieron en el despacho del alcalde, allí estaban Guillermo, Quiroga y el Sargento.

-*Escuchen, logré que el preso me hablara del grupo. El jefe es el herido, lo llaman El Gavilán, parece que su apellido es Carreño y se dedicaban a asaltar viajantes o a robar ganado, el otro se llamaba Pacheco y José dice que el llamado El Zambo nunca dijo su nombre.*

Sigue jurando que no mataron a Florinda, que no vieron a nadie y que como la mula andaba realenga se la robaron.

-Desde luego ese maldito negro miente. De El Gavilán había oído, tenía tiempo dedicado al asalto y robo de ganado, pero no sabíamos que estaba tan cerca. Dijo el Sargento.

-Sargento, no lo sé, pero si sigue golpeando al negro, lo matará y así nunca sabremos la verdad. A lo mejor si le ofrecemos algo, por ejemplo que no será fusilado o ahorcado, termine por decir la verdad.

Pero José no cambió su versión y siguió repitiendo que sólo se había llevado la mula porque no había visto que tuviera dueño. Carlos Augusto insistió que ambos fueran juzgados, aunque el sargento era partidario de colgarlos, ya que eso tenía menor costo que las balas de un fusilamiento o darles comida hasta que el Juez lo condenara a muerte. El Gavilán se iba recuperando más rápido de lo esperado, por algún milagro la herida no se infectó y la mujer del sargento, conocida por sus buenos sentimientos, acudía todos los días a la casucha que hacía de cárcel y le limpiaba la herida. La comida mejoró cuando El Gavilán encontró algunas monedas y con la labia que no le faltaba, convenció al Sargento para que le mejorara el alimento.

El juicio se fijó para fines de marzo y a comienzos de ese mes, Alonso Cortés, con casi 80 años a cuestas y su esposa, decidieron pasar una temporada en *Altagracia.* Alonso no sólo era cuñado de Carlos Augusto, sino que había sido el abogado de la familia por más de tres décadas. Decidieron, dada la experiencia de Alonso que éste interrogara a los prisioneros como abogado de la parte agraviada. Alonso pasó varias horas, más con José que después de la primera visita se sintió cómodo con el abogado. Carreño, por el contrario, no respondía a la mayoría de las preguntas.

María Antonia y Alonso pasaban largas horas caminando y al atardecer se sentaban en el amplio pasillo al frente de la casa. María Isabel a veces los acompañaba, pero prefería cabalgar con Carlos Augusto y Guillermo mientras estos supervisaban los trabajos de la hacienda. Esa tarde, como era costumbre antes de la cena, también los acompañaba Carlos Augusto y juntos recordaban la intervención del abogado cuando Roberto y su hijo fueron recluidos en la Cárcel Real como sospechosos de haber participado con Gual, España y Caribens en la conspiración de 1798. Carlos Augusto rompió el hilo de la conversación y le preguntó a Alonso sobre el resultado de sus reuniones con los presos.

-Mi percepción, Carlos Augusto, es que José es sincero y aún cuando con certeza son culpables de muchos otros delitos, ellos no asesinaron a Florinda.

-Pero tenían la mula. Esa es una prueba que el Juez aceptará.

-Cierto y con los precedentes, seguramente los condenará. Pero tú me pediste opinión y creo que ellos no fueron. Tampoco pueden probar su inocencia y nadie aceptará los testimonios cruzados de los dos sospechosos.

-¿Si tú fueras el Juez, cómo actuarías? Preguntó María Antonia.

-Por fortuna no lo soy. No hay pruebas sólidas para condenarlos y ellos tampoco pueden ofrecer aquellas que aseguren su inocencia.

Carlos Augusto lo miró con curiosidad. Alonso seguía siendo el mismo, con su riguroso apego a la justicia.

-Entonces, ¿no los condenarías?

-No, Carlos Augusto, no podría hacerlo. Pero el es conocido por su dureza y siendo la víctima una persona de tu hacienda, con certeza lo hará.

-En esta conversación hay ausentes. Desearía que Quiroga y su esposa la escucharan, ellos más que nadie.

Antes de cenar acudieron Quiroga y su mujer.

-Esto es muy doloroso, pero creo que ustedes deben saber cual es la opinión de Alonso sobre los presos, por favor tomen asiento. Dijo María Antonia con una expresión seria.

Quiroga y su mujer escucharon con atención a Alonso quién repitió lo que antes había señalado.

-Entonces, Don Alonso, ¿si los condenan ya no buscarían al verdadero culpable?

-Pienso que no, al menos para nuestra precaria policía y los aún más frágiles tribunales, otros casos ocuparían su tiempo y esfuerzo. Más aún, me atrevería a decir que, salvo que se encuentre otra evidencia, será difícil encontrar al responsable de tan espantoso crimen.

Quiroga bajó la cabeza y apretó los puños mientras su mujer comenzaba a sollozar. María Antonia, con cierta dificultad ya que sus inflamadas rodillas estaban muy doloridas después de la larga caminata que había hecho con Alonso, se levantó y colocó los brazos sobre los hombros de la pareja.

-Don Alonso lleva más de medio siglo lidiando con leyes y tribunales y creo que su opinión tiene valor. Ustedes son los agraviados y les corresponde decidir, pero aquí siempre hemos tratado que haya justicia.

-Entonces, Doña María Antonia ¿sólo los condenarían por lo de la mula?

-Según Alonso, los condenarían por la muerte de Florinda, aunque sean inocentes de ese crimen si nosotros no hacemos nada. Yo sabría que hacer, pero sólo si ustedes están de acuerdo y Alonso acepta.

-Doña María Antonia. Dijo Quiroga mirando hacia su esposa y entendiendo la intención de María Antonia *¿Piensa usted que sería correcto que Don Alonso defienda a esos bandidos?*

-¿Qué desean hacer ustedes? Respondió María Antonia consciente del dilema en que estaba atrapando a todos.

-Creo que si Don Alonso está en lo cierto, entonces estamos de acuerdo. Pero quisiera pedirles ayuda para encontrar al culpable.

-Toda la que sea necesaria. Contestó Carlos Augusto.

El Gavilán no fue juzgado. El Sargento, pensando que no había mayor riesgo dada la gravedad de la herida, no lo tenía encadenado como a José y tres días antes del día pautado para que el Juez Pérez diera el veredicto, encontró la forma de abrir un hueco entre el tejido de cañas del techo y se escapó. Alonso defendió a José y al final se acordó que debía resarcir a la hacienda por la posesión indebida de la mula, el tiempo destinado a la búsqueda, el costo de la alimentación en la cárcel y hasta la pólvora gastada. El juez Indalecio Pérez, que ya había decidido condenar a muerte al Gavilán, terminó, frustrado, sentenciando a José a trabajar sin sueldo durante dos meses para la alcaldía y otros dos en la hacienda, mientras se le avisaba al antiguo dueño para que viniera a buscar a su esclavo.

8

La cueva de Francisco

Francisco León, con discreción había dejado caer, aquí y allá, el tener cierto parentesco con el antiguo Marqués, pero los parientes del ahora execrado todopoderoso de los valles y más que nadie su suegro, sabían que no era cierto. La verdad es que había llegado a Maracay en plena guerra, el año 15, con un lingote de plata que le permitió abrir una bodega de cierta magnitud y establecer una pequeña fábrica de velas. Poco después también había comprado una hacienda al Suroeste de La Victoria, primero sembró añil y luego inició la cría de ganado a pesar que la propiedad no era tan extensa como para tener mucho éxito en esa empresa.

La hacienda, quizás demasiado alejada de la vía principal que comunicaba La Victoria con Maracay y Valencia, tenía un derecho de paso entre las tierras, ahora de *Altagracia,* pero que antes habían sido de Federico del Valle y *El Samán,* la hacienda de los herederos de Cristóbal Arce quién había muerto durante la guerra. Los límites entre *Altagracia* y la hacienda de León estaban marcados, en los antiguos documentos de la familia del Valle, por el río Periquito cuyas nacientes estaban en la montaña del mismo nombre ubicada al Sur de las tres haciendas. La designación de río resultaba exagerada, el Periquito no era más que un pequeño cauce que se secaba totalmente entre diciembre y mayo, para crecer con cierta violencia a la entrada de lluvias, desbordándose sobre ambas riberas, ya que descendía abruptamente desde la cordillera.

Francisco era un hombre espigado que aparentaba tener algo más de 40 años, ligeramente ventrudo gracias a su insaciable apetito. Algunas canas matizaban su pelo oscuro y ligeramente rizado que contrastaban con una tez muy blanca que ilustraba los escasos días en que se exponía al sol. Vivía casi permanentemente en Maracay en una casa de buen tamaño, provista de modestos muebles. Su esposa, Juana Martínez, una mujer menuda y silenciosa que rara vez salía de la casa, era hija única de Rodrigo Martínez, un abogado de escaso éxito que con dificultad había logrado obtener el título en Caracas, pero que con satisfacción había aceptado el matrimonio de su hija con el comerciante, librándose así del costo de mantenerla. En las semanas previas a la boda, Rodrigo y el padre Suárez tuvieron la oportunidad de ver el amarillento papel que certificaba el origen de Francisco León, una firma muy elaborada y el sello húmedo del curato de Carúpano, que daba fe de haber bautizado a Francisco León Narváez, hijo natural de Francisca Narváez, el 15 de junio de 1790. Pero lo que en realidad era su segundo nombre, se quedó como apellido y sólo de vez en cuando y cuando estaba molesto por algo, su suegro usaba el Narváez.

El pasto se veía agotado, amarillento por entrada de la estación seca y pisado por las 40 reses que buscaban afanosamente las escasas macollas. Aunque no era especialmente ducho en el arte de la cría de ganado, Francisco apreciaba que las cosas no andaban bien. Los animales eran de menor peso y porte que los de sus vecinos, las vacas tardaban en parir y era escasa la leche destinada a fabricar el queso que vendía en la tienda de Maracay. El año anterior, cuando sólo tenía 30 animales, había negociado con Guillermo Carvallo, 30 días de uso del potrero aledaño y así había logrado que las cuentas quedaran a la par. Comprar 10 animales más había sido un error y lo había hecho en contra de la opinión del capataz, un viejo mulato que había pasado buena parte de su vida manejando potreros. Periquito se había convertido ya en un hilo intermitente de agua. Llevar agua al abrevadero consumía el tiempo de dos hombres y nunca era suficiente para aplacar la sed del ganado. Cubierto por un amplio sombrero miraba hacia el potrero tratando de encontrar una solución después de su infructuoso esfuerzo por alquilar de nuevo el aún verde potrero de su vecino. Guillermo, había sido amable, más categórico.

-Don Francisco, éste año no será posible. También aumentamos nuestro rebaño y ese potrero es precisamente el que vamos a usar hasta la entrada de lluvias.

-Entonces, ¿por qué no me compra diez o quince novillos?

-Lo lamento mucho, pero el pasto no da para tanto, si meto diez novillos más, no habrá comida para todos. Quiroga me ha dicho que su merced metió demasiadas reses y que además el abrevadero es demasiado pequeño. El Periquito siempre se seca en verano. Creo que su merced haría bien en llevar unos cuantos novillos al mercado de carne.

Siguió mirando en silencio su agotado pastizal. Vender, pero no están gordos, pensó Francisco y perderé dinero éste año.

Nunca había cabalgado hasta las colinas que formaban un semicírculo que marcaba, al Sur, el límite de su propiedad. Tras las colinas se perfilaban montañas más elevadas y sabía que hacia el poblado del Pao de Zárate había una trocha y otro valle, pero nunca había ido tan lejos ni pensaba hacerlo. Hacia el Norte, ya lo había pensado, pero era imposible. Allí estaban las tierras de Tovar y los Ribas que se extendían hasta el poblado de El Consejo y al poniente, los Bolívar cerca de San Mateo, así como otras tres haciendas de menor extensión. Estaba atrapado entre las haciendas vecinas y la cordillera. Vender la hacienda fue el siguiente pensamiento, pero lo descartó. Obtenerla había sido su mayor ambición, le daba una posición social, ya no era un paria medrando entre los ejércitos, tampoco un modesto comerciante, ahora era hacendado y lo invitaban a sus reuniones. Hasta había ido a Valencia donde Peña y luego Páez lo habían saludado, su nombre estaba escrito en la proclama. Esa noche mal durmió en la casucha de la hacienda, en un incómodo chinchorro de bastas fibras que se le clavaban en la espalda y los hombros mientras escuchaba los ronquidos del capataz en la otra habitación. En la madrugada tomó una decisión y tras dormir un par de horas, se levantó animado.

-Tarcisio, busca los caballos, agua y algo de comer. Vamos hacia la montaña.

-¿Qué vamos a buscar?

-Pues que más, agua. Vamos a buscar agua, así como de allí viene el Periquito, debe haber otros riachuelos. Tres cruzan las tierras de Altagracia, vamos a ver si hay otros.

-Su merced, no creo. Yo lo sabría y la gente de aquí también, todos saben por donde pasa el agua que baja de las montañas y no hay más.

-¿Tu has ido hasta allá, hasta lo alto? Preguntó Francisco

-Hasta lo más alto, no.

-Entonces anda por los caballos.

La mujer de Tarcisio les preparó unas arepas y carne salada, dos grandes plátanos hervidos, así como algo de comida para los caballos y un odre con agua. Les llevó dos horas llegar al pie de las primeras colinas y otras cuatro superarlas hasta llegar al pié de majestuoso y aún verde farallón donde nacía el Periquito. Tomaron hacia el Oeste, sorteando arbustos, espinares y algunos árboles de mayor porte. Los cascos generaban crujidos en la hojarasca seca. Caía la tarde cuando llegaron a un brazo de la cordillera que les impedía el paso por lo abrupto de la misma y decidieron desandar el camino. Llegaron al anochecer al sitio donde se iniciaba el cauce del Periquito. Francisco decidió pernoctar allí y explorar en la dirección opuesta, hacia los límites de *Altagracia,* al día siguiente. Tarcisio, inconforme, guardó silencio mientras masticaban la dura carne y las arepas, que transcurrido todo un día, había que mojarlas en agua para poder comerlas.

Al amanecer cabalgaron hacia el Este encontrando un paisaje similar y las mismas dificultades para sortear arbustos en el irregular terreno. De pronto se encontraron frente a una cañada bordeada por vegetación verde y densa que contrastaba con los colores amarillo y ocre que los rodeaban.

-Tarcisio, allí hay agua. Vamos a bajar.

Ataron a los caballos y con dificultad bajaron hacia la cañada. Escucharon el sonido del agua y haciendo camino con los machetes llegaron al fondo. Estaba seco, pero escuchaban cerca el ruido del agua. Caminaron por el cauce hacia la montaña, un surco irregular con algunos cantos rodados, prueba que por allí corría agua en la estación de lluvias. El surco daba un fuerte giro hacia la izquierda alrededor de un gran bloque de granito y terminaba en un charco alimentado por una caída de agua que descendía de lo alto. El charco, rodeado de vegetación, se extendía hacia una pequeña cueva y en esa dirección fluía el agua.

-Tarcisio, aquí está lo que necesito. Vale una fortuna.

-Pero patrón, estamos dentro de Altagracia, *el agua corre hacia la cueva y sólo cuando llueve un poco se va hacia la sabana. Este debe ser el caño cortico que entra en la tierra de los Carvallo donde hay un pantanal. Ellos nunca lo secaron por que allí llegan garzas y patos, pero si desviamos el agua se darán cuenta.*

-Mira Tarcisio, lo que me importa es que también estamos cerca de mi hacienda y estas montañas no son de nadie. Si hacemos un canal, el agua podría llegar a mis potreros.

-Si hacemos un canal el agua caerá en el Periquito. Argumentó Tarcisio que además pensaba que hacer un canal sería un trabajo espantoso.

-Estamos más arriba, podemos pasar el agua por encima del Periquito haciendo como en los acueductos, pero con bambú.

-No se puede, este charco está muy bajo ¿Cómo vamos a subir el agua? Hay más de cien varas hasta la otra cañada y la mitad es de subida.

-Ya veré, vamos a regresar.

Francisco no encontró solución y tampoco compartió su hallazgo con los Carvallo. Dos semanas después vendió casi la mitad del rebaño a mal precio. Regresó varias veces a la boca de la cueva y con las ramas más rectas que encontró, midió el desnivel que no le permitía aprovechar el agua. No sin caerse dos veces, romper parte del pantalón y terminar la jornada con raspaduras en las dos rodillas y un codo, trepó siguiendo el curso de la caída. El agua, quizás por milenios, había cavado un surco profundo y estrecho en las rocas, algo más ancho en los sitios con piedra de arenisca, casi plano y ancho sobre el granito. No encontró ningún sitio adecuado para desviar el curso hacia sus tierras, el cauce siempre corría en el punto más bajo entre los brazos abruptos de la cordillera.

Despidió a dos de los cuatro peones y le rebajó el salario a Tarcisio, una cantidad que era ya miserable antes de vender el ganado. Lo mantuvo ofreciéndole una parcela para que sembrara lo que quisiera para el sustento de la familia. En Maracay puso todo su empeño en la fábrica de velas que comenzaba a dar ganancias gracias a un comprador que las vendía en Cagua y Valencia, pero no había día en que no pensara en cómo aprovechar el agua de la cascada en sus tierras. La idea de visitar a los Carvallo le vino varias veces a la mente, pero podía predecir cual sería la respuesta. No tenía nada que ofrecer en una negociación. El exceso de agua en la estación de lluvias corría hacia los potreros del Sur de *Altagracia*, le daba vida al pasto y además llenaba el pequeño pantano que tanto apreciaban. Desviar el agua hasta el río Periquito, o pasar más allá del mismo, en nada beneficiaba a los Carvallo y para él era vital. También pensó en vender la hacienda, pero por lo que obtendría, no había nada que pudiera comprar. Puso a los dos peones que restaban a cavar un pozo, pero llegó a treinta varas sin encontrar agua. Más profundo era imposible con los instrumentos que tenía, a los peones les llevaba cinco o seis días avanzar un tercio de vara después que encontraron una capa rocosa debajo de la arcilla.

El agua se fue transformando en una obsesión. Soñaba con la caída y a veces, cuando al atardecer se sentaba en la mecedora, Juana bordando y tan silenciosa como él, escuchaba el murmullo del agua que lo llamaba. Pasaban los meses, en las mañanas, se vestía con el mayor esmero, sacaba el caballo y tomaba el camino hacia la pequeña fábrica de velas; en tarde, después de una breve siesta, pasaba a revisar las cuentas con el dependiente del almacén. Con los encargados sólo hablaba sobre los detalles del negocio, con su mujer casi de nada y con dificultad le arrancaban algunas palabras cuando los domingos, después de misa, visitaban a sus suegros que a veces tenían algún vecino con el que compartían un monótono almuerzo, en cierta medida financiado por lo que Juana ahorraba del modesto "diario" que le entregaba Francisco. Su único lujo y entretenimiento era el caballo y sus aperos, símbolos de su condición de hacendado. Había comprado una bella silla andaluza con adornos de plata y bronce repujados en el brillante cuero.

Desde el año 21 había ido comprado, a antiguos soldados, que en su necesidad siempre tenían algo que vender, una cincha de crin, dos cabezales, uno de ellos con incrustaciones de plata que posiblemente había pertenecido a un oficial español, un freno de acero con argollas finamente labradas y otro, más delgado, pero de plata. También guardaba en la petaca de cuero varios estribos, tres fuetes y pasa correas de bronce. Una vez a la semana, casi siempre y por razones que Juana desconocía, Francisco sacaba cada apero y adorno limpiándolos meticulosamente aunque no fuera necesario. De vez en cuando adornaba al caballo con lo mejor de los aperos y daba un paseo por las mejores calles de Maracay con el exclusivo propósito de ser visto.

Cuando Juana lo veía abriendo el viejo petacón de cuero, sabía lo que ocurriría después. Se iba presurosa hacia la parte trasera de la casa donde se encontraba el depósito de agua y se lavaba minuciosamente, anticipando, no sin angustia, la breve, torpe y casi brutal forma en que Francisco la poseía como si fuera otra pieza de la colección. Juana sólo había visto totalmente desnudo a Francisco una vez, aquella cuando se cayó del caballo y éste lo arrastró por la sabana causándole muchas heridas leves que hubo de limpiar. Pero Francisco, desde la noche en que consumaron el matrimonio, sólo podía adivinar como era Juana a través del tacto. A la cama, y tan sólo porque era su obligación, siempre iba con un largo camisón de dormir y además, justo antes que Francisco se quitara las prendas, en un último acto de pudor, soplaba la vela y respiraba ese aire denso que existe en los dormitorios sin amor.

Cuando Francisco terminaba, tan frustrado como su esposa, giraba sobre sí mismo y se sentaba en el borde de la cama, moviendo los labios, en silencio, efectuaba un rezo pidiendo que el acto que acababa de realizar tuviera como resultado el embarazo de Juana. Pero esa noche, sentado en la misma posición, su mente se llenó con una idea que en forma inesperada surgió de pronto: ya sabía como resolver el asunto del agua.

9

Fermín y Carlos

Caracas, 1832

El joven empleado de Hacienda aún no tenía muy claro como había llegado a ser diputado. Sus padres habían huido a Puerto Rico después de vivir la angustia e inseguridad que dominaba a todos los que habían apoyado a la causa española desde el año 21. El portón de la casa se mantenía cuidadosamente cerrado y sus padres se cuidaban mucho de dar opinión alguna. Un buen día su padre decidió emigrar y el joven Fermín optó por lo opuesto. Aunque no pudo entrar a la universidad, encontró formas de relacionarse con José María Vargas, José Luis Ramos y Cajigal, asistiendo a reuniones y tertulias frecuentados por los personajes más ilustrados del momento y además, probablemente a disgusto de sus padres, cortejaba a Mercedes Tovar, hija de uno de los firmantes del Acta de Independencia.

Antes de conocer a Páez ya le tenía cierta animadversión por las historias que había escuchado sobre la esposa, Dominga, abandonada en Achaguas, el hijo que había tenido con la colombiana y el hecho, inadmisible para el joven, que viviera abiertamente en concubinato y hasta con hijos, con Barbarita Nieves. Pero el doctor. Vargas, veinte años mayor que Fermín, pronto lo convenció que Páez era, junto a la nueva Constitución la única solución para el naciente país y que si las concubinas e hijos ilegítimos iban a ser un obstáculo en su carrera política, mejor era que se dedicara a otra cosa, porque no menos de un tercio de sus colegas diputados tenían alguna historia que ocultar. Nada atraído por las armas, tampoco demasiado atado a las tierras que su padre había dejado en los valles de Aragua decidió que el estudio era su mejor opción. Cuando tuvo la oportunidad, elaboró un florido e inoportuno discurso requiriendo que los restos de Bolívar fueran trasladados a Caracas.

Cuando concluyó el discurso y salió de la cámara, se le aproximó un hombre a quién no había visto nunca y lo felicitó:

-Usted no me conoce, pero deseo felicitarlo por el discurso. Mi nombre es Carlos Roberto Carvallo soy hermano de Guillermo e hijo del general Carvallo.

-Gracias, Don Carlos Roberto y por favor, cuando vea a su hermano hágale llegar mis parabienes. Sabía que el discurso no iba a ser bien recibido, pero pienso que es justo que los restos del Libertador sean preservados en su suelo natal. ¿Pero no se encontraba su padre entre quienes en algún momento?

-No, señor Toro, acontece que hay personas que no han entendido a mi padre. He vivido muchos años en Europa y allá no es extraño que alguien cuestione los actos de otro, sin menoscabo de sus méritos. Mi padre criticó actos de Bolívar, pero también lo acompañó fielmente cuando fue necesario, además el asunto de los esclavos y lo ocurrido con el general Miranda…

-Sí, Don Carlos, eso fue algo lamentable, y sobre los esclavos, es necesario entender que éste es un país muy atrasado, de la intensa lluvia de modernidad, aquí sólo ha llegado una llovizna. Conocemos las ideas, pero de allí a practicarlas, hay una enorme distancia. Por su hermano Guillermo estoy al tanto de cuan preciados han sido para ustedes los derechos que ganaron los franceses y créame que no somos pocos los que pensamos igual. Pero cuénteme, sé que usted se dedica a la pintura, ¿ahora que regresó a Venezuela a que motivos se orientará su pincel?

Carlos Roberto se sintió halagado al observar que el joven mostraba interés por el arte. Desde su regreso habían sido pocas las veces que alguien lo mencionara y aunque en sus planes la pintura había pasado a la condición de pasatiempo, le resultaba satisfactorio cuando alguien lo mencionaba.

-Don Fermín, ahora pienso en otras cosas. ¿Sabe usted que en Europa las máquinas de vapor se están haciendo cada vez más comunes? Aquí no ha llegado otra que la comprada por Tovar para

el trapiche. Ahora, a pesar de mi edad, estoy tratando de saber más sobre matemáticas y asisto a los cursos del señor Cagigal en la nueva Academia.

-Nunca es tarde para sumar conocimientos. Sentenció Toro

-Cierto, pero debe ser algo incómodo para el maestro tener estudiantes que lo superen en edad. Yo soy un año mayor que Cagigal, nací en el año dos.

-Don Carlos, dado que nací en el año siete, yo soy de los más jóvenes de los que acuden a una tertulia que se hace entre gentes con interés por las ciencias y las artes. El doctor Vargas es el padre de la idea y por su mayor edad y sabiduría es algo así como el tutor. Conversamos sobre temas muy diversos y aprendemos los unos de los otros. ¿Le interesaría asistir?

Carlos Roberto agradeció la invitación y Fermín acordó avisarle ya que si bien la tertulia era bastante abierta, era norma y cortesía, consultar con el grupo antes de invitar a un nuevo participante. Regresó a la casa para encontrarse con la grata sorpresa de la llegada de correo. Tenía meses esperando respuesta a sus indagaciones: una enviada a Inglaterra, haciendo uso de la vieja relación que habían sembrado su padre y abuelo con los Owen; otra, a los Boisnard en París y la tercera a un pintor catalán que había conocido en Londres y que al final resultó tener un lejano parentesco con su bisabuelo Romero de Terreros y Quer. En la carta procedente de España su viejo amigo le informaba que las máquinas de vapor eran todavía casi desconocidas, pero que a través de Juan Reynals y la empresa que estaba desarrollando había sabido que no pasaban de diez las existentes en la península, todas ellas importadas de Inglaterra.

Raoul Boisnard también le había respondido con un texto tan elegante como impreciso. En efecto se podían comprar en París, pero era necesaria más información ya que se fabricaban bombas mineras de capacidad muy diversa y no era fácil obtenerlas ya que sólo las hacían bajo pedido y pago por adelantado. Pero la última carta, firmada por el administrador de la casa Owen resultó ser la más apropiada. Incluía una lista de los productos que para minería producían Boulton & Watt con sus respectivos precios y otros dos listados de empresas menores ubicadas en Cornwall que por sus profundas minas de carbón, el uso de bombas de vapor para extraer agua era frecuente. La carta del antiguo administrador de Robert Owen en New Lanark, ya que Owen había vendido la fábrica en 1828, incluía datos sobre el "duty" de las máquinas disponibles y, por fortuna una descripción de lo que eso significaba: la cantidad de libras de agua que eran capaces de elevar a un metro de altura por libra de carbón utilizada. También lo alertaba sobre los problemas de mantenimiento y reparación de las bombas. Junto a la carta y las especificaciones de las máquinas, venía otro sobre que contenía un documento impreso y una nota, de puño y letra de Robert Owen con saludos para Carlos Augusto. El documento, uno de los muchos que el famoso inglés enviaba con la correspondencia, abordaba el tema del ambiente y la formación del hombre, así como una descripción de las reformas que Owen había introducido en su enorme fábrica y el poblado que la rodeaba.

Recordaba bien las polémicas que Owen había generado en Inglaterra con sus ideas sociales, las reformas en su fábrica con escuelas y guarderías, la reducción de la jornada, la creación de cooperativas y hasta los debates con Wilberforce con quien coincidía en el tema de la abolición de la esclavitud, pero discrepaban por el fuerte anticlericalismo que animaba al empresario. Entre los artistas y escritores, Owen era popular, visto como paradigma de los cambios sociales por venir. Por el contrario, y a pesar de su gran fortuna, era fuertemente rechazado por la aristocracia británica y buena parte del Parlamento.

Carlos Roberto le dio lectura a la carta por tercera vez. Estaba emocionado, pero al mismo tiempo su contenido hizo que surgieran muchas dudas. ¿Cuánta agua necesitaban bombear para tener un riego adecuado? ¿Qué potencia debería tener para elevar el agua y superar los desniveles del terreno? ¿Quién podría reparar la máquina si se dañaba? ¿Sería posible usar madera en lugar del carbón que tan escaso era en Venezuela? Esa misma tarde se reunió con Carlos Augusto y conversaron sobre el tema sin llegar a una conclusión, salvo la certeza que su padre estaba interesado y dispuesto a darle apoyo en la idea. Carlos Augusto recordó que Tovar había adquirido un artefacto de vapor para mover el trapiche que tenía en La Vega, en las afueras de Caracas y acordaron hacer los arreglos para una visita. A la mañana siguiente decidió hablar con Cagigal quién acogió la idea con entusiasmo, admitiendo que muy poco sabía sobre las bombas, apenas pudo ayudarlo un poco con las matemáticas básicas del "duty", aunque ninguno sabía cuanta leña era equivalente a una libra de carbón

También el documento de Owen fue motivo de conversación y Carlos Augusto opinó que el asunto de las escuelas como parte de la empresa era algo a ser tomado en cuenta, sin embargo sobre otros cambios, como las cooperativas y la propiedad comunal, manifestó sus reservas y al final ambos decidieron retomar el tema junto a Guillermo.

La visita al trapiche de La Vega fue organizada por Carlos Augusto aunque ya sabían que la máquina, instalada casi diez años antes, se había dañado, nadie sabía como repararla y el funcionamiento del trapiche se estaba efectuando del modo tradicional, burros o caballos de tiro que hacían girar el molino de caña. La máquina, un artefacto curioso, ennegrecido, con partes de hierro y cobre, estaba siendo víctima de la corrosión. Cuando dejó de funcionar y tras diversos intentos por repararla, que incluyó hasta los esfuerzos del único relojero que había en Caracas y que algo de engranajes sabía, la separaron del molino y la trasladaron a un patio. Carlos Roberto hizo un detallado dibujo de la máquina: horno, caldera, los tubos de circulación del agua. Previa autorización, regresó al siguiente día y con dificultad sacó pernos y tornillos para examinar el interior de la caldera. Algo aprendió, pero no lo suficiente para entender bien como funcionaba y menos cómo repararla, lo único evidente era que el fondo de la caldera se había desprendido.

El martes en la tarde Fermín pasó por su casa y caminaron hasta la vivienda que ocupaba Cagigal. Le explicó que para no cargar sobre una sola persona las cortesías que en cada tertulia era costumbre servir, las reuniones se efectuaban cada dos semanas en una casa diferente. Comparada con la amplia casa de los Carvallo, la de Cagigal era bastante modesta, pero tenía una sala suficientemente grande para alojar a la docena de participantes esperados. Cagigal los recibió personalmente y caminando en fila por el estrecho y umbroso pasillo, entraron en la sala. Carlos Roberto no pudo menos que sorprenderse al escuchar la conocida voz:

-*¡Qué grata sorpresa! No es otro que Don Carlos Carvallo quien nos visita y viene acompañado por nuestro querido señor Toro. La tertulia estará animada por juventud y talento.*

Juan del Río sonreía sentado en el único sillón cómodo que destacaba entre el semicírculo de sillas rústicas, unas de cuero crudo, otras de fibra trenzada y todas con madera sin mayor acabado. Consciente de la austera vivienda, cuando las reuniones eran en casa de Cagigal, Juan llegaba temprano y se apropiaba del confortable sillón. Carlos se apresuró a saludarlo con formalidad y tratando de no hacer aparente la turbación que le había causado encontrar al padre de su pretendida en la reunión. Luego, en sucesión llegaron el doctor Vargas, dos hombres vestidos de negro, ambos profesores de la universidad, Juan Vicente González y Don José Luis Ramos a quién había conocido en casa de su padre y poco después llegó Valentín Espinal, conocido por los esfuerzos que hacía por montar una imprenta decente en Caracas.

Los hombres circulaban en la sala, se saludaban, formaban pequeños grupos y comentaban algún acontecimiento reciente, mientras Carlos, cauto, guardaba silencio y escuchaba. Sobre la mesa ubicada en el centro de la sala fueron colocados algunos panecillos dulces, una jarra de limonada y varios vasos. Nuevos golpes en la puerta hicieron que Cagigal despareciera por el pasillo para regresar poco después con dos acompañantes, un hombre delgado, que a pesar de su abundante bigote y uniforme, tenía un aspecto frágil y Doña Amparo de la Sierra que después de recibir los saludos de todos los hombres, abrió un pequeño bolso y extrajo bolitas de chocolate y rectángulos de alfondoque meticulosamente cortados que colocó sobre un platillo que adornaba el centro de la mesa

Carlos Roberto reconoció al hombre, era Agustín Codazzi, el italiano que Páez había nombrado como Jefe de Estado Mayor de Mariño el año anterior, cuando Monagas se había alzado con el pretexto de devolver Venezuela al seno de Colombia. Codazzi sería el centro de la reunión de ese día. Tanto para Carlos, como para otros, resultó una grata revelación ya que la mayoría desconocían los trabajos geográficos que venía haciendo. Su pesado acento no fue obstáculo para que todos estuvieran muy atentos a su larga disertación. Codazzi, sin duda alguna, había viajado y conocido más países, geografías y costumbres, que la suma de todos los demás. Desde 1817 cuando había llegado a Baltimore desde Europa, había recorrido buena parte del Caribe, amplias zonas de Colombia y Los Andes, así como la cuenca de Maracaibo, parte de Falcón y no pocos lugares en Venezuela. Codazzi los hizo recorrer bahías, penínsulas, montañas, ríos, valles, tipos de vegetación y costumbres durante casi dos horas, sólo interrumpido por la llegada de Mariano Alcántara. Respondió con cortesía a las preguntas y con habilidad esquivó las preguntas de González que estaba más interesado en conocer la experiencia de Codazzi en las guerras napoleónicas, que en la geografía.

Carlos caminó junto a Amparo y Juan del Río con el propósito de acompañarla hasta su casa, ubicada apenas a tres cuadras de distancia. De hecho, ninguna de las casas de los asistentes a la tertulia estaba a más de ocho cuadras y todas se encontraban en el rectángulo central de la pequeña ciudad. Hasta pocos meses atrás las familias pudientes poco salían después de caer la noche o lo hacían acompañados de un sirviente armado. La revuelta de los negros y mestizos del año anterior no había sido olvidada. Los once fusilados, el ataque a la cárcel y los muertos de ese día, mostraban que había mucha insatisfacción entre la población pobre. La vivienda más alejada de la plaza era la de los Carvallo, cuyo patio posterior terminaba en un pequeño jardín bañado por el río Catuche. Pero no habían caminado dos cuadras cuando se percató que estaba sobrando al observar que Juan del Río del brazo con Amparo, se inclinó y algo le susurró al oído que generó una breve risa. Al llegar a la esquina se despidió de la pareja y caminó hacia el Oeste.

Al llegar a la puerta de la casa de Amparo, Juan del Río carraspeó, le soltó el brazo que cortésmente le había ofrecido al salir de la tertulia y dijo, con una vacilación y hasta con un tartamudeo que no era usual:

-Doña Amparo, hace algún tiempo que deseo..., si, deseo es la palabra apropiada, hablar con usted de cosas que se alejan de los temas de las tertulias. Era mi intención hacerlo cuando fuimos a Altagracia, pero me pareció que la ocasión no era propicia. Acontece, mi querida señora, que por semanas, que se han transformado en meses, he estado embargado por...sí, en efecto,... por sentimientos que probablemente no se corresponden con mi edad, pero que no son extraños en hombres de mi condición. También es menester, mi apreciada señora, hacer del conocimiento de su merced, que...que mis...si, eso es, mis intenciones son tan honorables como profundas y...en consecuencia Doña Amparo desearía...

Amparo dio un paso hacia el turbado Juan del Río que evidentemente había perdido su conocido aplomo y le dio un ligero beso en la mejilla.

-Sí, Juan, venga a visitarme cuando quiera.

Amparo sonrió, dio media vuelta y abrió el portón. Juan del Río, ruborizado, sintió que los latidos de su corazón se aceleraban. Al otro lado Amparo se recostó de la puerta y respiró con profundidad, mientras que por su cabeza corría un torbellino mezclando satisfacción, un poco de angustia y preocupación por la reacción que su atrevimiento tendría en Juan. Más tarde, ya en su amplia cama, de copete labrado y coronado por una cruz de plata, inquieta, comenzó a bordar planes con sueños.

El recuerdo de su esposo muerto no la había abandonado, en particular la imagen del espigado joven con su uniforme de capitán montado en el caballo, dando vuelta sobre la silla y levantando la mano derecha, última despedida antes de dar vuelta en la esquina. Habían transcurrido 18 años y apenas llevaban cuatro de casados cuando José María de la Sierra, como muchos otros jóvenes criollos con formación militar en España, se unió voluntariamente al ejército. Lo hizo tarde, en opinión de algunos de sus amigos que se habían unido a Bolívar en 1813, pero el temor a José Tomás Boves que con crueldad se movía en los Llanos centrales, hizo que muchos jóvenes de Caracas se alistaran a fines de 1813 y comienzos de 1814. En febrero se enfrentaron en La Puerta los dos ejércitos y la batalla resultó ser un desastre. Boves había logrado reclutar a unos 4.000 hombres, la mayoría pobres, acerados por las penurias de toda la vida y motivados por las infinitas promesas del español: tierras, botín, saqueos, violaciones, lo que les diera la gana. Vicente Campo Elías contaba con unos 3.000.

Amparo esperó casi un mes hasta que fue distribuida la lista de las bajas. A la tragedia de ver el nombre de su esposo entre los muertos, se sumó, para ella y los padres de José, así como para muchas otras familias, la imposibilidad de darles adecuada sepultura. Las explicaciones nunca fueron suficientes, algunos muertos habían sido sepultados en fosas comunes, otros improvisadamente, uno a uno, en el camino hacia el Norte y raros fueron aquellos cuyos cuerpos terminaron siendo trasladados por algunos compañeros de armas. Amparo pensó por un momento en los dos comandantes de la batalla, ambos habían nacido en España y ambos murieron, como su esposo en 1814. Campo Elías por las heridas sufridas en La Puerta, Boves de un lanzazo a fines de ese mismo año. Ahora, con algo más de 40 años, se sentía de nuevo enamorada.

En casa de los Carvallo, esa misma noche, otros sueños tomaban forma. Carlos Augusto y su hijo volvieron a leer las cartas. Una bomba de agua podría mejorar la calidad y cantidad de la caña de azúcar, garantizar el suministro al ganado en la estación seca que aunque correspondía a la primavera boreal, comenzaba a recibir el nombre popular de verano, mientras que el de invierno se refería a la correspondiente a las lluvias que se presentaban con bastante regularidad entre mayo y diciembre. La bomba también podría llevar agua hacia el conuco, o majada como llamaban los peones a los cultivos empleados en el consumo diario como los plátanos, topochos, yuca, cebolla y a veces tomate, que libres de la esclavitud de las lluvias y con algo de riego manual podrían producir todo el año.

-La bomba podría estar en el pantano, ponemos una barrera para que el agua de la cascada no fluya hacia la cueva y corra toda hacia el Sur. Dijo Carlos Augusto.

-Sí, creo que esa sería la solución, pero la barrera debe ser removible sin mucho esfuerzo porque si la bomba se daña, se inundarían los pastizales. Para decidir que tipo de bomba necesitamos, hay que medir cuanta agua baja por la cascada. Contestó su hijo.

-Pero si encontramos la forma de controlar la cantidad de agua que iría al riego y aquella sobrante la dejamos correr hacia la cueva, entonces no necesitamos demasiada precisión con la bomba. Aseguró Carlos Augusto y su hijo le contestó de inmediato:

-Pero sí para que el riego sea suficiente y el "duty" capaz de elevarla del pantano hacia la sabana y tan lejos como el conuco.

Era casi media noche cuando finalmente tomaron la decisión: Carlos Roberto viajaría a Inglaterra, aprendería más sobre las bombas, la vería trabajar y reparar, para luego comprar dos de ellas, así como las piezas necesarias para los arreglos más comunes.

10

Máquinas e ideas

Londres, 1832

Llegó a Londres a fines de verano. Conocía bien la ciudad y sin vacilación le ordenó al cochero que lo llevara a la posada, ubicada a pocas calles al Norte de Chelsea en Queens ´Elm. Sobre la puerta colgaba un añejo cartel que identificaba al albergue con el pretencioso nombre de *The Rose and the Crown*. Descendió del carruaje, pagó el costo del traslado desde el puerto, tomó su única pieza de equipaje y empujó la puerta con el hombro. Detrás del mostrador estaba, como había esperado, el rollizo Ian Higgins, quien junto a su delicada mujer, eran dueños, cocineros y dispensadores de cerveza a parroquianos, entre los que dominaban artistas y otros intelectuales.

-*¡Mister Carvallo!* Exclamó Higgins con alegría, mientras levantaba la tabla ubicada al final del rústico tablón manchado por antiguas quemaduras de cigarros y restos de comida y bebida. Abrazó a Carlos Roberto con efusión mientras llamaba a gritos a Mary para anunciarle la llegada del viejo amigo. Años atrás había frecuentado la taberna y entre una vivienda y otra, no pocas veces de había alojado en la misma. Entre los Higgins y él se había establecido una cordial relación, en parte por haber sido uno de los pocos asiduos que siempre tenía sus cuentas al día, en parte por el trato cortés que le dispensaba a los dueños del establecimiento, cosa que no siempre hacían otros parroquianos. Unos por el exceso de ginebra consumida antes de acudir a la taberna, otros por la altanería que solían mostrar hacia quienes consideraban socialmente inferiores.

Ian y Mary lo acompañaron a la habitación. Estaba razonablemente ordenada, pero una fina capa de polvo indicaba que no había sido usada en varios días. Mary observó la huella de las pisadas y sugirió que Ian le invitara una cerveza a Carlos mientras ella terminaba de asear.

-No hay muchos parroquianos. Comentó Carlos.

-La situación económica no es muy buena. Contestó Ian. *Pero creo que mejorará pronto, el comercio es cada vez más activo, pero están llegando demasiadas personas de otros sitios. Hay poco trabajo en las fincas.*

Carlos Roberto le explicó el motivo del viaje y la necesidad de visitar el antiguo establecimiento de Owen y luego viajar a Cornwall, pero también quiero conocer el ferrocarril que va de Manchester a Liverpool.

-Antes de regresar a Venezuela conocí el de Bowesfield Lane a Middlesborough, pero ahora quiero observar el que traslada a las personas.

-Todavía hay gente que piensa que es malo para la salud viajar de ese modo. Pero conozco dos personas que lo han hecho y nada les ha pasado a pesar de la espantosa velocidad.

-¿Cual es la velocidad?

-No sé, pero dicen que recorre unas 30 millas en una hora. Respondió Ian.

-¡Fantástico! Exclamó Carlos. *Una hora para lo que antes requería un día.*

-El mundo está cambiando Carlos. Ahora hay fábricas textiles con máquinas a vapor y nuevas naves que no necesitan velas.

-En efecto, pude ver uno en el puerto, es un artefacto extraño. Tiene una gran chimenea que escupe humo negro y carece de la elegancia de los barcos a vela. Comentó Carlos.

-Pues de ese humo se está llenando nuestra ciudad. Cuando hay neblina esta se junta al humo del carbón y no puedes ver más allá de tus narices. Carlos, de noche debes ser precavido, la ciudad se ha hecho peligrosa.

-Vamos Ian, que no hace mucho que me fui y ya habían riesgos de noche. No puede ser peor ahora.

-Hasta han construido un cementerio en Harrow Road porque ya no caben los muertos en los patios de las iglesias y desde febrero

hay cólera morbus en East London. Un médico que nos visita martes y jueves ha recomendado tomar únicamente cerveza para evitar el morbo. Esa enfermedad, la neblina y las leyes de reforma tienen a Londres en ascuas.

Pero en efecto lo era, después de un horrible almuerzo matizado con excelente cerveza, decidió dar una caminata hasta Kensington, pero la interrumpió ya que al caer la tarde la densa neblina comenzó a descender. En la taberna estaba el médico al que Ian había hecho referencia y Carlos, después de presentarse se sentó con él. El médico tenía la curiosa teoría que el cólera se transmitía al consumir agua contaminada, pero la mayoría de sus colegas pensaba que se trataba de "actos de Dios" o el resultado fatal de respirar las emanaciones del Támesis río abajo. Carlos Roberto pensó que el médico podría estar en lo cierto y decidió que durante su estadía sólo bebería vino o cerveza.

La visita al establecimiento de Owen, ahora en otras manos, le permitió ver las máquinas de vapor en funcionamiento, pero más le impresionó la escuela que Owen había construido para los hijos de los obreros y que aún estaba funcionando bajo el nuevo dueño. Así fue que un nuevo proyecto, una escuela en *Altagracia,* se sumó al de las bombas de vapor que pensaba comprar. El antiguo administrador de Owen le mostró las bombas que, en su opinión, mejor funcionaban. En la fábrica las usaban para llenar y vaciar el gran depósito de teñido de las telas empleando el Azul de Prusia y otras sustancias que habían acabado con el negocio del añil. Luego le dedicó unos días al viaje hasta Manchester y luego se embarcó hacia Liverpool en el ferrocarril, una experiencia realmente inolvidable. Regresó a Manchester y de allí viajó a Cornwall, compró las dos bombas, no sin antes pasar tres días en el taller aprendiendo cómo las fabricaban y cómo las reparaban. A las bombas adquiridas añadió láminas de cobre, tubos y cuatro válvulas para una eventual reposición, también indagó sobre el uso de leña en lugar de carbón. Las bombas funcionarían con leña, pero consumirían mucha y la eficiencia no sería tan grande.

De regreso en Londres visitó a algunos viejos amigos y tiendas para satisfacer los encargos de la familia. Pensó incluso visitar a sus parientes en París, pero el gasto en las bombas, los viajes y las compras no había sido pequeño. Esperó otra semana antes de obtener pasaje hasta La Habana, con escalas previas en Madeira y Savannah. En La Habana, tras otros cuatro días de espera, encontró lugar en una pequeña y destartalada goleta y que iba primero a Santo Domingo y luego a La Guaira.

El largo viaje resultó aburrido. La mayoría de sus compañeros de ruta eran comerciantes y su conversación se centraba en lo que a cada uno le interesaba, tejidos, calzado, muebles, trigo y otros productos que Europa exportaba hacia América. Había comprado varios libros en Londres y la lectura le permitió sobrellevar los largos días en el mar, en particular las primeras jornadas bajo un cielo gris y a veces con un mar encrespado que le produjo nauseas en un par de ocasiones. Poco después de hacer escala en las Canarias, encontraron algunos días soleados. Luego, como la temporada de mal tiempo había terminado temprano en el Caribe, el aire fresco procedente del Norte se mezclaba con los alisios causando chubascos ocasionales que refrescaban los días de intenso sol que encontraron desde Savannah.

Encontró a los españoles que iban a bordo, así como los de La Habana, entre resignados por la independencia y ansiosos por aumentar el comercio con Colombia y Venezuela. Tampoco faltaban aquellos que, o añoraban los tiempos coloniales o mantenían alguna esperanza en recobrar las antiguas posesiones. Pero sin duda eran los ingleses los que más variedad de productos ofrecían, no sólo los que sus factorías generaban, sino también otros procedentes de Francia, Italia y otros países. Los holandeses no se quedaban atrás y a través de sus colonias en el Caribe, como lo habían hecho a lo largo de la guerra y siguiendo la larga tradición comercial de la Liga Hanseática, vendían o contrabandeaban manufacturas a cambio de cacao, cueros, tabaco y a veces, hasta novillos vivos que eran demandados en las islas.

Le había escrito varias cartas a Cristina, así como a su padre y una a su abuela que siempre apreciaba sus misivas. Quizás alguna llegaría después de su pronto desembarco en La Guaira ya que el correo era poco predecible. Las cartas a Cristina habían sido más descriptivas que apasionadas, aún tenía dudas sobre sus sentimientos, a veces incluso pensaba que no era capaz de amar, al menos no como lo describían los escritores de la época. Hubo dolor cuando su relación con Lucille terminó, pero también algo de alivio. Vivieron juntos por casi dos apasionados años, pero ni el propuso, ni ella demandó, formalizar la relación.

Hasta fines de 1822 disfrutaron y sufrieron la vida de los jóvenes pintores y escritores, comían cuando se les antojaba, bebían en demasía y cuando no estaba trabajando en el taller o en el negocio de los Boisnard, se reunían con otros jóvenes londinenses en el Soho, en las cercanías del mercado de Covent Garden y del Royal Opera House en el West End. Habían llorado la muerte de Keats y de Lord Byron, pero celebraban las nuevas obras de teatro y el inagotable flujo de obras romanas y griegas hacia el British Museum. Habían celebrado en 1824 la apertura de la National Gallery a pesar que ninguna de las pinturas de Carlos Roberto ocuparía un espacio en la misma. Después de la ruptura con Lucille, había tenido varias amantes en el seno de un grupo que no sólo adoraba la poesía de Lord Byron, sino que además celebraban la libertad sexual que éste practicaba.

Pero Cristina y Caracas eran algo diferente, las reglas eran estrictas, en cierto modo parecidas a las de los puritanos ingleses: primero el matrimonio y luego sexo sólo para procrear, muchos hombres buscaban y obtenían placer fuera del matrimonio. En sus conversaciones con Cristina, con Juan del Río siempre bastante cerca, el tema nunca había surgido. Cuando ella le preguntaba sobre su vida en Londres, siempre obviaba cualquier referencia a las mujeres que había conocido, mientras que él daba por sentado que Cristina no tenía ninguna experiencia en el asunto. Un par de veces le había tomado la mano y precisamente el día previo a su partida, se atrevió a darle un muy ligero, beso en los labios.

Nunca, a pesar de la sorpresa que Carlos Augusto les había dado en París, cuando entró a su apartamento mientras hacía el amor con Lucille, había hablado con su padre de esos temas, sin embargo presentía que la relación de su padre con Mariana era muy apasionada. Su madrastra no podía ocultar su sensualidad, ni su padre la devoción por ella.

Cuando atisbaba la línea de la costa dos ideas formaban un torbellino en su mente, las máquinas-bombas que venían como parte de su equipaje y la necesidad de tomar una decisión sobre Cristina y su futuro. Carlos Augusto y Guillermo lo recibieron al descender de la goleta y junto a ellos un mulato claro, alto y fornido, a quién sólo reconoció después de intercambiar abrazos con su padre y hermano.

-¿Francisco?

-El mismo que viste y calza. Contestó el mulato y a seguir se abrazaron con alegría.

Carlos Augusto había contratado unos hombres para llevar el equipaje y las máquinas hasta una pequeña goleta que estaba anclada a un lado del muelle de madera.

-¿Hacia dónde vamos? Preguntó que suponía que al llegar tomarían el Camino de los Españoles hacia Caracas.

-Es menos difícil llevar las máquinas a Altagracia por Choroní, pero antes vamos a comer. Sin embargo si quieres ir primero a Caracas, eso se puede resolver. Aunque en La Esperanza te espera una sorpresa.

-¿Cuál?

-Si te digo, entonces no es sorpresa

Se resignó y los cuatro hombres fueron a comer a una taberna ubicada en una de las estrechas calles que subían del puerto hacia la montaña. Carlos Augusto era bien conocido en el establecimiento que había sobrevivido por más de treinta años.

-En esta mesa conocí a Caribens y vuestro abuelo y yo casi terminamos fusilados por ese breve contacto y la verdad es que no participamos en la famosa conjura. Pero sin duda Caribens era un hombre interesante.

-¿Conociste también a Gual y a España?

-Apenas, pero eran hombres valientes. Sabían que si fracasaban perderían la vida. Pero creo que quien trajo de Europa las ideas fue Caribens.

La pequeña goleta, que ya mostraba el efecto de los años a pesar de un buen mantenimiento, se bamboleaba con violencia navegando a corta distancia de la irregular costa con sus pequeñas bahías de arena blanca. El viento del Este soplaba con bastante fuerza y el oleaje era fuerte, pero por fortuna el viaje fue corto y pocas horas después desembarcaban en la bahía de Choroní donde los esperaban varios hombres. Las bombas fueron colocadas sobre dos armazones de fuerte madera y cada una fue cargada por cuatro hombres. Cuando franjearon la talanquera que marcaba el límite de la propiedad, el sol se estaba ocultando y Carlos Roberto vio dos figuras femeninas en el patio frente a la casa: Cristina y Mariana, ambas vestidas con ligeras sayas de algodón blanco y protegidas del intenso sol por amplios sombreros.

Carlos Roberto apuró el paso dejando atrás al resto de la caravana. Percibió que sus sentimientos hacia Cristina crecían en intensidad y cuando llegó hasta ella, sin vacilar la abrazó y a seguir la besó en los labios. Tras un instante sintió que ella abría ligeramente la boca mientras que su mano se posaba en su cuello atrayéndolo hacia ella. A través de las ligeras ropas sintieron el excitante contacto de sus cuerpos y Carlos, tenso al sentir los primeros síntomas de una erección que se haría notoria en sus ceñidas calzas, la alejó tomándola por los hombros.

-Mi querida Cristina, que gran sorpresa. Mariana, que bueno verte de nuevo. Musitó en forma de saludo mientras se acercaba a su madrastra y la abrazaba con afecto. Las dejó ligeramente atrás mientras saludaba, uno a uno, a cada integrante de la familia Álvarez que se habían quedado unos pasos atrás de Mariana y Cristina. Carlos Augusto y Francisco se unieron al grupo intercambiando saludos y luego todos, a sugerencia de Magdalena, la esposa de Francisco, entraron en la casa. Carlos Roberto le tomó la mano a Cristina y dejando al resto del grupo caminaron hacia

la playa, bordeando el río y observando los tonos naranja y violeta generados por el sol que se acababa de ocultar en el horizonte.

Permanecieron en *La Esperanza* apenas un día organizando el transporte de las máquinas. Las estructuras de madera sería haladas por cuatro mulas a través del estrecho camino que con sus fuertes pendientes los llevarían primero montaña arriba hasta el abra que luego descendía, también abruptamente, hacia los valles. Ocho hombres acompañaban a Carlos Augusto, su hijo, Mariana y Cristina, cuatro de ellos empleados o parientes de Francisco, que debían luego hacer el viaje de regreso con una de las mulas y los restantes cuatro, peones de *Altagracia*. Tal como había previsto Carlos Augusto, les llevó dos días recorrer el trayecto hasta las cercanías de Maracay y otro para llegar a *Altagracia*.

Para Carlos Roberto y Cristina el viaje resultaría inolvidable, varias veces se rezagaron, o se adelantaron a la lenta caravana, y en cada oportunidad, escondidos entre la densa vegetación del bosque nublado, conversaban, se besaban e intercambiaban caricias cada vez más osadas. Él descubrió, con sorpresa, que la formalidad que recordaba en Cristina, no era producto de la frialdad que temía. Fue ella la que le tomó la mano llevándola hacia su seno para que la acariciara la primera vez después de varios minutos de besos cada vez más intensos y cuando, en el segundo día del viaje, la atrajo hacia él, recostado en el gran tronco de un enorme árbol, sintió que los firmes muslos y vientre se adherían con pasión a los suyos. A través de la ropa ella sintió por primera vez el duro contacto y lejos de rechazarlo, como él temía, lo buscó moviendo ligeramente las caderas. El ruido de las mulas arrastrando el pesado armazón suspendió los gemidos pero aceleró la ya agitada respiración mientras corrían hacia sus caballos y se colocaban de nuevo a la cabeza de la caravana.

Carlos Augusto sonriendo le dijo a Mariana:

-Tendrás que cuidarlos o ella no llegará virgen al matrimonio.

-De tal palo, tal astilla. Contestó ella con picardía.

-Si quieres, también podemos adelantarnos. Dijo Carlos Augusto insinuante.

-Mejor espera que estemos en la hacienda, hace años descubrí que era más cómodo estar en una cama que llena de hormigas y musgo, y además recostado de un árbol te puede dar un lumbago.

-¿Sabes? Con frecuencia me viene tu recuerdo en el río, la primera vez que te vi.

-¿Me estabas espiando?

-No al comienzo, te miré por casualidad. Después, claro que me quedé admirándote. Era una escena fascinante.

Ambos sonrieron y ella retomó el tema:

-De cualquier modo, habla con Carlos. No quisiera verle la cara a Juan del Río si ocurre algo entre ellos.

11

Satisfactio pro solutione est

Caracas, 1833

Amparo había seleccionado algunas cosas de su guardarropa y otras las encargó a Josefa Landaeta, sin duda la mejor modista de Caracas. Cuando entró en la Catedral, precedida por las madrinas y los niños que portaban los anillos, llevaba un sombrero bolero con una gran pluma al frente y adornado con cintas azules a los que se fijaba el discreto velo. La saya era de algodón con adornos de terciopelo y tafetán, el corpiño alto y armado que hacía destacar, para molestia del oficiante, el valle entre sus opulentos y bien formados senos que indiscreto se asomaba entre los pliegues del mantón de Manila que le cubría tanto los hombros como la cabeza.

-*No se le ven los años*. Dijo Luisa Martínez a su vecina de banco. *Debe tener como 45.*

-*No Luisa, algo menos. Ella jugaba con mi hermana e hicieron la Primera Comunión juntas. Debe tener 41 ó 42.*

-*Como sea, se la ve estupenda*. Contestó Luisa con un dejo de envidia.

Juan del Río, acompañado por sus padrinos, esperaba a la izquierda del altar. Para tan importante ocasión había acudido al maestro Guevara quién le elaboró un frac negro de fino casimir con discretas flores bordadas en las solapas que bordeaban la camisa de holanda de cuello alto cuya incomodidad de acentuaba con las varias vueltas del corbatín de muselina que terminaba en un complicado lazo. El abdomen, bastante plano para su edad, estaba oculto bajo una corta chupa, casi un chaleco como los que estaban de moda, roja con galones y flores doradas. Completaba su atuendo las ceñidas calzas de gante y las medias ceñidas por debajo de las rodillas que apenas se asomaban debajo de las altas botas inglesas de dos tonos.

La boda de los viudos no había tomado a nadie por sorpresa. Durante muchos meses acudían juntos a tertulias o festejos. Los amigos y vecinos se habían habituado a invitarlos como pareja, y ya hacía algún tiempo que nadie se sorprendía al ver a Juan del Río entrando o saliendo de la casa de Amparo, incluso a las horas más diversas. También había dejado de ser novedad entre la servidumbre encontrar que de vez en cuando y sin previo aviso, era necesario llevar dos servicios de desayuno a la cama en lugar de uno. Al comienzo, casi dos años atrás, no habían sido pocos los chismes o comentarios maledicientes, pero con el apoyo del doctor Vargas, los Carvallo y Cagigal, hasta los mayores paladines del decoro comenzaron a aceptar que no se trataba de una aventura de Juan del Río, sino de una relación formal. Para satisfacción de ambos, todos los invitados, salvo algún enfermo, habían acudido a la Catedral, incluyendo al Presidente Páez, el general Soublette, varios catedráticos de la universidad con el doctor Vargas a la cabeza, dos marqueses, que aún bajo la república seguían siendo designados como tales y el infaltable Mariano Alcántara, tan fatuo como bien vestido y despidiendo el fuerte aroma de una costosa agua de colonia.

Pero la mayor y más grata sorpresa fue la presencia de María Antonia Carvallo. La invitación había sido enviada por el afecto y hasta por cortesía, pero nadie pensaba que la anciana, que muy rara vez abandonaba *Altagracia*, haría el penoso viaje hasta Caracas. Pero insistió en hacerlo y también le demandó a Carlos Augusto mantenerlo en secreto. Hizo el viaje acompañada por Guillermo, Albertina y Mariana, sin quejarse ni una sola vez. Era una oportunidad para ver a los pocos viejos amigos que aún estaban vivos, mostrar su afecto hacia la nueva pareja y como plan subyacente, contribuir a que Carlos Roberto y Cristina decidieran finalmente lo que iban a hacer. El noviazgo se había prolongado demasiado y la indecisión de Carlos comenzaba a perturbarla. Además, dado que Juan del Río y Amparo habían aceptado la invitación de Carlos Augusto a pasar los primeros días se su matrimonio en *Altagracia*, pareció prudente junto a Guillermo, Albertina y Mariana, quedarse en Caracas por unos días.

La presencia de los catedráticos ratificó los rumores que decían que Juan del Río, antiguo licenciado de la universidad y recientemente doctorado, estaba aspirando a la oposición de la cátedra de Derecho Romano, a pesar de no haber ejercido como abogado durante más de diez años. La presencia del general Páez indujo a otras especulaciones, como la designación de Juan del Río en el gabinete, cuando en realidad había sido Barbarita el motivo de la invitación. Amparo y Juan del Río la habían conocido en una velada musical organizada en la casa presidencial y a partir de ese día, para molestia de los caraqueños más conservadores, había surgido una buena amistad con la mujer de Páez.

La recepción fue relativamente modesta, así como, con alguna excepción, los regalos. Aunque Caracas había estado al margen de las batallas durante buena parte de la larga guerra, la mayoría de sus habitantes no se había recuperado económicamente. Casi todas las familias principales habían tenido uno o más muertos, muchas de sus haciendas habían sido saqueadas y destruidas y sólo los más previsivos habían liquidado sus bienes y exportado el producto de las ventas. Aún se veían aquí y allá lotes vacíos o iglesias sin reconstruir como producto del terremoto del año 12 a pesar de los 21 años transcurridos. Pero reinaba el optimismo, la producción había mejorado en los últimos dos años, la deuda pública estaba siendo pagada y Páez se imponía cada vez que algún caudillo intentaba fracturar el orden.

Sin embargo Juan y Amparo se las arreglaron para que los invitados fueran atendidos por sirvientes ataviados con libreas azules y volantes de tafetán, mientras que las cocineras estrenaban largas sayas blancas con sencillos, pero elegantes bordados en la parte superior. Para el agasajo Amparo consultó con los Rodríguez del Toro, bien conocidos por tener la mejor mesa de Caracas y hasta logró, sin pedirlo, que le enviaran a la mejor cocinera. La recepción fue todo un éxito, desde los canapés, hasta el tardío pero exquisito y abundante almuerzo. La sucesión de Páez como presidente estaba en el ambiente ya que estaban a poco más de un año de la elección y además la presencia de dos de los candidatos, Vargas y Soublette, hacían que no pocos invitados se movieran de un grupo a otro tratando de obtener información. Al mismo tiempo sopesaban los saludos, con quien hablaba, o dejaba de hablar Páez, bajo la suposición, probablemente acertada, que sería el General quien en última instancia decidiría.

-Ese asunto no está tan claro como sus mercedes piensan. El General tiene mucho peso, pero Mariño tiene sus ambiciones al igual que Soublette y tampoco le falta apoyo al doctor Vargas. Dijo Juan del Río, rodeado por el mayor de los Tovar, Manuel Escalante y Carlos Augusto.

-Yo me inclino por un civil, creo que ya hemos tenido demasiados militares gobernando. Son 23 años de gobierno militar y vean como está de pobre el país. Acotó Escalante con prudencia, aunque era conocida su posición civilista.

-Faltan muchos meses y a lo único que apostaría es que Mariño no será Presidente y Soublette *tendrá el apoyo de Páez, como lo tuvo cuando fue candidato a la Vicepresidencia.* Señaló Carlos Augusto.

-Sí, pero al final resultó electo Narvarte, así que el Presidente no es tan poderoso cuando de política se trata. Dijo Juan del Río y con una sonrisa agregó: *-Aunque también es posible que no le está abriendo demasiado el camino a Soublette mientras fortalece su poder, pero señores cambiemos la conversa, se acerca el general Soublette.*

Pedro tenía hambre. El estómago y los intestinos hacían ruidos armónicos con el crujir de las hojas secas que pisaban sus raídas alpargatas. Sus hermanito y su madre debían tener tanta o más hambre y sólo el bebé, que aún disfrutaba de los casi secos senos, había comido algo en los últimos tres días. La última comida habían sido unos plátanos verdes que se había robado en el conuco del viejo González que estaba tan lejos que era más la energía que gastaba en el ir y venir, que la producida por su menguada ración después de distribuir la mayoría entre su madre y Felipe. En una incursión previa se había llevado unas mazorcas, pero debía tener cuidado, el conuco de González era pequeño y si robaba demasiado, el viejo se daría cuenta y sin duda sabría quien era el ladrón.

El hambre lo había acompañado durante toda su vida. Antes de la muerte de su padre, consumido por la tisis pocos meses atrás, a veces había algo más que comer, pero nunca suficiente. Recordaba las tres o cuatro veces que había comido carne salada y la saliva lubricaba su seca boca al recordar que los domingos sacrificaban un pollo o una gallina, pero después de la muerte de su padre, el moquillo había terminado con todas las aves. Fue a pedirle trabajo al viejo González, pero éste le explicó que su conuco apenas rendía para él y su mujer. Otro día caminó hasta la hacienda de Joaquín Bonilla, pero el caporal le dijo que si no tenía trabajo para hombres, menos lo tenía para un niño de once años. Al menos no regresó con las manos vacías, el caporal le regaló unas yucas y lo dejó subirse a un árbol y coger los últimos aguacates.

Entre el ranchito de techo de palma y paredes maltrechas de barro, trozos de madera y varas de caña amarga que su padre construyó cuando tenía empleo y la hacienda, a dos horas de camino, se extendía un yermo en la estación seca. Su padre y un joven habían sido los únicos peones de pequeño establecimiento de Mayoral, pero cuando éste murió, los hijos vendieron las treinta reses y se fueron a vivir a Maturín con unos parientes. Hasta la pequeña casa de Mayoral había desaparecido, mal construida cerca del río, un día se la llevó la crecida. El pueblo estaba más lejos aún, casi una jornada completa de camino. No había otra alternativa, la fiebre estaba consumiendo a Felipe, esa fiebre mala que pega duro cada tres o cuatro días. Felipe con siete años parecía de cinco y nunca tenía fuerzas para jugar o ayudarlo a tratar de sacar alguna mojarrita del río o subir a un árbol para hurtarle los huevos a algún pajarraco.

Pedro salió en la madrugada, la cabeza cubierta por un viejo sombrero que le quedaba grande, la raída camisa que alguna vez fue blanca y el calzón que de tanto lavado era casi transparente. En los pies las viejas alpargatas y a la cintura, atada a un trozo de cuerda, la tapara con agua. Un río pasaba cerca de su rancho y el otro estaba a la orilla del pueblo, entre ambos la llanura matizada, aquí y allá por grupos de árboles. Su madre le dio instrucciones: buscar al señor cura, que si no se había mudado, debía seguir siendo Manuel García, un aragonés considerado por todo el mundo como un buen hombre. Pedro recordaba el camino, lo había hecho cuatro veces con su padre, sabía que debía tener el sol a su espalda hasta el mediodía y después lo debía tener en el rostro. Si se desviaba igual llegaría al río y si lo seguía, llegaría al pequeño caserío. Pero la soledad de la llanura le daba miedo, debía mantenerse alejado de los árboles y su tentadora sombra, porque allí se refugiaban tigres y culebras. Caminó rápido al comienzo, pero para mediodía el hambre y la sed lo atenazaban, el sol le quemaba los brazos y le dolían los pies. Había consumido casi la mitad del agua y ahora vendrían las horas más calientes del día. La tira tejida de la alpargata se rompió haciéndolo tropezar. Se agachó y la recogió pensando como repararla. Cerca había un grupo de árboles y se distinguía un tronco caído. Buen lugar para sentarse - pensó - y reparar la alpargata. Tomó la cuerda de la tapara y con ella substituyó la banda rota. No había llegado al árbol caído cuando la cuerda ya le había raspado la piel. Se quitó la alpargata y caminó semidescalzo.

La larga espina se le clavó en el talón. Se agachó y la arrancó. Se sentó en el carcomido tronco y como pudo colocó el tejido roto y luego lo ató con la cuerda, hizo el nudo a un lado después de darse cuenta que, arriba o abajo, el mismo le lastimaría. Miró hacia los árboles, pero ninguno tenía frutas y tampoco logró distinguir ningún nido. Con los codos sobre los muslos descansó unos minutos, apoyó la cabeza en las manos y comenzó a llorar. Lagrimas de hambre, de impotencia, de miedo, dos líneas húmedas cavando un surco en las polvorientas mejillas, los negros ojos brillando.

Escuchó el ruido intermitente sobre las hojas secas y se incorporó. La serpiente era enorme, una cuaima con sus protuberantes escamas en la cabeza y la boca entreabierta. Una vez su padre había matado una que tenía más de una vara de largo, pero esta era mucho mayor. La serpiente lo había percibido y se armó elevando la parte anterior del cuerpo. Pedro se paralizó por segundos que parecieron eternos, respiró una vez, profunda y lentamente y comenzó a retroceder paso a paso hasta que sintió el sol sobre sus hombros y entonces corrió hacia la sabana abierta. Atrás quedó la tapara con el resto del agua y la alpargata a medio reparar. La carrera se transformó en trote y luego en pasos lentos. Tres horas después vio la línea de árboles que marcaban el margen del río y el techo de las primeras casas. Todo comenzó a girar, se le contrajo el estómago y sintió el líquido amargo en la reseca boca, la nausea dominó el dolor de las heridas en el pie descalzo, árboles, casas y hasta la llanura daban vueltas, tropezó con una piedra y cayó al suelo sin sentido.

Milagros salió de la casa con el cántaro para buscar agua en el río, una rutina que cumplía cada día antes de la puesta del sol. Caminó hacia los árboles y vio al niño en el suelo.

El padre García conocía parte del camino, el tramo que iba hasta la vivienda del viejo González. Cargó el burro con provisiones y agua, a veces a pie y otras sobre el lomo de la bestia, caminó buena parte de la noche. No había salido aún el sol cuando estaba golpeando la puerta de los González. El viejo no tardó mucho y acudió la puerta medio dormido, pero cauteloso. Tenía una vieja carabina en la mano, que no funcionaba, pero servía para atemorizar. Preguntó desde adentro quién golpeaba la puerta y reconoció la voz del padre García. Quitó la tranca, abrió la puerta y mirando al cansado cura con la sotana polvorienta, preguntó:

-*¿Acaso se pegó el viaje desde el pueblo para confesarme?* Preguntó González burlón y molesto por el temprano despertar.

-*González, no estoy para chanzas, o me muestra el camino o viene conmigo. Tengo que encontrar el rancho de la mujer que tiene tres hijos.*

-Y pá´qué los quiere padre. Son ladrones, cada vez que me descuido se llevan algo y eso que mi mujer ayudó a la Ceferina a parir el último de los carricitos.

-No vengo a confesar, ni soy autoridad para juzgar si son o no ladrones. Dígame cómo llego allá.

El viejo se calzó, se colocó el sombrero en la cabeza y llenó con agua una damajuana. Luego caminó hacia el tronco donde tenía amarrada a la mula y la ensilló. Salía el sol cuando finalmente comenzaron a caminar.

-Por allí. Dijo el viejo apuntando hacia los primeros rayos de sol.

El cura se subió al burro que obediente, pero a su propio paso, siguió a la mula del viejo. Transcurrió cerca de una hora antes de atisbar al ranchito. La mujer no los escuchó llegar, cuando entraron la vieron arrodillada en el piso, llorando. Frente a ella, en el suelo y sobre una vieja manta, estaba el cuerpo del niño. El padre García había visto mucha miseria y no habían sido pocos los niños que habían recibido los óleos de su mano en su largo servicio parroquial, pero pocas veces tanta como la que rodeaba a la mujer y al niño. Casi no había muebles o enseres, el único adorno era una rústica cruz, las camas montones de hojas envueltas en algo que parecía una arpillera. La mujer vestía una vieja saya de algodón raído, el bebé estaba desnudo y el niño tendido en el piso. Amarillento, con el abdomen distendido, que contrastaba con el pecho hundido y delgados brazos. La mujer rezaba un padre nuestro que repetía entre sollozos cuando percibió la presencia de los dos hombres.

El padre García y el viejo, éste a regañadientes, enterraron al niño. Luego fueron al río y se asearon un poco. García sacó comida de los bultos que llevaba en el burro y mientras comían sentados en las piedras, le explicó que Pedro estaba lastimado, pero bien cuidado por una mujer del pueblo. El viejo regresó a su vivienda y el cura extendió una hamaca entre dos troncos informándole a la mujer que descansaría por el resto del día y tomarían el camino hacia el pueblo a la mañana siguiente.

-¿Cómo te llamas mujer?

-*Ceferina, Ceferina Pérez, para servirle*. Musitó en voz baja y el cura identificó el acento.

-*Eres de los Andes, ¿no es así?*

-*Si padre.*

-*¿Tienes familia allá?*

-*No padre, sólo tengo a mis hijos. En Trujillo me arrejunté con José y nos vinimos pa´estos sitios por lo del trabajo. Pero se murió el dueño, los hijos vendieron el ganao y mi hombre se enfermó.*

-*¿Dónde está tu marido?*

-*Allí, enterrado.*

-*¿Por qué te quedaste?*

-*Creí que me darían trabajo en la otra hacienda, fui y nada, Pedrito también. Después se enfermó Felipe y fue lo que Dios dispuso...*

-*No metas a Dios en esto. Vinieron y se quedaron por imbéciles. ¿Por qué no llevaste los niños al pueblo?*

-*No podía cargar al nené y a Felipe. Crediba que el viejo me ayudaría, pero es maluco.*

-*Voy a descansar, recoge lo que tengas y prepáralo para montarlo en el burro, mañana nos vamos al pueblo y allá veremos que hacer. Y escucha mujer, González no es maluco, lo que está es amargado como mucha otra gente por estos confines perdidos..*

Estuvo a punto de decir "perdidos de la mano de Dios", pero recordó lo que la había dicho a Ceferina y dejó la frase inconclusa. La parroquia de García no podía ser más miserable, trescientos y tantos, casi la mitad niños y apenas cuatro haciendas pequeñas, tres tan pobres como el resto del pueblo y la cuarta apenas le daba trabajo a 20 peones. Dos tiendas, una bodega y la Iglesia con la casita del cura a un lado. Diez familias tenían conucos, Milagros criaba pollos y por las calles deambulaban cochinos negros y de poca alzada, así como media docena de perros realengos y sarnosos. Lo habían fundado en 1780 y hasta el comienzo de la guerra había progresado, después todo había ido cuesta abajo. Ceferina y los niños pasaron una semana en casa de Milagros hasta que el marido le informó que ya no tenía como mantenerlos. García se los llevó a la casa parroquial, les dejó algo de comida y decidió ir hacia el Norte, donde estaban las mejores haciendas y La Victoria, la parroquia más rica en 50 leguas a la redonda.

Amparo estaba feliz, en Caracas había más de 100 viudas de su edad y pocos hombres disponibles, además éstos, buscaban novias más jóvenes. Que Juan se hubiese enamorado de ella, era algo envidiado por las numerosas viudas que vivían en Caracas.

Amparo leía mucho, tocaba el piano y participaba en las reuniones. Opinaba, sin temor frente a los hombres, sabía vestirse bien y con ímpetu participaba en las caridades de su parroquia y varias veces había sido voluntaria tanto en el hospital, como en el coro. Pero después de la boda regresó el temor que varias veces la había acosado: volver a vivir con un hombre después de tantos años de soledad. Cristina con amabilidad había facilitado las cosas. Decidieron, no sin cierta resistencia por parte de Juan, vivir en la casa de Amparo que tenía un bonito jardín interior y aunque era algo más pequeña, tenía mejor distribución. Además, la boda de Cristina parecía un hecho y la casa de Juan podría ser utilizada por la nueva pareja.

Ceferina, Pedro y el bebé pasaron de las manos de García a las de Venancio, el anciano cura principal de La Victoria y de allí al cuidado temporal de Quiroga que fue muy cauto al aceptar:

-Padre, Doña María Antonia y el resto de la familia están en Caracas, así que sólo me comprometo hasta que ellos lleguen y decidan que hacer. Le advierto que si me preguntan, diré la verdad y esa es más clara que el agua de la montaña: no necesitamos más gente en la hacienda y menos si no saben ni leer, ni escribir, ni cocinar, ni nada... Además les diré que están allí por culpa suya, que me obligó.

-Quiroga, no exageres. Yo no te estoy obligando, apenas te lo estoy pidiendo.

-Que es casi lo mismo padre, si no lo hago, Su Merced es capaz hasta de excomulgarme.

-Bueno, no tanto, no tanto, recuerda que Satisfactio pro solutione est.

-¿Y eso que significa? Preguntó Quiroga.

-*Que hay grandes satisfacciones cuando se encuentran soluciones.* Contestó el cura.

-Bien padre Venancio, pero se lo dice, en español y latín a Doña María Antonia cuando llegue.

12

La intriga

Altagracia, 1835

El Gavilán había comenzado su carrera militar en el ejército realista y se había cambiado de bando más de una vez. Por eso cuando Diego Fernández le hizo la proposición, no vaciló en aceptar, a fin de cuentas si fracasaba como había sido lo usual, se quedaría con los pesos y sería bien difícil que se los cobraran. Fernández había llegado desde La Habana con instrucciones de explorar las posibilidades, o incluso actuar si encontraba las condiciones para hacerlo. Fernando VII había muerto dos años antes, sin ver el sueño de recuperar al menos algunas colonias, pero su deceso no había acabado con las apetencias de una parte del gobierno español, aún después del desastre de la expedición del Brigadier Barradas y el Almirante Laborda en México, seis años antes, que había hecho patente la debilidad de los ejércitos españoles. Fernández había estado presente en junio de 1829 cuando la fuerza expedicionaria se rindió ante el general Santa Anna. Regresó a España y fue contratado por la corona como experto en las relaciones con las antiguas colonias. Cuando murió Fernando VII su posición se debilitó, pero hábil como era, pronto logró llamar la atención de quienes soñaban con los viejos días y que aún cerca de Isabel II, eran realmente carlistas de corazón.

No fue tarea fácil obtener la secreta comisión ya que buena parte de los ministros sabía que el discurso de Monroe de 1823 se estaba transformando en doctrina, así como del interés de Inglaterra y Holanda por mantener fuera a España de sus antiguas colonias y aumentar sus relaciones comerciales. Pero en el bando carlista que dominaba media España, encontró mejor acogida.

-Adelante y buscad el dinero que ya fue autorizado. Pero debéis tener bien claro que si os capturan, o fracasáis, diremos que nuestro gobierno nada tiene que ver con vuestros actos. Además, aún no hemos derrotado del todo a las huestes de Isabel aunque Zumalcárregui destrozó a las tropas de Valdés.

Fernández miró al General y preguntó:

-Pero si tal cosa ocurre ¿Cómo seré recibido en La Habana?

-Acudid ante el gobernador, sólo él está al tanto y sabrá que hacer. Igual, si tenéis éxito, sólo a través de él nos informaréis.

Fernández entendió el mensaje y también partió teniendo bien en cuenta que si los carlistas resultaban derrotados, no tendría a quien acudir. La guerra civil en España se extendía y los carlistas habían derrotado a los seguidores de Isabel en cuatro ocasiones consecutivas. Si todo seguía así, el nuevo rey sería Don Carlos Roberto María Isidro y él recibiría todo el mérito de haber iniciado la reconquista, si ocurría lo contrario, su futuro sería incierto, pero al menos podía hacer gala de su patriotismo. Lo que no entendió era porque lo enviaban a Venezuela en lugar del Perú, ya que era bien sabido que la corona aún tenía muchos seguidores.

Encontró a El Gavilán a través de algunos de los hombres que se habían mantenido en armas hasta el año 29 con Arizábalo. Pocos eran peninsulares y la mayoría, o se habían integrado a la vida civil, o se dedicaban al robo y al abigeato. Uno de ellos, Fernando Amézcua, tenía un hermano en España, Capitán y carlista furibundo que había participado en la expulsión del gobierno de los liberales y consideraba que los mismos eran traidores que habían admitido la existencia de los nuevos países americanos. Resultó que Amézcua se había juntado con El Gavilán y se habían apropiado de unas tierras entre Calabozo y Camaguán enriqueciendo su elemental rebaño con animales robados más al Norte y al Oeste, a veces incluso del otro lado del río Apure, zona que El Gavilán conocía bien desde la guerra.

Encarnación recibió un adelanto, juntó diez hombres y con Fernández se dirigió hacia las montañas. En las llanuras, le explicó a Fernández, pronto los encontrarían y era necesario internarse en la cordillera interiorana que rodeaba a los valles del Tuy y los de Aragua y reiniciar las operaciones precisamente donde Castro y Arizábalo habían estado seis años antes. El plan era tomar primero San Casimiro y los poblados vecinos, reclutar por lo menos 100 hombres y luego asediar otros poblados como San Sebastián y Villa de Cura. Si lograban aumentar la tropa, como había hecho Boves, seguirían hacia La Victoria y luego Caracas. Fernández estaba seguro que si lograban tomar a La Victoria, de Cuba vendrían tropas españolas. La estrategia fijada en Madrid tenía sentido: entre La Habana, Santo Domingo y La Guaira se podía controlar el acceso al golfo de México y el Norte de Colombia. También colocaba en evidencia la estupidez de haber vendido a los Estados Unidos la península de Florida.

-*Cerraremos el Caribe como una tenaza: al Norte, Cuba y al Sur Venezuela. Así, nuestro será todo el comercio como en el pasado. Os imagináis como nos premiaría la corte de Madrid si lo logramos.* Fernández se sentía como un nuevo Hernán Cortés.

Al Gavilán le costaba mucho imaginarse tal cosa, pero si podía ver la posibilidad de enriquecerse con el saqueo de los pueblos y si luego las cosas no avanzaban como Fernández deseaba, pues simplemente regresaría a Camaguán, pero más rico.

-*¿Qué puede motivar a la gente de esos pueblos a unirse a nosotros?* Preguntó Fernández

-*Sólo dos cosas, hay que ofrecerles tierras y repartir las haciendas buenas, también hay que pagarles. Esos diez que vienen con nosotros sólo lo han hecho porque usted les pagó. Serán fieles mientras tenga dinero y más nos vale que pueda seguir haciéndolo. Si juntamos cien, pues tendrá que pagar cien.*

Fernández sacó cuentas mentalmente. Sólo tenía suficiente para 50 hombres durante tres meses. Era necesario conseguir dinero, oro, plata u objetos equivalentes pronto, amen de armas más modernas que los diez fusiles ingleses con que contaba. De La Habana o Puerto Rico deberían enviarles pronto un buen parque y ya había sido definido el sitio y la fecha de la entrega. No era difícil desembarcar en algún punto de la amplia y poco protegida costa de Venezuela.

Carlos Augusto y sus dos hijos observaban fascinados el funcionamiento de las bombas. Por la boca de las mismas surgía un irregular flujo de agua que caía en el canal principal y luego se distribuía por los secundarios. Los tres habían aprendido a darles mantenimiento, aunque naturalmente era Carlos Roberto el encargado. Junto a cada una se había construido un pequeño cobertizo para guardar la leña que debía alimentar el fuego que activaba la caldera. Durante buena parte de la estación de lluvias no era necesario emplearlas, más aún, había sido necesario construir algunos drenajes para impedir que se acumulara demasiada agua sobre el suelo. Las primeras bombas habían llegado a fines de 1832, pero una de ellas nunca funcionó bien. La otra debió esperar hasta avanzada la estación seca de 1833 cuando terminaron de construir los primeros canales. En el año siguiente llegó otra bomba, bastante más eficiente que la primera, pero su manejo era más delicado y no permitía que nadie que no fuera él la encendiera y la alimentara. Al fin de la jornada la apagaba y luego limpiaba meticulosamente cada una de sus partes antes de cubrirla con una tela gruesa y protegerla después con una suerte de techo portátil de madera. Así que era éste, el primer año en que dos bombas estarían funcionando, una llevando agua hacia los potreros, la otra hacia los cultivos. En sus ratos libres trabajaba con la tercera tratando de descubrir la causa de su mal funcionamiento.

Viajaba con frecuencia entre *Altagracia* y Caracas. En la capital asistía a Cagigal en la Academia y seguía cortejando a Cristina, entre una y otra cosa comenzó a experimentar mezclando en el patio de la casa de sus padres los ingredientes que había traído de Inglaterra para fabricar jabón. En la hacienda ayudaba a Guillermo con más interés en los cultivos que en el ganado, mientras que su hermano hacia lo opuesto. Carlos Augusto y Mariana comenzaban a pasar temporadas cada vez más largas en *La Esperanza,* allí el cacao en la parte baja seguía siendo importante y crecía en las colinas la producción de café. El inicio del riego de verano había unido a buena parte de la familia y no sólo a ella, sino que también acudían hacendados de las cercanías, así que para fines de enero María Antonia disfrutaba dando órdenes y asegurándose personalmente que los huéspedes, aunque visitaran la hacienda sólo por unas horas, fueran bien atendidos.

La familia había crecido y pronto habría que encontrarles ocupación a los otros dos hijos, Gustavo y Augusto, así que Carlos Augusto deseaba comprar una nueva hacienda. En los valles comenzaba a ser difícil. El progreso económico durante los últimos años no sólo había elevado el valor de la tierra, sino que habían surgido nuevos compradores. Muchos baldíos habían pasado a manos de los antiguos generales gracias a las leyes y decretos de haberes militares, que pagaban con tierras los servicios prestados. Páez se había hecho con algunas tierras entre Valencia y La Victoria y hacia el Sur, surgían nuevos hatos de gran extensión. Pero Carlos Augusto no quería comprar en esas zonas, la muerte por paludismo de su hermano Roberto Antonio en 1804, cuando intentaron desarrollar una nueva hacienda cerca de San Carlos, aún era recordada. Su atención estaba en las montañas del Norte y en el crecimiento del consumo de café en Europa, además sus parientes franceses estaban interesados en sumar el café a su importante distribuidora de vinos.

Juan del Río y Amparo, junto a Cristina, también estaban de visita. Juan no ocultaba que, al menos en parte, su viaje a los valles tenía como propósito convencer, o más bien asegurarse que los diputados de la zona ratificarían al doctor José María Vargas, triunfador en las elecciones de año anterior, como nuevo presidente en la sesión del 6 de febrero. Así, desde *Altagracia* hizo cortos viajes a La Victoria, Maracay y Valencia, aún corriendo el riesgo de disgustar al Presidente Páez que había apoyado la candidatura de Soublette. Coincidió su visita con la del Conde Martín Tovar Ponte, que aunque ya no podía emplear el título, la mayoría de sus conocidos seguían designándolo con el grado que sus antepasados habían adquirido. El Conde, a pesar de algunos achaques, había querido ver el funcionamiento de las bombas y previo aviso, acudió con el curioso alemán que se había casado con Panchita Ribas y estaba recuperando la vieja hacienda, *El Palmar*, ubicada cerca del curato de El Consejo. Don Gustavo Vollmer, año con año, venía aumentando el número de tablones de caña y ya tenía más de veinte, amén de una creciente producción de aguardiente y un trapiche hidráulico.

-Don Martín, dijo Juan del Río, *¿qué piensa que harán Mariño y Monagas?*

-Cualquier cosa para evitar que el doctor Vargas sea Presidente por mucho tiempo. Recuerden que ya en el año 31 se alzaron contra Páez con el pretexto de regresar el país a Colombia, pero pienso que si Páez se hubiera inclinado por evitar la separación, ellos hubieran apoyado la creación de Venezuela. Contestó el Conde.

-Yo pienso que si no hacemos cambios profundos y seguimos permitiendo que los antiguos jefes militares se hagan dueños de tierras y hombres, ahora serán los de Oriente y mañana los de Occidente. Señaló Carlos Augusto.

-No podía estar más de acuerdo, Don Carlos. Usted es uno de los escasos militares que es más civilista que los civiles. Este país es y será un gatuperio pasto de lechuginos lambuceros, jefes de alcaveras y petardistas. Muchos generales no son otra cosa que conductores de turbas formadas por gentes que no les gusta trabajar. Sentenció Juan del Río.

-¡Juan del Río¡ Exclamó María Antonia. *¿Cuándo vas a expresarte con claridad? Luego su merced se queja que no lo entienden.*

-Doña María Antonia, pero si todo el mundo sabe que gatuperio es desorden, las alcaveras eran las guerrillas de los árabes del Sur de España y nuestros jefes en su mayoría son bien parecidos a esos caudillos. Contestó Juan del Río sonriendo. *Además, emplear esos términos tiene una gran virtud y es que la mayoría de los bárbaros que nos rodean no lo entienden.*

-Don Juan, no le falta algo de razón y que me disculpen los señores si abuso de mi edad para intervenir en la conversación, pero estoy de acuerdo y siempre lo he estado con mi hijo. Veo con pesar el

futuro y eso que tampoco soy de las que piensan que el pasado fue mucho mejor. Pero buen número de mal llamados coroneles y generales carecen de educación suficiente para gobernar. Admito que al comienzo no me gustaba Páez, pero ha hecho un esfuerzo por aprender y sin la elegancia de la pluma de Bolívar, ya habla y escribe mejor. Y me atrevo a adivinar que le van a hacer la vida imposible al doctor Vargas y también pienso que al doctor le falta fuerza política y militar, y hasta la experiencia para navegar entre pillos y alcaveras, como bien dice Don Juan.

María Antonia finalmente respiró mientras Carlos Augusto la observaba con admiración. Hacía tiempo que no le escuchaba a su madre un discurso tan largo. Los demás quedaron igualmente impresionados por la claridad y coherencia de la anciana. El Conde pensó en felicitarla comparándola con otras personas de su edad, pero decidió que sería poco cortés mencionar la cifra y se limitó a un breve comentario:

-Doña María Antonia, Su Merced debería ser la diputada de estos lares. Ahora bien, si me lo permiten les diré que Páez haría bien en librarse de Mariño y los hermanos Monagas. Es bien sabido que no cesan de intrigar.

-Mi querido Conde, correrá mucha agua en los ríos antes que ustedes le den a las mujeres algún lugar en sus juegos de guerra y política, pero le agradezco sus palabras. A los 85 años pocos son los caballeros que tienen cortesías con las damas. Más aún, conozco algunos hombres que se oponen a que sus esposas o hijas aprendan a leer o escribir y no son ni esclavos, ni peones, algunos incluso son hacendados o comerciantes de posición. Contestó María Antonia.

-Doña María Antonia, como siempre tiene la razón. Si Jean Antoine Caritat murió debido a las turbas en Francia durante la misma revolución que aupó, imagínense que le harían aquí. Señaló Juan del Río esperando que alguien le preguntara quien era el tal Caritat, pero Carlos Augusto decidió privarlo de ese placer.

-Don Juan, ahora le jugaré una mala pasada porque Su Merced siempre está abrumándonos con sus conocimientos. Caritat es mejor conocido como Marqués de Condorcet, su nombre completo era Marie Jean Antoine Nicolás Caritat y escribió un libro sobre el

derecho a la ciudadanía y a la educación de las mujeres, además de ser un gran matemático y entusiasta promotor de la educación para todos los habitantes. Si algo hace falta en éste nuevo país, son hombres como Condorcet.

-En Inglaterra están cambiando muchas cosas y el derecho al voto se está ampliando, pero estoy de acuerdo con mi abuela. Aquí ni periódicos tenemos y los que han leído algo importante no deben pasar de una centena, todo mi apoyo es para el doctor Vargas, pero estoy también de acuerdo con que le será muy difícil gobernar, salvo que Páez, Soublette y otros generales le den un soporte incondicional. Señaló Carlos.

El alemán, sentado junto a su esposa, escuchaba con atención. Aún tenía dificultad para entender algunas frases, pero comprendía cuan inestable era el país en el que había decidido probar fortuna. Adaptarse a las costumbres de los valles de Aragua no había sido tarea fácil, pero disfrutaba enormemente las virtudes del clima, en particular cuando pensaba en los largos inviernos de Hamburgo. Entre las cosas que más le llamaron la atención era la relativa facilidad con la que los hacendados, incluso lo pequeños, interactuaban con el conde de Tovar. En su tierra, un Conde era un ente casi inaccesible, aunque con Bismarck las cosas habían cambiado mucho. También le resultó de cierto modo familiar la fragmentación del país y las conversaciones sobre orientales o andinos, le recordaba como sus compatriotas de Schelswig Holstein y Baja Sajonia, se diferenciaban de los bávaros o la gente de Brandenburgo. Desde su Hamburgo natal había más comunicación con Amsterdam, que con Berlín o Munich.

Al atardecer los visitantes comenzaron a despedirse. Aunque los caminos estaban en buen estado gracias a la estación seca, a un paso moderado los caballos necesitarían un par de horas para llevarlos de vuelta a sus haciendas. Carlos Augusto tomó del brazo a Gustav Vollmer y a Panchita Ribas, acompañándolos a sus bestias. El gesto le resultó extraño al alemán, pero entendió que el mismo significaba cordialidad, quizás el paso previo hacia una relación más estrecha. Eso era importante, aunque a través de los Ribas y otros parientes de su esposa se le había abierto algunas puertas, otras también serían necesarias puesto que la decisión de quedarse para siempre ya era bastante firme. Poco después también se despidió el Conde de Tovar.

-Don Martín, antes que parta ¿me permite una palabra? Dijo Carlos Augusto.

-No faltaba más General. Respondió en viejo Conde con igual cortesía.

-Tengo entendido que su merced posee unas tierras incultas en los altos de La Victoria y me pregunto si estaría interesado en vender parte de ellas.

-En efecto, poseo una buena extensión, pero no había pensado en vender.

-Si cambia de idea desearía que pensara en mi interés en comprar. Respondió Carlos Augusto.

-En efectivo. Agregó antes que el Conde se subiera al elegante carruaje, de hecho único en los valles. El Conde lo miró intrigado y sin responder hizo un saludo de despedida.

María Antonia estaba cansada, el día había sido largo y tan pronto los visitantes desaparecieron en la curva del camino, comenzó a incorporarse cuando Carlos Roberto dijo:

-Por favor, desearía la atención de todos por unos minutos. Dijo y con un gesto los invitó a sentarse.

-Estoy seguro que estaban esperando este anuncio desde hace mucho tiempo y no debe faltar quien se haya intrigado por nuestro prolongado noviazgo. Les quiero decir que esta mañana le he solicitado a Don Juan su venia para que Cristina y yo nos casemos. Hemos esperado un tiempo porque yo regresé de Europa sin tener muy claro que haría con mi vida y Cristina, aunque me enamoré de ella casi de inmediato, era aún muy niña. Celebraremos las nupcias en mayo.

-¡Mis felicitaciones, ya preocupaba tanta tardanza! Dijo María Antonia.

-Vamos a brindar por ello. Dijo Carlos Augusto llamando al sirviente para que buscara copas y licor, mientras se levantaba y abrazaba primero a Cristina y luego a su hijo antes de hacer lo mismo con Juan a quien le había costado un mundo el mantener silencio sobre la conversación con Carlos

Roberto durante todo el día. Colocando sus brazos sobre los de su hija y los de Carlos Roberto sentenció:

-Nuptiae sunt conjuctio maris et feminas, consortium omnis vital. Nihil volitum nisi praecognitum.

-*¡Por Dios, Juan!* Reclamó Amparo. *¿Qué significa eso?*

Son aforismos latinos. Los estuve practicando todo el día, quiere decir que las nupcias son la unión del marido y la mujer, consorcio de toda la vida y nada es querido sin ser conocido.

Cristina se sonrojó y cierto nerviosismo atacó a Carlos Roberto mientras cruzaba una mirada con su prometida. Pero fue sólo un instante y ambos comprendieron que Juan del Río, al emplear las palabras conocido y querido, no estaba haciendo referencia alguna a sus naturales y secretos escarceos. El consumo de licor no era frecuente en *Altagracia* pero esa tarde se abrieron varias botellas y al caer la noche, se montó un joropo: las desafinadas voces de Carlos Augusto y Juan del Río atentaron contra la armonía del conjunto que habían desarrollado los peones bajo la dirección de Quiroga, quién tocaba la guitarra con gran habilidad y contaban con un arpista bastante bueno. María Antonia y Mariana, habían estimulado al conjunto comprando algunos instrumentos en Caracas ya que ambas disfrutaban mucho la música, en particular las adaptaciones de valses y contradanzas compuestos para piano que Quiroga tocaba, con su propio estilo, en la guitarra. Mientras sonaban los acordes en el patio, dos enormes ollas hervían el improvisado sancocho en la cocina y, para alegría de los peones, las brasas al rojo vivo gracias al suave viento, arrancaban el aroma de la ternera que se estaba asando.

13

Agua

La Victoria, 1835

Los Carvallo sabían que Francisco León se estaba robando el agua desde hacía casi dos años, pero las lluvias habían sido generosas, el pantano estaba rebosante y la poza seleccionada para extraer el líquido con las bombas se había mantenido bastante llena. Pero a mediados de marzo la poza se secó. Carlos Roberto y Guillermo subieron hasta donde caía el agua de la montaña y encontraron que Francisco había colocado otro juego de cañas de bambú, con una boca de madera en forma de embudo tan grande, que toda el agua, menguada en el clímax de la estación seca, estaba siendo dirigida hacia su hacienda. Guillermo, furioso, golpeó el nuevo tubo de bambú con el pié derecho, calzado con una sólida bota y la estructura se desprendió dejando correr el agua por su cauce natural.

-*¿Hermano, no hubiera sido mejor hablar con el señor León?*

-*¿Acaso el habló con nosotros? Si lo hubiera hecho, a algún acuerdo se hubiese llegado. No tenemos ningún interés en tener un vecino arruinado, pero ese viejo además de reservado ya ves que es mañoso.*

-*¿Cuándo se dará cuenta?* Preguntó Carlos.

-*Pronto verá que no le llega agua. Pero no voy a esperar, le enviaré una nota a su casa y otra tanto al Juez como a la alcaldía. Después, veremos.*

Regresaron a la casa a media mañana y Guillermo elaboró de inmediato las cartas. Dos denunciando el abuso de Francisco y otra informándole que él mismo le había eliminado el suministro. Quiroga envió un hombre a caballo para entregar los tres documentos. Una semana después llegó la citación del Juez, quien de acuerdo a la ley, debía intentar en su primer acto, un acuerdo entre las partes a pesar que estaba bien claro que Francisco León no tenía ningún derecho sobre el agua y de hecho, se la había robado.

El despacho del Juez no podía ser más precario. Una vieja casa en malas condiciones le servía simultáneamente de vivienda y tribunal. Las audiencias, poco frecuentes, se efectuaban en un salón que tenía un rústico mesón con una vieja silla francesa de elevado espaldar que le había donado el Conde de Tovar. Frente al mesón había seis sillas rectas de madera y cuero cuyo diseño parecía haber sido destinado a que las audiencias fueran breves. El resto del mobiliario estaba constituido por una pequeña mesa y la maltrecha del secretario, ambas prestadas por el cabildo, así como unos viejos candelabros, sin velas, lo que aseguraba que ninguna audiencia podía efectuarse después de las seis de la tarde. Indalecio Pérez ya estaba cansado de La Victoria y de la irregularidad con la cual recibía su sueldo, pero lo aguantaba complementando sus ingresos con algunos honorarios indebidos al inclinar, a un lado u otro, la balanza de la justicia. A pesar de tener más de cincuenta, se había casado un año antes con una jovencita del poblado, más por la conveniencia de mostrar una relación formal, que por amor.

Guillermo llegó antes de las once, la hora pautada. Entrar a la umbrosa casa resultó placentero ya que el sol ya estaba calentando con fuerza las polvorientas calles de La Victoria. No había ni una nube que filtrara los rayos. Abril no sólo marcaba el extremo de la estación seca, sino también los días más calurosos del año. El Juez, decían las malas lenguas, era un recomendado de Peña y su especialidad era evitar los juicios y siempre intentaba mediar entre las partes, modo que en efecto solía ahorrarles gastos a los litigantes y con frecuencia también le generaba al Juez algún ingreso adicional.

-Don Guillermo, pase adelante. Es un placer verlo de nuevo, aunque sea en estas circunstancias.

-Gracias Don Indalecio, lo mismo digo. Espero que haya estado bueno de salud. Contestó Guillermo devolviendo la cortesía.

-Gracias a Dios que así es. Pero lo que se gana en salud, se pierde en preocupaciones. ¿Qué le parece el desastre que estamos viviendo? Por fortuna el general Páez parece que le pondrá orden al país.

Esas palabras le dejaron claro a Guillermo de que lado estaba el Juez. La noticia de la renuncia de Vargas, forzada por los Generales de Oriente, había llegado tres días antes de la audiencia y aunque no fue aceptada por el Congreso, todos sabían que su posición era muy débil. En contra de la candidatura y luego de la presidencia estaban Santiago Mariño, Diego Ibarra, Justo Briceño, Pedro Briceño Méndez, Pedro Carujo y José Laurencio Silva, y no pocos sospechaban que también conspiraba Monagas. El argumento más poderoso era la acusación de que el doctor Vargas no había combatido durante la guerra y sólo había regresado de Puerto Rico cuando la paz reinaba en el país. Guillermo se atrevió:

-Lo que ocurre Don Indalecio es que los antiguos militares sienten que sólo ellos tienen derecho a gobernar.

-¿Todos?

-No, no todos. Por ejemplo mi padre, aunque fue General de Bolívar sostiene que los civiles deben gobernar, los militares defender al país, los curas ocuparse de las almas y los magistrados imponer la justicia.

-Don Guillermo, esas son bellas palabras. Me hacen recordar a los civilistas franceses. Sin embargo ellos tuvieron a su Napoleón, en la Alemania tienen a Bismark y en nuestra América, pues ya ha visto quienes han gobernado: Bolívar, Santander, Flores, Iturbide, Santa Anna, San Martín, mi general Páez y pare de contar, casi todos militares. Y si algún civil llega a la primera magistratura, necesita un militar fuerte que lo apoye. Además aquí aún estamos divididos desde el año 30, no faltan los que quieren volver al sueño de Bolívar.

-O más bien emplearlo como excusa para sacar al que manda para ponerse él.

-No tengo la menor duda, hay más de uno que trata de aprovecharse de los méritos de Bolívar para trepar. Pero mi general Páez no los dejará.

Guillermo guardó silencio. El Juez no había dejado dudas sobre la ubicación de su fidelidad. Dos veces había repetido "mi general Páez" a la usanza de los militares. Un discreto toque en la puerta los hizo mirar en esa dirección. Francisco León, con algo de polvo sobre su mejor atuendo, estaba en la puerta y un par de pasos atrás, presuroso, llegaba el secretario. Indalecio Pérez adoptó de inmediato un aire majestuoso y los invitó a sentarse. El secretario, sudoroso, abrió la única gaveta del mesón, sacó el libro de actas y se sentó en su silla.

-Bien señores, procedamos. Señor secretario tome nota que se han presentado a la hora señalada por el tribunal, hoy a 3 de abril de 1835, los señores Don Guillermo Carvallo, en representación de su familia y propietarios de la hacienda Altagracia y Don Francisco León Narváez, vecino de la misma y dueño de la hacienda conocida como Monte Carmelo. Así mismo tome nota y señale como anexo, la carta de Don Guillermo en la que acusa al señor Narváez de apropiarse de manera indebida e inconsulta de una fuente de agua que nace y corre dentro de su propiedad en abierta violación de la ley.

El Juez tomó un sorbo de agua de un tazón de peltre bastante maltrecho que junto a una jarra de vidrio eran los únicos objetos colocados sobre su mesa y continuó:

-¿Tiene algo que alegar el señor Narváez?

-¿Podría leer la carta de Don Guillermo para saber con precisión de que se me acusa?

-Señor secretario, por favor haga que el señor Narváez lea la carta.

Francisco recibió la hoja de papel y la leyó con lentitud. Salvo ciertas formalidades que posiblemente tendrían algún valor en el tribunal, su contenido era similar al de la carta que había recibido de Guillermo.

-Señor Juez y señor Carvallo, les aseguro que nada sabía sobre esas cañas de bambú y la toma de agua. Es posible que alguno de

mis peones, sin mi consentimiento y sin saber que estaban en predios ajenos…

-*¿No observó que estaba llegando agua a su hacienda?* Interrumpió el Juez.

-*No señor Juez, lo único que observé era que el pasto estaba más verde que en el pasado, pero como las lluvias fueron abundantes…*

-*Señor Narváez, pareciera que sus peones – que creo que son sólo dos – tienen gran iniciativa o son más brillantes de lo supuesto. Escuche usted, los conozco a los dos y parece muy difícil que por si solos, hayan construido algo que casi es un acueducto y que su merced no haya reparado en la existencia del mismo. Si le parece bien a las partes, los podemos interrogar.*

-*Su señoría.* Dijo Guillermo. *El señor Narváez ya admitió que la toma de agua se encuentra en nuestras tierras y estoy seguro que el señor secretario tomó debida nota de esa declaración, si fue él directamente, si dio las órdenes o si sus peones lo hicieron sin que él lo supiera, para nosotros, la falta es la misma.*

-*En efecto señor Narváez, su merced lo ha admitido. Ahora está en ustedes ir a juicio o llegar a un acuerdo.*

-*Si vamos a juicio sabremos la verdad.* Dijo Guillermo a sabiendas que Francisco estaba acorralado, pero usó un tono suave de voz como para indicar que no estaba cerrando las opciones.

-*Quizás Don Guillermo quiera alguna compensación además de mis disculpas.* Señaló Francisco que obviamente no quería que interrogaran a los peones y además era también evidente que el Juez se inclinaba a favor de los Carvallo.

-*Don Francisco, si en lugar de mentir admite que lo mandó a hacer y si se compromete a no meterse de nuevo en nuestra hacienda, con gusto retiraré la acusación. No queremos rencillas con ningún vecino, por el contrario, deseamos vivir en la mejor paz y de ser posible, como alguna vez lo hicimos, hasta ponernos de acuerdo y progresar juntos. Está en usted Don Francisco decidir lo que vendrá.*

Francisco miró a Guillermo con cierta sorpresa y luego al Juez. Guardó silencio por unos instantes y luego dirigió la mirada hacia el piso.

-*¿Si acepto lo que dice Don Guillermo no habrá juicio?*

-*Así será*. Dijo el Juez con aire de satisfacción. *Sólo deberá pagar dos pesos que son las costas de esta audiencia, ya que es evidente que la misma se ha realizado por su culpa.*

-*Bien, Don Guillermo le pido disculpas. Yo ordené tomar el agua, sin ella hubiera perdido parte del ganado. Así mismo juro, ante su merced y ante su señoría el Juez, que nunca más entraré a su hacienda sin su debido permiso.*

Indalecio Pérez se levantó, algo molesto por la rapidez del acuerdo que le impedía sacar más provecho que los dos pesos, y le ordenó al secretario tomar nota de la última declaración. Esperó unos instantes hasta que el hombre completó el acta y se la entregó, luego la leyó con lentitud, haciendo caso omiso de un par de errores ortográficos. Le dio vuelta al grueso libro y con gran formalidad invitó a Francisco y a Guillermo a leer el acta y a firmarla si estaban de acuerdo con lo consignado por el secretario.

Tras despedirse del Juez salieron juntos de la casa. Guillermo lo tomó del brazo y le dijo:

-*Don Francisco, lo invito a comer y beber algo en la posada de Doña Eulalia, allí podemos hablar sobre el agua y nuestras haciendas. Nosotros no queremos perjudicar a nadie y podemos llegar a un arreglo con ese asunto del agua.*

Guillermo y Francisco compartieron la comida y la conversación giró en torno al ganado y su precio. Concentrados no repararon en la llegada de una mujer que le susurró algo a Eulalia y con la misma discreción salió del establecimiento. Poco después Eulalia se acercó a la mesa y mientras retiraba los platos comentó:

-*Don Guillermo disculpe que lo interrumpa pero me acaban de contar algo que su merced debería saber. Encontraron a una jovencita muerta en las afueras del pueblo y parece que le hicieron cosas de las que no se pueden contar.*

-*¿Cómo lo que ocurrió con la hija de Quiroga?*

-*Así es, eso me dijeron. Ya fueron a avisarle al Juez y a ese bueno para nada que es el jefe de la policía.*

La boda se realizó en la Catedral el 30 de mayo bajo un tenso clima político. Después de la ceremonia se efectuó la recepción en la casa de Juan del Río que, algo abandonada después de su traslado a la de Amparo donde habían fijado residencia. La misma fue apresuradamente arreglada para la recepción. Juan no había decidido aún que destino le daría a su antigua vivienda y oscilando entre alquilarla o venderla, al final no había hecho ninguna de las dos cosas. Por recomendación de María Antonia había contratado a Ceferina Pérez para cuidarla y con el tiempo de algún modo apadrinó a Pedro que a los trece años comenzó a aprender a leer y escribir, primero con Amparo y después en el pequeño colegio de los dominicos que estaba a pocas cuadras de distancia. Carlos Roberto vaciló bastante antes de aceptar, pocos días antes de la boda, fijar su nueva residencia en la vieja casona.

El doctor Vargas asistió brevemente a la recepción y para frustración de muchos, que esperaban obtener de primera mano información sobre la situación política, el presidente apenas felicitó a la nueva pareja, se movió con rapidez entre los invitados, extendiendo manos y tocando hombros, pero sin cruzar con ninguno más que la cortesía del saludo. La breve visita de Vargas fue interpretada como una muestra de malas noticias, algunos esperaban la ocasión para manifestarle apoyo, otros incluso para proveer hombres y armas que buena falta le hacían al presidente.

-Me preocupa la situación. Dijo Juan del Río rodeado por un grupo que incluía a Carlos Augusto, Guillermo, el Conde de Tovar y Fermín Toro. *El doctor Vargas está atrapado entre el ejército de Oriente que aún controla el general Mariño y las tropas que Páez puede llamar en cualquier momento que están desde el centro hasta Occidente. Sólo cuenta con magistrados, algunos policías, la menuda tropa que lo cuida, comerciantes, profesores y algunos hacendados del centro.*

-Don Juan tiene toda la razón. Si un General sopla, Vargas se desploma y quien sabe que vendrá después. Sentenció Carlos Augusto que conocía, mejor que los restantes, a los generales siempre en pugna.

-Pero algo de estabilidad se ha ganado en estos años. La situación económica ha mejorado y aunque no me gustó del todo la ley del año pasado, es posible que el país esté cabalgando sobre un

camino de progreso. Dijo Fermín Toro que había alcanzado cierta popularidad entre los que habían leído sus comentarios a la ley y que aparentemente iba a publicar con más detalle.

Pedro se acercó al grupo con una bandeja bien provista de canapés y Guillermo decidió hacer un comentario que lo involucraba.

-Señores, este jovencito que ha apadrinado Don Juan es un buen ejemplo de la desgracia de nuestro país. Es inteligente y ahora va al colegio, de hecho una escuelita mal dotada, pero eso ha sido un evento fortuito. Si no lo trae el padre García a nuestra hacienda donde mi abuela lo cuidó y le enseñó las primeras letras, a lo mejor ni vivo estaría después de las desgracias que sufrieron sus padres y hermanos. Así ocurre con la gran mayoría de la gente, pasan hambre, sufren muchas enfermedades y nunca tendrán oportunidad de progresar, porque no nos ocupamos de la educación como en otros países. Yo he apoyado a Vargas porque él si entiende de estos asuntos, pero, con el perdón de muchos que sin duda han sido héroes de la independencia, la mayoría de nuestros jefes sólo piensan en tres cosas: poder, dinero y mujeres.

-¿Y quién no? Comentó Juan con cierto cinismo y completó *la idea: -Así como salud para disfrutarlos, ese es un viejo dicho español.*

-Cierto Don Juan, pero no sólo en eso deben pensar los que quieren llevar las riendas, sea de una hacienda, bien de un país. Agregó Carlos Augusto.

-Pero para eso se necesita educación y deseos de trabajar, dos cosas que carecemos. Dijo Fermín.

Pedro, aún con la bandeja en la mano, se quedó esperando que alguno tomara otro canapé y mientras tanto escuchaba atento la conversación. Le habían instruido sobre lo inconveniente que era estar escuchando la conversación de los principales, pero como Guillermo lo había empleado como ejemplo que se quedó esperando algún gesto o palabra para seguir circulando con la bandeja.

-Pedrito ¿todavía estás aquí? Preguntó Carlos Augusto.

-Disculpe Don Carlos, pero no sabía que hacer, ya me voy con mi bandeja.

-No, espera un momento. Ya que Guillermo te involucró, me gustaría hacerte una pregunta y quiero que la contestes con el corazón, sin ningún miedo.

-Disculpe Don Carlos Augusto, ¿qué quiere decir involucó?

-Involucró. Le corrigió Carlos Augusto. *Quiere decir que Guillermo te metió en la conversación. Él quería explicar unas cosas a estos señores y le pareció que contando algo de tu vida, ellos entenderían mejor.*

-Gracias Don Carlos Augusto. ¿Y qué me quería preguntar su merced?

-Sí, a eso voy. Dime Pedrito ¿te gusta estudiar y trabajar?

-Cuando llegué a su hacienda, pues no mucho. Era más sabroso irse a la sabana, ver los pájaros y bañarse en el río que recibir las clases de Doña María Antonia, pero cuando comencé a entender los garabatos, entonces me gustó. Ahorita ya puedo leer un libro, aunque a veces no entiendo todo, Pero sé que si estudio y trabajo mucho - y me perdonan por ser tan atrevido - a lo mejor Dios permite que sea como un señor y mi mamá nunca más pasará hambre, ni tendrá que pasar el día fregando los pisos.

-Gracias Pedro, ya puedes seguir con tu trabajo. Dijo Carlos Augusto sonriendo y Pedro también lo hizo al darse cuenta que el general Carvallo no había usado el diminutivo. Sintió que de pronto había crecido y se empinó, sacó el pecho y caminó hacia el siguiente grupo de invitados.

-Don Fermín, como verá si existen personas que quieren trabajar, lo que no quieren hacer es trabajar de sol a sol y saber que cuando llegue el domingo serán igual de pobres que el lunes anterior.

El presbítero Rosal -que se unió al grupo acompañado por Alicia, su pretendiente Francisco Villanueva y Mariano Alcántara - escuchó cuando Fermín hizo referencia al tema de estudiar y trabajar y decidió dar su opinión:

-Debemos tener cuidado con lo que se enseña a las clases bajas, muchos no tienen criterio para usar el saber. Además si todos se hacen letrados, ¿quién trabajará la tierra?

Don Juan dio un corto paso hacia atrás y quedó fuera de la línea de visión del Presbítero, pero completamente de frente a los restantes integrantes del grupo, los miró levantando las cejas y sonriendo, lo que le daba una expresión algo burlona, desvió la conversación con habilidad.

-*Caballeros, ¡díganme si mi hija no está hermosa esta tarde!, y vean el porte del novio, parece un aristócrata británico. Además ahora nuestro grupo gana en belleza con la presencia de Alicia.*

-*Gracias Don Juan.* Dijo Alicia ruborizada

-*¿Cómo podría ser de otro modo? Son nuestros hijos, como dicen, de tal palo, tal astilla.* Agregó Carlos Augusto en tono festivo y todos rieron, no sólo por las ocurrencias de los nuevos emparentados, sino por haberse logrado librar de la amenaza de un largo y tedioso sermón del Presbítero. Carlos Augusto no lo había visto en mucho tiempo, pero recordó que las ideas de Rosal no eran compartidas ni siquiera por los prelados más conservadores de Caracas, pero si que encontraban eco en algunas familias que se aferraban a los modos de vida de la colonia y que veían con terror cualquier cambio. Rosal debía rondar los setenta años y había sobrevivido quien sabe como los once años de la guerra. Se decía que Bolívar lo había mandado a fusilar o pasar a cuchillo el año 13, pero que alguien pensó que la orden excluía a los sacerdotes y por ello se salvó. Después de la muerte de Boves, que tampoco era santo de su devoción, se fue a Puerto Rico, luego estuvo en La Habana y de pronto apareció de nuevo en Caracas en 1823. Las malas lenguas decían que los obispos de las islas no lo aguantaban y lo devolvieron a Caracas y si no terminó en algún curato llanero, era porque la Iglesia estaba obligada a respetar sus propias jerarquías.

Don Juan caminó hacia la parte posterior de la casa en procura del cuarto de baño y al pasar por la cocina casi tropezó con Pedro que venía con su bandeja, ahora cargada de copas de vino.

-*Pedro, dime algo. Cuando dijiste que ahora comenzabas a entender los libros ¿de cuales estabas hablando?*

Pedro se turbó, pero supo de inmediato que no debía mentir.

-*Su merced dejó algunos aquí cuando se mudó a la casa de su señora. Algunos no los entiendo, son muy raros, pero otros son más fáciles. Le debí pedir permiso, pero pensé que si los había dejado, no le importaría.*

-No me importa Pedro, sólo te pido que los cuides. Que no se mojen y de vez en cuando les quitas el polvo. Los raros deben ser los que están escritos en francés y debe haber por ahí alguno en latín. Pero dime ¿Cuál has leído?

-La historia de Robinson…

-Excelente, es una versión corta traducida del francés y publicada en España en 1826. Robinson Crusoe es uno de los libros más leídos en el mundo. Algún día podrás leer el libro completo, pero sólo si aprendes inglés o francés. ¿Sabes que ese libro fue publicado en 1719?, imagínate, hace más de 100 años y Defoe fue comerciante, espía, diplomático, estuvo preso por conspirador y escribió muchos libros. Sigue con tu bandeja, pero un día vengo para que revisemos juntos los libros que dejé aquí.

Juan se acercó a Amparo y aprovechando que estaban solos le preguntó:

-¿Mariano Alcántara estaba en nuestra lista de invitados?

-No, yo jamás lo hubiera incluido. Es posible que lo hayan invitado los Carvallo. Quizás ellos no están al tanto de la mala fama que tiene.

-No es fama, son hechos. Agregó Juan.

-¿Entonces es cierto que estafó a la viuda de Martínez? Preguntó Amparo.

-Sin duda, pero no hay forma de probarlo. La muy idiota firmó los papeles y le regaló casi todo lo que tenía. Una mujer enamorada…

-Juan, también he visto a hombres enamorados haciendo tonterías. ¿Quieres que le pregunte a los Carvallo si invitaron a Marianito?

-No, creo que sería de mal gusto hacerles esa pregunta. Contestó Juan del Río.

14

Los godos

Cerca de Valencia, julio de 1835

Al amanecer seguía lloviendo, ahora una fina llovizna, pero que en nada ayudaba a la andrajosa pandilla. Con la ropa mojada, agotados por la larga jornada del día anterior y además, debilitados por la escasez de comida, Fernández, El Gavilán y los veinte hombres que habían logrado reclutar se despertaron rodeados por la tropa. Habían deambulado por varios meses sin lograr su objetivo. De Puerto Rico nunca llegaron noticias y menos aún la ayuda esperada. Reclutar más gente les resultó poco menos que imposible ya que estaba mejorando la situación económica, los hacendados estaban exportando casi el doble de ganado a las islas, la producción de café aumentaba con rapidez y el descontento, que no era escaso, tampoco era tan grande como para que la gente quisiera embarcarse en la aventura. A Fernández se le acabó el dinero, gastaron más de la mitad de las balas cazando animales y hasta pájaros para comer. En San Sebastián encontraron que había una pequeña guarnición, pero lo suficientemente grande como para que abortara la idea de tomar al pueblo. En Cagua les ocurrió lo mismo y se movieron hacia Valencia ignorando que los eventos de julio obligaron al general Páez a reunir sus hombres y marchar hacia Caracas.

La avanzada los encontró por casualidad, los soldados habían sido enviados como una vanguardia destinada a averiguar el paradero de las tropas del general Silva que supuestamente había enviado Mariño para detener a Páez. Los desarmaron con facilidad, no tuvieron ni la oportunidad, ni la voluntad de defenderse. Bajo las instrucciones del Capitán les ataron las manos y luego pasaron una larga cuerda de toscas fibras a través de los nudos y la ataron a la silla de uno de los caballos. Estaban como a media hora del sitio en el que había acampado el grueso de la tropa, pero se les hizo eterno el camino al verse obligados a trotar arrastrados por el caballo, el terreno era irregular, lleno de piedras y espinales que no podían eludir. Tres veces alguno de los irregulares perdió el equilibrio y al caer arrastraba al que lo precedía y hacía tropezar al que venía detrás. Levantarse con las manos atadas en la espalda no era tarea fácil y el resultado era evidente. Cuando llegaron al campamento no sólo estaban bañados en sudor, sino llenos de raspaduras, las muñecas cortadas por las cuerdas y la ya andrajosa ropa convertida en trizas.

Páez tenía otras preocupaciones cuando le informaron sobre la banda y le dijo al Coronel Rengifo que se ocupara de ellos. Este a su vez debía organizar la siguiente etapa de su objetivo que no era otro que llegar a Caracas a la brevedad posible y le encargó al capitán Rebolledo que se encargara de los capturados. En menos de una hora los interrogó a todos. Encarnación estimó prudente un nuevo cambio de bando y con su labia medio convenció al Capitán que el único culpable era Fernández, pero la misma delación complicó las cosas. Un español tratando de iniciar una insurrección era algo que escapaba a su competencia y tuvo que acudir al Coronel y éste a su vez, al percibir las connotaciones políticas regresó con Páez.

-General necesito que me escuche. Ese asunto de la banda no es tan simple, pensamos que eran ladrones de ganado o asaltantes de caminos, cosa que probablemente algunos han practicado, pero el jefe es un español cuyo objetivo es iniciar una revuelta. Uno de ellos lo delató y dice que se esperaba ayuda desde Puerto Rico.

-Coronel, mande a un Teniente con cinco soldados y me los encierran a todos en la cárcel de La Victoria. Al español lo amarra bien, lo montan en una carreta y luego veremos que hacer con él. Ahora lo más importante es llegar a Caracas y ponerle orden al país.

El Gavilán supo de inmediato cual sería su destino si llegaba a La Victoria y desde el suelo llamó al Capitán y le rogó que le permitiera hablar con él de nuevo.

-Capitán, yo no sé como me convenció ese maldito español. Tenía hambre, estaba sin trabajo y él iba juntando ladrones de ganado y gente sin oficio. Pero yo estuve con el general Páez en Apure, pero luego he tenido mala suerte, pero puedo servirle de nuevo ¿por qué no me recluta? Fíjese que ya lo ayudé descubriendo la intriga de Fernández.

El tono meloso de Encarnación hizo vacilar al Capitán. Le había estado pidiendo al Coronel que le asignara a un soldado como ayudante y éste, que no lo tenía en gran estima, se lo había negado.

-Eso no es posible, no hay dinero con que pagar más soldados. Respondió el Capitán, pero El Gavilán sintió cierta vacilación en la voz e insistió presintiendo que había una rendija:

-No quiero que me pague, con la comida me conformo y si me ayuda, seré un fiel sirviente. Dijo Encarnación mirando hacia las botas del Capitán.

-¡Teniente!, busque un sargento y cinco soldados. Entréguele el español al Coronel, éste se queda conmigo y a los demás los encierra en la cárcel de La Victoria. Le dice al alcalde, al Juez si es que hay alguno o quién encuentre allá, que son órdenes del general Páez que luego decidirá que hacer con ellos. Salga ya, después de cumplir la orden, júntese con la tropa en el camino hacia Caracas.

Que el padre Venancio le tenía ojeriza al Juez era algo bien sabido en La Victoria. Por sus respectivos cargos debían verse con frecuencia o sin verse, sabían bastante el uno del otro. Venancio a través de las confesiones o por la solicitud de consejo por parte de los feligreses, Indalecio porque muchas veces el consejo del cura le había arruinado algún negocio. Venancio no podía hacer nada con lo que sabía sobre el Juez ya que estaba obligado por el secreto de la confesión y además la experiencia le hacía dudar de las cosas que las niñas le contaban, pero cuando apareció el cuerpo de la niña violada, comenzó a sumar una cosa con la otra. Con toda la discreción posible averiguó que Indalecio Pérez había llegado a La Victoria en enero de 1831 y que antes había vivido en

Valencia. Le escribió a un viejo colega, retirado en la casa que el obispado había comprado como albergue para sacerdotes enfermos, pidiéndole que indagara sobre las acciones del Juez. Dos meses más tarde y cuando ya daba por descontado que no recibiría respuesta, llegó la carta esperada y la leyó con ansiedad.

"...lo único que he logrado saber del precitado es que aparentemente tenía cierta predilección por niñas púberes y en cierta oportunidad, hacia el año 29, una mujer lo acusó de haber abusado de su hija de 12 años. Sin embargo como la niña era de escaso entender no fue posible llegar muy lejos en la indagación. Por aquellos días incluso corrió el rumor que Pérez terminó dándole unos pesos a la mujer para guardara silencio."

Podría ser casualidad, pero la muerte de Florinda había ocurrido cuatro años atrás y ya Indalecio había sido designado Juez en La Victoria. No recordaba con precisión las fechas de las confesiones, ambas de niñas entre 12 y 14 años, pero si que estaba seguro que las había escuchado después de la muerte de Florinda. Las niñas habían confesado el ataque sexual, una no había visto al agresor por lo oscuro de la noche, la otra se negó a decir quien era. Venancio no insistió en esa oportunidad, pero sabía muy bien quien era la jovencita, ahora ya casada, y donde encontrarla. Ser discreto no era algo nuevo para él, las sospechas no tenían suficiente solidez, como tampoco la habían tenido en el pasado cuando arrestaron a El Gavilán y al esclavo que por cierto nunca fue reclamado por el dueño y ahora trabajaba en una de las haciendas cercanas a La Victoria. Venancio era discreto, pero si alguna otra cualidad tenía, era la de no olvidar. Tenía su propia lista de sospechosos y la misma incluía a Nicanor López, dos peones que solían beber más aguardiente del adecuado, un lujurioso comerciante de La Victoria y también a Francisco León.

Caracas, julio de 1835

Amparo, Carlos Augusto, Mariana, Carlos Roberto y Cristina compartían la cena en silencio. Carlos Augusto, Mariana y su hijo, habían llegado la tarde anterior a La Guaira desde *La Esperanza,* una vez que se aseguraron que era razonablemente seguro ir a la capital. Juan del Río también había tomado algunas medidas después que Julián Castro, siguiendo órdenes de Mariño y los restantes generales, arrestara al doctor Vargas y al vicepresidente enviándolos de inmediato a Saint Thomas. Juan, que en los últimos meses había estado ayudando a Vargas, aunque no ocupaba ningún cargo en el gobierno, se había escondido en Los Teques y después en Curaçao. Como era de esperar buena parte de quienes habían apoyado a Vargas temían por sus vidas, en particular después que vieron unas hojas impresas en las que se les acusaba de godos, aliados de los españoles y de los ingleses, oligarcas y quien sabe cuantas cosas más. La insurrección contra Vargas había comenzado en Maracaibo en la mañana del 7 de junio y en la noche de ese mismo día, también en Caracas. Sin embargo salvo el destierro de Vargas y Andrade, no había ocurrido mucho más en Caracas.

-*Como cambia el mundo. ¿Se acuerdan de Carujo? Dígame como junto a ese Capitán de malas pulgas que se llama Julián Castro son ahora los jefes de tropa bajo los generales Mariño, Briceño Méndez y Laurencio Silva y estos resultan ahora defensores de Bolívar, de Colombia y enemigos de la Constitución del año 30.*

-*¿Ya vieron la proclama de Briceño Méndez?* Preguntó Amparo a los recién llegados.

-*Sí, apenas hace unas horas, me parece una idiotez y además es ingenua. Eso de* "los patriotas que derramaron la sangre...*y lo demás, debe ser para que Páez y Soublette los apoyen, surja alguna ilusión en Bogotá o que viejos generales como yo salgan a la calle a darles vítores.*

-*A ver si me explican algo.* Dijo Mariana. *¿Cómo es que Vargas nombra a Páez otra vez como jefe de todos los ejércitos y*

Mariño, Ibarra, Monagas y hasta el francés Perú de Lacroix, también le ofrecen el cargo.

Carlos Augusto se apresuró a contestar:

-Pues Mariana no es tan difícil. Ninguno puede sobrevivir sin el apoyo de Páez y me atrevo a hacer una apuesta. Cuando éste atajaperros concluya, sólo habrá un triunfador y ese se llama José Antonio. Carujo es hombre de zalemas y Monagas, como siempre agazapado, es el más peligroso. Perú de Lacroix es bueno con la pluma y quién sabe qué lo trae por aquí, dicen que siempre está triste. Ibarra debe estar creyendo que el ánima de Bolívar lo orienta y sin duda Mariño quiere ser el jefe mayor.

-Padre, he escuchado que Carujo, es un personaje peculiar. Dicen que es tan educado como el que más, que habla inglés y francés, que escribe como si hubiera estudiado en Salamanca y además parece un cuero seco. No sólo logró que lo perdonaran después de tratar de asesinar a Bolívar, sino que también se libró de ser fusilado cuando lo encerraron en Puerto Cabello y desde allí escribía para el periódico de Tomás Lander. Después fue muy valiente en las batallas de Río Hacha defendiendo al general Urdaneta en Maracaibo. Más adelante se atreve a escribir contra Vargas desde El Republicano.

-Sí, hijo, todo eso es cierto. Contestó Carlos Augusto. *Pero la ilustración no hace que la gente sea buena o mala.*

-¿Diego Ibarra no es sobrino del Marqués del Toro? Preguntó Cristina. Es que no entiendo, si el tío es godo, como es que el sobrino no lo es.

-Ya te acostumbrarás hija mía. Contestó Juan. *El Marqués del Toro, como la mayoría, ha sido realista e independentista, partidario de Bolívar y luego de Páez con quien ha logrado rehacer su fortuna. Además Ibarra es cuñado de Perú de Lacroix.*

-Pocos han sido constantes como tu padre. Agregó Amparo y Carlos Augusto se lo agradeció con un movimiento de cabeza. *Ni Juan, no yo hemos sido tan consistentes. Juan, como el Marqués del Toro, cuando llegó Monteverde en el año 13, hizo lo mismo que Casa León porque creía que la independencia había fracasado y después que mi primer esposo murió, yo también pensé que era mejor estar cerca del bando realista. Por aquí, mi querida hija, hay muy pocas almas puras. Lo que sobran son de dos tipos, los*

que se creen iluminados, que casi siempre acaban mal, y los trepadores.

-Pero también hay algunos que se dedican al trabajo, a enseñar como hace Don Juan y no faltan músicos, artesanos, hacendados o comerciantes. Contestó Carlos Roberto que el estar tan cerca de los acontecimientos políticos lo perturbaba, aún estaba habituado a la forma en que había vivido en Europa, muy alejado del poder y resueltos los asuntos del agua en *Altagracia,* tenía ahora una nueva fascinación y ese era el café. Pedro entró en el comedor y anunció que había llegado Quiroga.

-Dile que pase. Dijo Amparo

-Ya le dije, pero no quiere. Dice que está muy sucio para entrar al comedor y la verdad es que si lo está, como que le llovió en el camino y está lleno de barro.

Carlos Augusto se levantó.

-Con permiso, iré a ver que quiere. Dijo Carlos Augusto y regresó pocos minutos después.

-Quiroga trae noticias. Páez ya pasó por La Victoria y se le sigue sumando gente. Además me contó que cuando pasó por la Catedral vio a los últimos hombres del batallón Anzoátegui que estaban saliendo. Les preguntó que ocurría a unos curiosos que miraban el desfile y le informaron que Mariño dio la orden de salir de Caracas esta tarde.

-Daré la orden para que le den de comer y ropa seca. Dijo Amparo con amabilidad.

-Gracias, pero no hace falta. Ya se fue a mi casa y allá tiene todo lo que necesita. De hecho llegó primero allá y como le dijeron que estábamos aquí, decidió venir traer las noticias antes de comer o cambiarse. Es un hombre excelente. Amparo, tengo el presentimiento que el exilio de Don Juan va a ser tan breve como el de Vargas y que muy pronto van a estar de vuelta, a menos que Páez tenga en mente tomar otra vez el poder.

Algo en la expresión de su esposo le hizo pensar a Mariana que Quiroga había traído algo más que las noticias sobre el avance de Páez.

-¿Qué ocurre Carlos Augusto? Pareces preocupado.

-Lo iba a dejar para después, pero cualquier momento es malo. Quiroga me informó que encontraron el cuerpo de una niña como a media legua de La Victoria hacia Maracay.

-¿Saben quien era? Preguntó Mariana.

-Sí, la hija del carpintero de La Victoria, había ido al río, cosa que hacia con frecuencia. Si mal no recuerdo se llamaba Elvira y como la encontraron, incluyendo la falta de huellas, aunque aún están buscando, es muy parecido a lo que ocurrió con Florinda. Quiroga está muy afectado.

-¿Las tropas estaban cerca? Preguntó Mariana.

-Sí, pero no tanto, aunque de uno y otro bando había avanzadas enviadas a observar. Pero no creo que las tropas tengan nada que ver, no tengo dudas que en La Victoria, o en alguna de las haciendas cercanas, hay un asesino violador de niñas.

La lluvia formaba una densa cortina mientras la tropa se alejaba de Caracas. Cuando se acercaban a Guarenas la columna se había adelgazado y al pasar la lista nocturna Mariño supo que había hecho bien en abandonar el terreno. Primero buena parte de los soldados bajo el mando del general Silva se habían pasado al bando de Páez en lugar de entrar en combate, ahora uno de cada tres reclutas había desaparecido al amparo de la intensa lluvia y las nubes grises que habían acelerado el anochecer. El único consuelo era saber que Monagas les daría algún tipo de apoyo una vez que cruzaran las húmedas tierras de Barlovento y llegaran a las llanuras de Oriente. Carujo era otra de sus esperanzas, con un puñado de hombres, había tomado el camino opuesto, hacia el Occidente del país, una zona que conocía mejor. Ibarra y su cuñado Perú de Lacroix se quedaron atrás.

Páez entró en Caracas el 28 de julio y sin dilación, para sorpresa de algunos que pensaban verlo como nuevo Presidente, creó algo que nadie sabía muy bien de que se trataba, pero sonaba bien: un Consejo de Gobierno con el general José María Carreño como presidente y anunció que estaba enviando una comisión a Saint Thomas para buscar al Presidente Constitucional y al Vicepresidente.

El 30 en la mañana el Coronel Rengifo le pidió audiencia y Páez lo hizo entrar de inmediato.

-Bien Coronel, ¿qué lo trae por aquí?

-El español ¿qué hacemos con él? Lo podemos llevar a juicio por espía, lo fusilamos formalmente o le ordeno a algún soldado que le dé un balazo, eso último sería lo menos costoso.

-Un momento Coronel, vamos a pensar un poco. El general Soublette está como Ministro Plenipotenciario en España e Inglaterra tratando que reconozcan a Venezuela como país independiente. ¿Cómo verían este asunto?

-Comenzarían a tenernos un poco de respeto. Dijo Rengifo sin vacilar.

-O una excusa para reiniciar la guerra. Contestó Páez. *Vamos a esperar unos días.*

Tres días después Páez llamó a Carlos Augusto y después de las cortesías de rigor, Páez les pidió opinión sobre el español después de explicarles las circunstancias de la captura y la información obtenida.

-General Carvallo, su merced ha viajado por Europa y sabe más que yo de estas cosas. ¿Qué me aconseja?

- A mí me gusta la idea de enviarlo de regreso a España como se hizo antes con Arizábalo y los demás. Nos verán como gente civilizada y además con la guerra civil que tienen entre manos, agradecerán el no convertir este asunto en algo importante. Dijo Carlos Augusto.

-Pero primero, ¿por qué no darle un buen susto? A la cárcel y que Rengifo le diga que lo más probable es que lo van a fusilar por espión. Dentro de una semana una persona irá a visitarlo - tengo una idea bien clara de quién será- y le dará la buena noticia de que lo van a perdonar. Luego lo sube en la primera goleta que zarpe para La Habana, Puerto Rico o cualquier otra posesión española y por otra vía, por ejemplo a través de Soublette, se manda una comunicación formal a la corte de Madrid. ¿Qué le parece?

-Pues muy bien. Contestó Carlos Augusto.

-General Carvallo, que no se diga más. Pienso que me ha dado un buen consejo, tanto que si Vargas no divagara tanto, debería tenerlo en algún cargo importante en su gobierno. Cuando regrese se lo voy a sugerir.

-General, no lo tome a mal, pero le daré la misma respuesta. No deseo formar parte de ningún gobierno, ya estoy muy viejo para esas

faenas y además las haciendas me ocupan cada vez más. Contestó de inmediato Carlos Augusto.

-Pues yo no lo veo tan viejo y perdone la impertinencia, general Carvallo ¿en qué año nació?

-En el 69, así que pronto tendré 66 años. Contestó Carlos Augusto.

-Parece menor, pero es buena edad para ayudar al gobierno, usted ha sumado inteligencia con experiencia. Dijo Páez zalamero y Carlos Augusto reparó en el cambio en el trato. En efecto en los últimos años se empleaba cada vez menos el término "su merced" y cada vez más el "usted".

-General Páez. Le respondió en tono cordial. *Me disculpa si insisto, no me importa ayudar con una u otra idea, pero tener comisión en el gobierno, es algo que no deseo hacer.* Carlos Augusto hizo una pausa esperando que Páez diera por concluida la entrevista.

-General Carvallo, créame que lo lamento, pero respeto su decisión, más en ésta hora cuando muchos de nuestros antiguos compañeros de armas o hacen lo opuesto, o están dispuestos a casi cualquier cosa por tomar el poder. Páez se levantó y con una sonrisa le extendió la mano. - *Además, lo entiendo muy bien ¿sabe que compré unas tierras en los valles?, sin duda es un sitio maravilloso. Si un día me dejan en paz, haré lo mismo que usted.*

-Entonces es oportuno que le haga una pregunta. ¿Es seguro para Juan del Río regresar en éste momento?

-General, tan seguro como lo es para mí, para usted o para el presidente Vargas que en mucho aprecia a Don Juan, pero recuerde que en nuestro país lo único seguro es que algún día nos vamos a morir. Aún hay que someter a Mariño y los demás.

Amparo se alegró cuando Carlos Augusto le relató los detalles de la entrevista y además le ofreció enviar la pequeña goleta para buscar a Juan del Río en Willemstad, si es que el término goleta era apropiado para la ya varias veces modificada embarcación que utilizaban para ir de La Guaira a *La Esperanza.* Dos semanas después Juan del Río regresó de su breve exilio, un poco perturbado ya que estaba aprendiendo papiamento en el pequeño cuarto que le había alquilado a un judío en el barrio de Punda.

Amparo decidió que debía hacer una cena en honor a su marido y junto a Mariana y Carlos Augusto, que tenía interés en conocer los precios, se fueron caminando hasta la Plaza de San Jacinto. Allí el número de vendedores seguía en aumento, al punto que en ciertos días era necesario zigzaguear para llegar a la puerta del Ayuntamiento que ocupaba los espacios del antiguo convento. Ese era uno de esos días y en San Jacinto encontraron una bulliciosa masa de vendedores y compradores que ocupaban la estrecha plazoleta. Amparo que había traído a Pedro, que entre otras habilidades, conocía bien a muchos vendedores y tenía habilidad para regatear. Era apenas la segunda vez en su vida que iba a un mercado, no tanto porque en la ciudad estuviera mal visto que una señora de posición acudiera a esos sitios, sino que simplemente le molestaba el ruido, el apiñamiento de la gente y la suciedad que iban dejando en el suelo tanto los vendedores como sus clientes. Mientras Pedro, dotado con una lista de los víveres requeridos iba de puesto en puesto, Mariana y Amparo seguían a Carlos Augusto que iba haciendo una suerte de censo mental de los precios.

Caminaron hacia el Norte de la pequeña plaza donde, además de alimentos, también se vendían otras cosas, desde muebles usados, hasta ropa, usualmente sencilla. Amparo levantó los ojos, era necesario caminar mirando hacia abajo para evitar charcos de agua sucia, los huecos dejados por los adoquines desprendidos, cáscaras de fruta, hojas de maíz y excremento de burros, que cubrían buena parte del suelo. Al hacerlo observó, a unos cuantos pasos, la parte posterior de la cabeza y la espalda de un hombre. Otros transeúntes lo ocultaban en parte, estaba vestido con andrajos y debía tener tanto el pelo largo como una densa barba que se confundían debajo del viejo sombrero. Algo en la forma de caminar le resultó familiar, pero en ese instante, Mariana la tomó del brazo y llamó su atención sobre un mueble de buena calidad que estaba a la venta. Amparo miró hacia gran *secretaire,* y levantó de nuevo la vista, pero el hombre había desaparecido. Con Mariana se dedicó al esperado regateo, el *secretaire* le parecía perfecto, la madera curva que ocultaba las gavetas estaba perfecta, así como el diseño de flores que adornaba la parte inferior, apenas alguna raspadura que su ebanista podría hacer, para sustituir el rústico mesón que Juan empleaba. Al final Amparo compró el mueble, probablemente de origen inglés, por un precio muy razonable.

-Mariana, creo que he visto este mueble antes. Más aún, estoy casi segura que le pertenecía a Don Ricardo Meneses. Después de que murió arruinado y sin poder regresar de Puerto Rico, la hija que se quedó aquí, vendió muchos muebles para poder vivir.

Mariana, que había pasado buena parte de su vida en *Altagracia,* conocía algunas familias de Caracas, pero desde luego no a todas. Pero si sabía que los Meneses, así como muchas otras familias ricas de Caracas, se habían arruinado durante la guerra y en los años posteriores. Unos por el temor de regresar ya que habían militado en el bando realista y al no hacerlo en el lapso de tres meses, como fue dictado en el año 22, se les confiscaron las propiedades. También en los valles de Aragua muchas haciendas habían cambiado de dueño y, con ellas, también las casas en Caracas.

-Amparo, sigo pensando en eso de los godos. A veces creo que hay más godos nuevos que viejos y ese asunto de la pureza de sangre, que desde luego yo no tengo, también me parece curioso. Cada vez que escucho a algunas señoras hablar de aquellas que están ausentes, siempre terminan lanzando sospechas. Que si fulana tenía una abuela mestiza, que si la otra un tío que tuvo cinco hijas con una mulata.

-Mariana, así es, aquí la mayoría tiene algún ancestro salpicado de indio o negro, de los dos o de alguna mezcla. Juan me ha explicado que en los primeros cien años de la conquista y también después en alguna medida, vinieron muchos hombres y pocas mujeres. Así que godo, más que aristócrata o puro de sangre española, lo que significa es que tiene una buena cantidad de pesos y unas buenas propiedades, a veces también se usó para señalar a los criollos realistas.

Y cuando yo no estoy presente ¿qué dicen?

Amparo se sintió incómoda ya que en efecto no pocas veces había oído los comentarios sobre Mariana y su humilde origen, aunque también era cierto que el prestigio de los

Carvallo hacía que más de uno se abstuviera de hurgar en el pasado. Además, desde que el hijo de Carlos Augusto comenzó a pretender a Cristina, pues ninguno de sus allegados o de las amistades de Juan del Río, se había atrevido a hacer ningún comentario.

-*¿La verdad, Mariana?*

-*Sí, porque no, la verdad. Yo vivo feliz en Altagracia y allí nadie se mete conmigo, ni con nuestros hijos. Tan sólo quiero saber a que atenerme las pocas veces que vengo a Caracas.*

-*Pues bien, mi querida Mariana, habrá una media docena de familias y no más, que te rechazarían, a ti o a alguno de tus hijos. Pero te aseguro que si algún hijo o hija se enamora de de uno de los tuyos, conocida la fortuna de los Carvallo, cambiarían de opinión bien pronto. ¿Acaso Marianita no se casó con uno de los sobrinos del primo de Diego Ibarra? ¿Y quién le puso mala cara a tu hijo Gustavo cuando vino de vacaciones el año pasado? Pues nadie y con lo buen mozo que es, cuando regrese se lo van a disputar…*

La risa de Mariana y la llegada de Pedro cargando la canasta interrumpieron la conversación por unos segundos y Amparo recordó que había algo que deseaba contarle.

-*¿Sabes que ocurrió con Alcántara?*

-*¿Quién es Alcántara?* No recuerdo el nombre.

-*Pues estaba invitado por ustedes a la boda de Cristina y Carlos. Un hombre alto, bien parecido y vestido con mucha elegancia. Su nombre es Mariano y lo recuerdo hablando contigo y otras señoras.*

-*Sí, lo recuerdo, pero en nuestra lista no estaba y pensé que era invitado de ustedes.*

-*Todo el mundo sabe que antes se metía en las fiestas sin convite, pero creo que ahora ya no lo podrá hacer. Martínez lo desgració.* Agregó Pedro con certeza desde la puerta de la cocina.

-*¿Qué ocurrió?* Preguntó Mariana con inocencia.

-*Pues que como robó a la hermana, Justo Martínez le mentó la madre y luego los dos sacaron las espadas. El señor Martínez terminó con una pequeña cortada en la mano, pero Alcántara todavía no puede caminar y dicen que hasta la voz le va a cambiar.* Aseguró Pedro.

-Y por qué habría de cambiarle la voz por un corte de espada. ¿Acaso fue en la garganta? Preguntó Mariana.

-No Doña Mariana, la estocada se la dieron bastante más abajo. Dijo Pedro con un dejo de picardía en la voz.

15

Mariana

Altagracia, 1839

El viento y la intensa lluvia sacudían la copa de los árboles. Las gruesas gotas producían un peculiar sonido al rebotar sobre las tejas y el viento del Este generaba silbidos intermitentes al pasar por las rendijas de las puertas y las ventanas. Mariana terminó de atender a María Antonia que tenía varios días sin poder levantarse de la cama, afectada por el dolor en las rodillas y caderas. Ninguna de las medicinas que le había enviado su hijo desde Caracas le había hecho efecto y Juan Lorenzo, con toda honestidad, las había prevenido. Habían intentado con las aguas termales, pero el viaje había resultado ser muy penoso. Lo único que le atenuaba el dolor era el jarabe que le enviaba Juan Lorenzo, pero sólo lo tomaba cuando era insoportable, porque la medicina, de hecho un jarabe que contenía un derivado del opio, la atontaba por horas y eso no le gustaba. Unos meses atrás su hijo había conseguido una pequeña cantidad de una pasta llamada salicina, pero si bien el ayudó un poco con el dolor, le había hecho mucho daño en el estómago.

Después de mucho insistir, Mariana logró convencerla y la anciana tomó un par de cucharadas del jarabe paregórico, pero también insistió que la sacaran de la cama y la ubicaran, como ya era costumbre, en una silla al frente de la casa. Desde allí María Antonia podía, sino controlar las cosas como lo había hecho por décadas, al menos observar las idas y venidas de peones o sirvientes, o llamar, como hacía de vez en cuando, a alguno de ellos para verificar que ciertas tareas habían sido efectuadas a su gusto. Esa tarde disfrutaba mirando la lluvia y sus efectos, otros días el calor del sol le aliviaba un poco el dolor en las rodillas.

Mariana, con delicadeza y en forma gradual, iba asumiendo las responsabilidades que María Antonia había tomado para sí por tantos años. Existía, de hecho una división de las labores, los trabajos rudos y los aspectos comerciales se encontraban en manos de los hombres, mientras que la administración de la casa, las relaciones casi familiares con los peones y los detalles se encontraban en sus manos. Mariana había tomado para sí el mantenimiento de la casa y el resultado satisfacía a María Antonia: las paredes lucían un encalado impecable, las cañas de los techos estaban siempre alineadas, en buen estado y las maderas barnizadas. Los objetos de metal eran pulidos con frecuencia, los pequeños canales que recogían el agua de las lluvias estaban siempre limpios y las tejas eran sustituidas cuando era necesario. En los últimos meses había tomado también para sí la supervisión de los depósitos, la caballeriza y las viviendas de los peones, esto último no sólo incluía velar por la educación y la salud de los niños, sino también involucrarse en cierto modo en la forma de vivir de los empleados.

Desde 1829, casi una década atrás, los niños aprendían a leer y escribir gracias a Mariana. Después Carlos Roberto insistió y logró que Dionisia Molina, viuda de un pequeño comerciante de La Victoria fuera contratada con ese propósito. Pero una vez que los niños dominaban lo elemental, entonces Mariana comenzó a reunirlos tres veces a la semana a media mañana y conversaba con ellos sobre religión, historia y geografía, mientras hacía circular entre ellos algunos gastados y elementales librillos españoles que había conseguido a través de Matías, cuando lo visitó en España, otros enviados lenta y gradualmente por su hijo. Carlos Roberto participaba cuando estaba en *Altagracia* e instruía a los niños en aritmética, geografía y en algunas técnicas de agricultura. También mantenía una pequeña biblioteca con textos británicos que ocasionalmente recibía de sus viejos amigos en Londres.

Detrás de la caballeriza se colocó un techo y una pared que no sólo bloqueaba el sol de la mañana, sino que le permitió colocar una pizarra, amén de los dos mesones de madera y las sillas donde se ubicaban los niños. La pizarra y una caja de tiza procedían de México y Mariana tardó casi un año en obtenerla gracias a las gestiones que hizo Carlos Augusto con la logia masónica, ya que la logia lancasteriana de México había impulsado su empleo y manufactura. Con el envío venía una nota manuscrita de un masón que explicaba que la palabra tiza tenía su origen en una alteración del idioma náhuatl, una mezcla de *tiz´n* que significaba ceniza y *atl*, agua.

Mariana comenzó a cartearse con el masón, intrigada por el nombre del establecimiento y así averiguó que se inspiraba en los métodos de enseñanza de Joseph Lancaster que había realizado los primeros esfuerzos por la educación masiva de los niños en Inglaterra, pero luego agobiado por las deudas había viajado a Baltimore y luego, bajo el auspicio de Bolívar, a Venezuela abriendo una pequeña escuela. Pero fue en México donde su método había tenido más éxito. También se enteró que en ese país dos logias masónicas, la escocesa o lancasteriana y la yorquiana, habían participado activamente en la política, unos eran centralistas y otros federalistas. Carlos Augusto, como muchos otros había coqueteado con la masonería, pero al final, individualista feroz como era, había desistido, cosa que había hecho muy feliz a Matías cuando se enteró.

Dos años después de iniciar esta actividad, Benigno, uno de los peones, cuya avanzada edad había hecho conveniente que abandonara las faenas del campo para ayudar en el mantenimiento de la casa, le pidió a Mariana que le permitiera unirse a los niños. Benigno aprendió, no sin dificultades, a leer y esto abrió el camino a que otros hombres también lo hicieran. El año anterior Mariana decidió ocuparse personalmente de los niños y delegar en Dionisia la enseñanza elemental de los seis adultos que para esa época lo habían solicitado.

Una mañana María Antonia escuchó el inconfundible ruido de caballos y alerta levantó la vista hacia el camino que terminaba en el patio central, frente a la casa de la hacienda. Eran seis hombres y al frente destacaba el de pelo claro, rostro redondeado y el cuerpo de quien disfrutaba de una buena mesa. Sólo lo reconoció cuando se quitó el sombrero, descendió del caballo y caminó hacia las escalinatas.

-*Doña María Antonia, tenga usted muy buen día.* Dijo José Antonio Páez con una sonrisa.

-*General Páez, buenos días para usted también y dígame, ¿a qué se debe el honor de esta visita?* Contestó María Antonia intrigada mientras observaba que los cinco jinetes que acompañaban a Páez se mantenían alertas sobre sus caballos. Después de derrotar a Farfán en San Juan de Payara, uno de los reformistas que previamente se había alzado contra Vargas, había asegurado su elección como nuevo Presidente y en pocos meses debía sustituir a Soublette que ejercía el cargo después de la renuncia definitiva del doctor Vargas.

-*Pues anoche el caporal de La Trinidad me contó que usted estaba algo enferma y decidí visitarla. A veces es útil ese correo que forman mayordomos, caporales, capataces y bodegueros. Más pronto que tarde, uno se entera de lo que ocurre en las haciendas y entre los amigos. Pero observo, mi querida señora, que a veces mienten, porque yo la veo a usted muy bien.*

-*¿La Trinidad no era una de las haciendas de Casa León?* Preguntó María Antonia con cierta malicia ya que estaba al tanto de lo ocurrido, pero quería escuchar de boca de Páez la explicación.

-*Sí, Doña María Antonia, es la misma, pero ahora me pertenece. Como usted recordará, las haciendas confiscadas, y al Marqués le quitaron varias, fueron luego asignadas de acuerdo a la Ley de Haberes Militares. Así, desde el año 29 yo soy el dueño y la misma está a la orden. Pero hablemos de usted, dígame ¿qué le ha ocurrido y en qué le puedo ser útil?*

-*General, simplemente la edad. Con los años vienen los dolores y conmigo se han ensañado en las rodillas. Supongo que es el castigo de Dios por haber vivido tanto, porque entre más se vive, más se peca.* Contestó María Antonia con un dejo de humor.

-Pero mi querida señora, si usted es una santa, ¡qué pecados va a tener! Contestó Páez tomando una silla y colocándola junto a María Antonia.

-Pues no se crea General, a lo mejor ya no son los de la carne, pero y ¿dónde deja a los del pensamiento? Esos, además, ni el Obispo y ni siquiera el Santo Padre, me los puede quitar.

Páez soltó una carcajada e inclinándose hacia María Antonia le tomó la mano y le dio un sonoro beso.

-Sí, he escuchado por allí que su merced no perdona muchas cosas y cuando es menester, tampoco guarda silencio. Estoy seguro que encontró mis defectos como Presidente y ...

-Pero también sus aciertos y sí, para unos y otros, he dado mi opinión. Es el privilegio de las damas de cierta edad. Por cierto se dice que usted está en camino de ser muy rico. Apuntó María Antonia con una sonrisa. Había hablado con Páez, muy brevemente, durante el festejo de la boda y tenía sus aprehensiones, pero la conversación le estaba generando más simpatía hacia el General. Mariana se aproximó curiosa al escuchar las voces y Páez la saludó. Mariana respondió al saludo y haló otra silla sentándose a la izquierda de María Antonia.

-Tengo algunas propiedades, pero estoy lejos de ser un Tovar o un Carvallo. Continuó Páez, que de inmediato regresó al tema de la familia para evadir el asunto de su enriquecimiento y dijo:

-Esa franqueza es un privilegio que todos reconocen en los Carvallo, así era su esposo, así es su hijo y me cuentan que esa misma condición ha sido heredada por sus nietos. Pero además de ser directos, tienen otra cualidad.

-Confío que así sea General, es bueno que alguien hable claro de vez en cuando, aunque duela un poco, pero dígame ¿Cuál es esa otra cualidad?

-Sí, es cierto, algunos comentarios me han dolido, pero también seré directo Doña María Antonia y lo que más me molesta, es que ninguno ha querido participar en el gobierno, primero me dijeron a mí que no, luego también a Vargas y cuando éste renunció, también un no rotundo fue la respuesta al general Soublette. La cualidad, no es otra que la de casarse con mujeres bellas e inteligentes.

-¿Acaso eso lo hizo cabalgar medio día? Preguntó Mariana con cierta picardía.

Páez soltó otra carcajada y se levantó dirigiéndose a los hombres que lo escoltaban:

-Con su permiso Doña María Antonia y Doña Mariana. ¡Bajen de esos caballos y llévenlos a algún abrevadero antes de que los maten! ¡Aquí nadie va pelear conmigo!

-Bien pueda General. ¡Quiroga, por favor atienda a los señores y a sus caballos! Exclamó María Antonia. *–Ahora General, de seguro que quiere hablar con mi hijo, pero debe andar por los potreros junto a tres de mis nietos. Dos de ellos regresaron hace poco de Europa.*

-Pues vea usted mi querida señora, no vine a hablar con él, sino a visitarla a usted. Así, que si no le molesta, me quedaré aquí con usted y con Doña Mariana mientras atienden a los caballos, me tomaré un vasito de agua o lo que disponga y luego me voy. Debo regresar a la hacienda antes que sea de noche.

María Antonia sintió crecer su simpatía hacia Páez y al mismo tiempo pensó que si el General visitaba de vez en cuando a los propietarios de las haciendas sólo por cortesía, también estaba creciendo como político. Poco menos de una hora duró la visita y recorrieron temas desde los cotidianos en las haciendas, hasta la moda de las mujeres. Páez se fue sin ver a Carlos Augusto o a Guillermo. María Antonia y Mariana se quedaron, tanto con la satisfacción de la visita, como con un tema hasta para presumir y conversar esa noche.

Carlos Augusto había pasado casi dos meses sin viajar a Caracas o a *La Esperanza,* primero por un fuerte resfrío, después por las dolencias de su madre y al final, celebración y arreglos tras el regreso de Gustavo y Augusto, después de varios años entre Francia e Inglaterra. Ambos habían escogido profesiones que los alejarían de *Altagracia,* si lo hicieron por sentir que los hermanos mayores se bastaban para dirigir las haciendas o por que les atrajo, el resultado fue que Gustavo seguramente heredaría los pacientes de Juan Lorenzo y Augusto los conflictos legales que manejaba su tío Alonso, que, tenía como María Antonia, un enorme tesón y no quería dejar, a pesar de su avanzada edad, su clientela al joven abogado que lo asistía. En su breve estadía en Caracas, Alonso Cortés lo había mandado a llamar y no tardó gran cosa en convencerlo, de hecho ya se había cruzado algunas cartas en que esa posibilidad se asomaba. Cortés no quería nada con su joven asistente, en particular cuando se enteró que se juntaba con Antonio Guzmán y Tomás Lander quienes querían crear un grupo político. Por razones que sólo él sabía, Guzmán le generaba tanto rechazo, como simpatía sentía por Lander.

Gustavo y Augusto decidieron, tras el último invierno que habían pasado en Europa, tomar sol y aire puro por un tiempo en *Altagracia.* Pero al menos para el último, el descanso sería breve. Al día siguiente de la visita de Páez y apenas Mariana, con ayuda de Quiroga y una se las sirvientas terminó de ubicar a María Antonia en su silla, escucharon el ruido del caballo que se aproximaba. Reconocieron de inmediato a Pedro y por lo sudoroso que se estaba el caballo y la expresión en el rostro del joven, supieron que alguna urgencia lo había hecho cabalgar desde Caracas.

-Pedro, ¿qué ocurre?

-Me envía Don Juan para decirles que el doctor, su hermano, no cree que le queden muchos días a Don Alonso. Su hermano también me lo repitió y dijo: "Pedro, les dices que días o quizás horas, que vengan lo más pronto posible si quieren estar para el sepelio".

-*¡Quiroga!* Gritó Carlos Augusto. *Preparen caballos, agua y provisiones.*

-¿Para cuantos?

Carlos Augusto miró a Mariana y ella entendió.

-Si, yo me quedo con María Antonia y quizás Guillermo debería quedarse también. Si sólo van los hombres llegarán más rápido.

-Tres. Pedro que descanse un par de días y yo le explico a Don Juan que tanto él, como el caballo, deben quedarse. También envía alguien a La Esperanza y les dan aviso a Carlos Roberto, Cristina y a los Álvarez. No creo que llegarán a tiempo, si Juan Lorenzo dijo precisamente lo que Pedro repitió, a lo mejor nosotros tampoco llegamos antes del sepelio.

Menos de dos horas después ya estaban en camino. Cambiarían de caballos en el puesto de Mejías antes de llegar a Los Teques y con suerte, si el tiempo seguía bueno, podían llegar en la tarde del día siguiente. Cabalgando al trote, a ratos al paso de acuerdo con el terreno, Carlos Augusto se fue llenando de recuerdos. Alonso había nacido en el 53, tenía tres años menos que María Antonia y con 84 años era, bastante mayor que María Isabel. Recordó cuando ella abandonó el convento y la sorpresa, y sin duda el agrado de todos cuando su hermana menor se casó con Alonso, pero sin duda el recuerdo dominante, había sido la ayuda del abogado cuando había tenido que huir a Curaçao y después a Inglaterra, cuando lo involucraron en la rebelión de La Guaira. Cortés los había sacado de la Cárcel Real, había convencido a quien debía sobre la inocencia de su padre, pero como él si había alternado con Caribens, pues lo más prudente había sido el exilio.

Alonso, inconsciente, murió pocas horas después de la llegada de Carlos Augusto y sus dos hijos. Cristina, indispuesta, se quedó en La Esperanza y Carlos Roberto llegó sólo a tiempo para el sepelio. El velorio se organizó en la misma casa de Cortés y fueron tantos los visitantes que el dolor de María Isabel quedó a ratos opacado por las expresiones de afecto. Alonso no sólo había sido un excelente abogado, sino que poseía la rara cualidad de negociar con tanta habilidad y delicadeza, que al velorio no sólo asistieron aquellos a quien había defendido, sino también buen número de abogados y sus clientes que en alguna oportunidad habían estado en el lado opuesto de los litigios. A pesar de la manifiesta antipatía que Alonso había manifestado hacia Antonio Guzmán, éste acudió al velorio, más que por pesar, por la intención de atraer a los Carvallo y a Juan del Río hacia el grupo que estaba formando con el rimbombante nombre de Sociedad Liberal de Caracas.

La muerte de Alonso afectó profundamente a María Antonia. Durante varios días se sumió en un silencio depresivo dejando en manos de Mariana las cosas que la habían ocupado por tanto tiempo. Dejó de comer y su cuerpo, que en talla bastante se había reducido en los últimos años, también enmagreció. Mariana la ayudaba a sentarse en la silla frente al patio y a duras penas lograba que tomara algo de sopa un par de veces al día.

-Carlos Augusto, tu madre se está apagando. Debemos hacer algo para darle más ánimo o la vamos a perder.

-Lo veo, Mariana, lo veo y no sé que hacer. Tiene muchos años, pronto cumplirá noventa y yo quería hacerle una gran fiesta. Quizás si en unos días le hablamos sobre una gran reunión familiar…

-Yo se lo diré dentro de una semana, creo que debemos esperar unos días. Para ella el perder a Alonso debe ser algo terrible. Era el último de su generación y además el gran amigo de tu padre.

-Carlos Roberto cree que Cristina está embarazada, después de tantos años de espera esa es una noticia que puede alegrar a mamá.

16

Noventa años

Caracas, 1840

Juan del Río y Amparo conservaron la amistad del doctor Vargas al margen de los eventos políticos. Cuando el médico renunció a la Presidencia en 1836, harto de estar continuamente acosado por los congresistas, acusado de usurpador por los generales y coroneles que habían participado en la guerra y sin un decidido apoyo de Páez que desde su aparente retiro seguía apoyando a Soublette, encontró alivio en la tertulia de sus viejos amigos, la Dirección de Instrucción Pública y sus clases en la universidad. Como dominaba bien varios idiomas, dedicaba tiempo a las traducciones y Juan lo encontró, rodeado de papeles, piedras y muestras de plantas, tratando de llevar al castellano el libro de Abercombie sobre enfermedades estomacales. Vargas tenía 54 años y en opinión de Juan, siempre había parecido mayor. Rara vez reía, su sentido del humor era escaso, su ropa, sobria y anticuada se ajustaba a la seriedad de su rostro: finos labios y profundos surcos que descendían desde la afilada nariz hasta los labios, acompañados por ojos negros y penetrantes.

-Mi dilecto amigo, ¿cómo está? No me conteste, veo que como es usual, está rodeado de libros y sabiduría. Debería o tomarse un descanso en La Guaira, o buscarse una jovencita que le haga mover esa espalda tan rígida.

Vargas sintió que había algo de sorna en el saludo, cosa nada inusual en Juan del Río, pero no se sintió ofendido. Después del fallecimiento de Encarnación, tras apenas un año de matrimonio, no habían sido escasas las sugerencias de sus allegados y los esfuerzos de algunas damas, por alejarlo de su vida ascética. Siempre prudente y discreto, nunca había dado motivo para habladurías.

-Don Juan, buenas tardes y en efecto no le voy a contestar. Pero su visita ciertamente anuncia alguna preocupación y espero que no sea su salud. La respuesta escondía una sutil venganza a las chanzas de Juan. El médico estaba consciente que cada vez que hacía referencia a la salud de alguien, hacía que su interlocutor pensara que él había percibido los síntomas de alguna enfermedad.

-No, mi salud, eso creo, se encuentra bien, pero no le falta razón al pensar que mi visita tiene intención, más que preocupación. Como usted sabe Antonio Guzmán, Lander y otros están formando un grupo, también piensan publicar un periódico y me han pedido que los acompañe. Pero además quieren ser escuchados en nuestra tertulia y sin ambages me han manifestado interés por que usted, así como Codazzi, los Carvallo, dos o tres de nuestros profesores y algunos comerciantes, se unan a lo que han designado como "Sociedad Liberal de Caracas".

-Dígales que no cuenten conmigo, ya bastante tengo con mis clases, las traducciones, el libro de lecciones de cirugía que estoy preparando, la posición de Senador y ese cargo de Presidente de Instrucción Pública que sin remuneración, ni asignación alguna, me hace perder tiempo.

-No esperaba otra respuesta. Contestó Juan aliviado ya que no sentía que en Guzmán había mucha sinceridad cuando clamaba que era necesaria más participación de los civiles en el gobierno y la frase que repetía todo el tiempo "hombres nuevos y principio alternativo", le parecía vacía.

-¿Sabe que opina el general Carvallo?

-Sí. Contestó lacónico.

-¿Y qué opina usted?

-Que pierde el tiempo como lo malgasté yo en la presidencia. Pasarán cien años antes que los militares ambiciosos, los que sólo ven el poder como fuente de ingreso personal y ese pueblo infinitamente ignorante, entiendan lo que Carvallo pregona.

-Cierto, pero hemos progresado. La agricultura y la ganadería se han duplicado en los últimos diez años, las exportaciones de café se

han multiplicado por cuatro, las de cacao también han crecido y hay muchos nuevos ricos en el país. La leyes liberales como la de 1834 han resultado ser provechosas.

-Tiene usted razón. Contestó Vargas que como ex-Presidente estaba al tanto de las cuentas del país. *-Pero ahora estamos importando más de lo que exportamos y además los recursos siguen concentrados en pocas manos. Los prestamistas han sido los más beneficiados. No percibo mayor beneficio para los pobres.*

-Eso mismo dice Carlos Augusto y añade que sin educación y propiedad, los pobres seguirán en esa condición. Por cierto, ¿sabía usted que los Carvallo tienen ahora una escuela en la hacienda?

-Lo que es muy loable. Pero, ¿en cuantas haciendas hay escuelas? Pues le aseguro que muy pocas y menos aún en los poblados. Señaló el médico con un dejo de amargura en la voz y continuó: *¿Sabe usted en que cosas se concentran las rentas del gobierno?*

-Sí, en armas y salarios para los militares. Respondió Juan del Río y agregó: *Yo comulgo con usted y el general Carvallo, si esos dineros se destinaran a la educación, a construir caminos y a un ferrocarril como hacen otros países, entonces en pocos años Venezuela sería diferente.*

-La idea del ferrocarril ya lleva varios años y no progresa. La primera vez que se escuchó hablar de ese proyecto fue por el año 30. Agregó Juan.

-Yo pasé por ese proyecto. No había dinero en las arcas y tampoco demasiado interés por parte de los ingleses.

Juan percibió que Vargas quería regresar a sus papeles y por eso, o por tacañería, no le había ofrecido una tacita de café, así que decidió concluir la visita. Se levantó y el médico hizo lo mismo acompañándolo hasta la puerta, deferencia que Vargas tenía con pocas personas. Caminó hacia la Plaza Mayor, pasó frente a la Catedral y siguió hacia el Norte y en la siguiente manzana hacia el Oeste, evitando así pasar frente a la casa presidencial custodiada por un grupo de soldados que le resultaban intimidantes. En particular cuando unas semanas antes, pasando frente al viejo edificio y acompañado por Carlos Augusto, éste le hizo un gesto con la cabeza y comentó:

-Mira a ese hombre que parece ser el jefe de la guardia y recuérdalo. Lleva por apodo El Gavilán y hace unos años lo atrapamos merodeando cerca de Altagracia y terminó en la cárcel. De allí se fugó y allí está, de lo más tranquilo, como parte de los guardianes del Presidente.

-Debería alertar al general Páez

-No, nunca se probó más culpa que el hurto de una mula.

-Aún así, un hombre que ha delinquido no debería estar en esa posición.

-Vamos mi buen amigo, si fuera así habría que despedir a una parte de los diputados y no pocos de los que ejercen autoridad en la mitad del país. Dejadlo en paz que quizás el hombre haya enderezado su vida.

Juan del Río miró en dirección al hombre y le pareció que el mismo, a su vez, había reconocido a Carlos Augusto.

Amparo lo esperaba ansiosa por conocer el resultado de la entrevista, aunque la misma, como lo habían comentado ambos antes de que Juan caminara hasta la casa de Vargas, era previsible. Al anochecer llegaron Cristina y Carlos, quienes cansados por el viaje desde La Guaira y con Felipe aún en brazos, comieron algo ligero con ellos, mientras que los portadores seguían con el equipaje hasta la antigua casa de Juan donde residían. Luego, Juan y Amparo recorrieron junto a la joven pareja las cinco cuadras que separaban las respectivas viviendas, un paseo que con frecuencia hacían después de la cena.

Al día siguiente Amparo insistió y Juan finalmente aceptó en caminar hasta San Jacinto acompañados por Pedro y una de las mujeres de servicio. Amparo le había tomado gusto al mercado y supervisaba las compras que hacía Pedro. Por el contrario Juan detestaba manchar su calzado en las sucias calles y caminar sorteando el basural que generaba la actividad del mercado. El año anterior habían construido una angosta acera, tan estrecha que cada vez que una dama caminaba por ella, los transeúntes que iban en dirección opuesta debían descender a la calle.

Eso esperaba Amparo del hombre que, mirando hacia el piso y con el rostro barbado cubierto por el sombrero, venía en dirección opuesta y justo al llegar a ellas, levantó el rostro y por un instante Amparo lo miró directamente. El hombre bajó de nuevo la mirada, giró hacia su derecha y se adosó a la pared de la casa y siguió su camino. Amparo se detuvo, una sensación de angustia le contrajo el abdomen y subió hacia el cuello. Juan, que venía detrás de Amparo, percibió que algo había ocurrido y descendiendo de la acera, tomó a Amparo del brazo.

-*¿Qué ocurrió?*

-*Nada Juan.* Contestó Amparo aún perturbada. *Es que...*

-*Dime, qué pasó.*

-*Nada Juan, es que por un momento pensé, pero no es posible. Vamos a terminar con las compras.*

-*¿Qué pensaste?*

-*Nada Juan, nada importante. El hombre de los andrajos me hizo recordar a alguien. Sigamos.*

Juan no insistió y poco después regresaron a la casa. Esa noche, mientras Juan dormía profundamente a su lado, Amparo reconstruía en silencio, una y otra vez, el rostro del hombre del mercado con la fea cicatriz que descendía en diagonal desde el nacimiento del cabello hasta la ceja derecha, la densa y descuidada barba y la expresión vacía de los ojos. Dormitó inquieta y se despertó con la imagen de los ojos negros y las cejas que, salvo la zona alterada por la cicatriz, tenían una peculiar curvatura.

Al día siguiente Juan observó el cambio en la conducta de Amparo, en particular su abstracción cuando conversaban. Pero siempre ocupado en alguna de sus tareas no le dio mayor importancia. Tres días después, en la cama, Juan le acarició el rostro y la besó, los contactos preliminares que usualmente inducían a que Amparo diera vuelta hacia el y lo abrazara. Pero ella, boca arriba y mirando hacia el techo, no respondió a los avances de Juan quien insistió incorporándose y besándola en la boca. Tampoco obtuvo respuesta y molesto preguntó:

-*¿Qué te ocurre? Hace varios días que estás extraña y distraída.*

Amparo lo miró y decidió que debía compartir con su marido lo que estaba pensando.

-Juan, el hombre del mercado…

-Entiendo, no fue nada agradable, parecía un orate, pero ya no debes preocuparte, a fin de cuentas, nada importante ocurrió.

Amparo, nerviosa balbuceó:

-No…es otra cosa, ese hombre…

-Vamos, dime que pasa con ese hombre.

-Tiene los mismos ojos, la misma mirada, las mismas cejas de..

-¡Por Dios, Amparo! Termina de decir, ¿de quién?

-José María

-¿Cuál José María? Conozco varios.

-José María de la Sierra…mi primer marido. Dijo finalmente Amparo con los ojos llenos de lágrimas que comenzaban a correr por las mejillas.

-Pero eso es imposible. El hombre está muerto hace años. Aseveró Juan mientras abrazaba a su esposa y continuó tratando de calmar a Amparo:

–Quizás encontraste algún parecido, eso suele acontecer. Todos tenemos algún rasgo en común. ¿No has escuchado sobre el alter ego? También he leído algo sobre los avatares, una antigua idea que viene de la India y que supone que existe algo así como la reencarnación.

-Juan, te lo ruego. Replicó Amparo algo más compuesta. *-No me vengas ahora con avatares y aparecidos. Ese hombre se parece a José María, no es imaginación mía.*

Altagracia, 1840

Sobre Mariana, Albertina y María Isabel, así como la esposa de Quiroga y Cristina que se había trasladado a la hacienda un mes antes, recayó la responsabilidad. Carlos Augusto y Mariana decidieron celebrar por todo lo alto los noventa años de María Antonia. Desde luego Alfonso y Juan Lorenzo estuvieron completamente de acuerdo. No era una tarea fácil y tan sólo elaborar la lista de los invitados les llevó un par de días. Entre Manuela y Fernando, los hijos de Juan Lorenzo, sumando conyugues e hijos, eran siete. Con Alfonso, su esposa Elisa Ponte, sus tres hijos, los respectivos esposos y esposas y los nietos, eran trece más. A esos veinte debían sumar a los ocho hijos de Carlos Augusto y los nueve nietos, así como a Juan del Río, Amparo, los Villegas y la viuda de Ponte que vivían en Caracas. Por fortuna Mariana, Alicia y Rosa se habían casado con hacendados de las cercanías y no sería necesario que pernoctaran en *Altagracia*. Pero también estaban los Álvarez y habría que encontrarles acomodo ya que vendrían desde Choroní. La casa era grande, a los niños se les podía alojar en las caballerizas, pero aún así no existía espacio para más de 40 personas. Decidieron modificar el espacio que Mariana utilizaba para la enseñanza y le agregaron dos habitaciones a las caballerizas.

Quiroga tuvo la brillante idea de hacer un canal de bambú y un rústico espacio con cañas, con un privado anexo, que serviría como baño para los más pequeños.

-Habrá que instruirlos. Un turno para las niñas en la mañana y el otro para los varoncitos en la tarde. Dijo María Antonia que, aún bastante limitada a su mecedora, deseaba contribuir.

Guillermo y Quiroga, con la ocasional participación de Carlos Augusto, elaboraron la larga lista de víveres necesarios que incluía dos terneras, cuatro cerdos de buena talla y una sustancial reducción del número de habitantes del gallinero. De Caracas llegaron varios juegos de sábanas y en La Victoria, en dos tiendas distintas, agotaron la existencia de hamacas. Dos peones hicieron un impresionante acopio de leña, tuvieron que comprar algunas ollas grandes y contando las piezas de la vajilla, terminaron comprando en Maracay, ya que en la Victoria no había, algunos platos de peltre, más de una docena de latón, así como cucharas y tenedores rústicos. Cuatro peones fueron habilitados para llevar caballos y carretas a Caracas, ya que ni los Villegas, ni los hijos de Juan Lorenzo los poseían y en Caracas sólo había dos cocheras con un número muy limitado de caballos o carruajes de alquiler.

Carlos Augusto sacó las cuentas y le pidió a Guillermo que las registrara en la contabilidad de *Altagracia*. La suma era elevada, pero también habían sido grandes las ganancias del año, en particular el café producido en la parte alta de La Esperanza cuya superficie había aumentado gracias a la adquisición de la hacienda vecina en 1836. Para el gran almuerzo que servirían y que probablemente se extendería por buena parte del día, también invitaron a sus vecinos.

María Antonia se despertó con el alba, tomó su bastón y caminó hasta la puerta de la habitación de Carlos Augusto y Mariana. Tocó discretamente la puerta y casi de inmediato una soñolienta Mariana abrió la puerta.

-Querida, ayúdame a vestirme y peinarme, no quiero que nadie me vea tan vieja como estoy.

Mariana sonrió y estuvo a punto de argumentar sobre lo temprano que era, pero cambió de idea. Regresó a la habitación, se quitó la camisa de dormir, tomó una ligera saya blanca y sin hacer ruido salió. Tomó a María Antonia del brazo y caminaron hacia su habitación. A las ocho María Antonia se sentó en la mecedora vistiendo su mejor vestido, azul, con un escote triangular, mangas bordadas y aplicaciones de terciopelo rojo. Mariana la peinó a la moda y escogieron un hermoso collar con pequeños pendientes que hacían juego. Mariana le colocó polvo de arroz en el rostro, una pequeña cantidad de crema azulada en los párpados y un toque de polvo rosa en las mejillas.

-María Antonia, usted luce como la reina de Inglaterra.

-¿Y cómo sabes como luce la reina Victoria?

-Por un grabado que reproduce a un cuadro que pintaron cuando fue coronada.

-¿Y acaso una reina de 18 se parece a una anciana de 90?

-No, usted tiene razón. Esa anciana, aunque no porte la tiara, es mucho más bella. Contestó Mariana dándole un beso en la mejilla.

-Feliz cumpleaños madre. Ahora yo me voy a vestir.

-Nunca me habías dicho madre. Dijo María Antonia, satisfecha y emocionada, con los ojos húmedos y una sutil sonrisa en los labios.

-Pero hoy es un buen día para decirle que usted ha sido, desde el día en que Carlos Augusto me trajo a esta casa, madre, hermana y amiga.

-Mariana ¿sabes que ya tengo 12 biznietos?

-Y vivirá para ver algunos más, mi nieta mayor ya tiene 14 años y en tres o cuatro será casadera.

La fiesta fue un gran éxito. El día era fresco y luminoso, los músicos comenzaron a tocar como a las diez de la mañana y no dejaron de hacerlo hasta avanzada la noche. Cuando se cansaban siempre había un relevo ya que no menos de diez eran los peones que algo sabían tocar, en particular el "cuatro", menos dominaban la guitarra, casi todos las maracas y eran muchos más los que cantaban. Guillermo era particularmente hábil con el cuatro y de algún lado Carlos Roberto sacó un viejo violín e hizo esfuerzos por ajustarse al resto del conjunto. Federico, el hijo del alemán, fascinado por la música, no se despegaba de los ejecutantes, mientras su padre, que siempre estaba atento a las conversaciones, pero poco intervenía en ellas, escuchaba a Nicanor López y a Francisco León que hablaban sobre los precios del ganado. Quiroga llevó el control del aguardiente y el añejado, o ron, que comenzaba a producirse en las cercanías, asegurándose que invitados y peones, sólo tuvieran acceso a cantidades muy limitadas. Francisco León al comienzo evitaba al Juez, pero luego Guillermo tomó a Indalecio del brazo y se les acercaron.

-Don Francisco, le contaba a su señoría que nuestros asuntos han sido resueltos.

-Y si me perdonan la indiscreción ¿Cómo lo resolvieron?

-Es muy simple. Se recuperó y mejoró, gracias a mi hermano Carlos, el conjunto de cañas. Una vez a la semana es necesario hacer ajustes, pero Don Francisco recibe como un tercio del agua y dos tercios van hacia Altagracia.

-¿Sin pagar?

-No señor Juez, hay un pago y un contrato firmado. Dijo Guillermo.

-La familia Carvallo ha sido muy generosa. El pago es muy pequeño para el beneficio que estoy recibiendo.

-Estamos de acuerdo en revisar la cantidad dentro de dos años. Señaló Guillermo.

Mientras sonaba la música las grandes ollas dejaban escapar vapor y un aroma que se mezclaba con el de las carnes, que en tres sitios equidistantes del patio, se asaban lentamente a las brasas. La tropa de niños jugaba a las escondidas y los adultos, formando grupos debajo de la ceiba y en el amplio pasillo, conversaban sobre los temas más diversos, aunque dominaban las anécdotas y los recuerdos familiares. María Antonia no estuvo sola ni un minuto, primero recibiendo a cada uno de los que llegaban o se iban levantando, luego siempre en el centro de algún grupo. Hacia el mediodía llevaron la mecedora y en una improvisada silla de manos, la cargaron, ignorando sus risas y protestas, hasta ubicarla bajo la sombra del gran árbol. Venciendo el dolor se levantó varias veces y apoyada en el brazo de alguno de sus hijos o nietos, participaba animadamente de la conversación. Hacia la mitad de la tarde se encontró rodeada por varios nietos y biznietos que, atentos, escuchaban a María Antonia contarles historias sobre sus recuerdos de España y Francia.

Los niños acudieron al llamado de Mariana que colocó en el centro del patio una canasta con golosinas y María Antonia encontró propicio el momento para insistir en un viejo proyecto. Llamó a Quiroga y le pidió que buscara a Dionisia. Mientras Quiroga cumplía con el encargo, María Antonia le hizo señas a Nicanor para que se acercara. El hombre intrigado, caminó hacia ella.

-Don Nicanor ¿está disfrutando la fiesta?

-Mucho, Doña María Antonia. Fuera del ejército, nunca había visto tanta gente. Usted tiene una maravillosa familia.

-Así es, no hay nada mejor que una gran familia.

Dionisia cruzó el patio y se acercó.

-Ven Dionisia. Dijo María Antonia levantando el brazo y moviendo la mano hacia ella.

-Doña María Antonia. Quiroga me dijo que usted quería verme, pero no quiero interrumpir. Dijo Dionisia

-No, no tengas cuidado ¿Conoces a Don Nicanor?

-Sé quien es, pero no nos han presentado.

-Bien, ahora los presento formalmente. Don Nicanor nuestro vecino conozca usted a Dionisia nuestra dedicada maestra. Por esas casualidades de la vida ustedes tienen algo en común.

-¿Y que será eso Doña María Antonia? Preguntó Nicanor.

-La soledad. Los dos son viudos, bueno eso creo, por que a decir verdad, no sé si usted enviudó o nunca se casó. A pesar de ser vecinos Don Nicanor es un misterio, nada sabemos de su vida.

-Sí, Doña María Antonia, enviudé muy joven.

-Ya ven, lo mismo le ocurrió a Dionisia. Yo quisiera mostrarle la casa, las caballerizas y otras cosas a Don Nicanor, pero como verán no puedo. Dionisia ¿por qué no me haces ese gran favor y acompañas a nuestro visitante?

Dionisia, algo turbada sonrió y contestó:

-Con gusto, venga conmigo Don Nicanor.

Quiroga, con una expresión de disgusto se acercó a María Antonia acompañado por Mariana que había terminado de repartir las golosinas entre los niños.

-*¿Qué pasa Quiroga?* Preguntó Maria Antonia.

-Pues que ese hombre no me gusta

-Tampoco te gusta Francisco León, ¿no es así?

-Es verdad Doña María Antonia. No me gustan.

-Yo sé lo que ocurre. Terció Mariana. *Han pasado nueve años Quiroga, ya es tiempo de olvidar.*

-No puedo Doña Mariana, nunca podré olvidar

-Pero no puedes amargarte la vida sospechando de todo el mundo y no hay nada que haga pensar que alguno de ellos haya tenido que ver.

-No sospecho de todo el mundo, pero esos dos llegaron a estos lares poco antes de que mataran a mi Florinda. Pero no quiero hablar de eso, hoy es la fiesta de Doña María Antonia y debe ser un día de alegría.

Quiroga pidió permiso y se alejó de las dos mujeres caminando hacia el grupo de peones que comenzaban a recoger leños, platos y otros enseres que los invitados habían dejado en distintos sitios de la casa y el patio.

-*¿Contenta?* Preguntó Mariana.

-Muy feliz mi querida Mariana, ha sido una gran fiesta y quiero darte las gracias. Contestó María Antonia tomándole la mano.

17

Matías

Huelva, 1840

Recorrió, una vez más, el largo pasillo. Miraba hacia el piso observando como el sol del atardecer proyectaba la sombra de las columnas. El calor era insoportable, el sol de verano caía a plomo sobre el viejo edificio y decidió refugiarse en la biblioteca. Subió la escalera, demasiado angosta para su gusto, pero pensó que probablemente el arquitecto tenía la certeza que esa área sería poco visitada. La escalera daba a un vestíbulo desprovisto de muebles y luego, un arco con una pesada puerta de roble, marcaba el acceso a la biblioteca. Recorrió las familiares hileras de estantes mirando los títulos que eran visibles tratando de recordar si en alguno de los libros que había leído existía algo que lo ayudara a tomar la decisión. Deambuló por más de media hora entre los textos y el polvo acumulado sin encontrar nada que le llamara la atención. Leer de nuevo a Santo Tomás sería tan inútil como pasearse a través de los versos de Manrique y el resto del siglo de oro español que tan bien conocía. El viejo monasterio si que estaba en armonía con la visión pastoral y contemplativa de los versos, lectura permitida y formalmente aprobada por el Santo Oficio, era él quién no estaba en armonía. Recordó:

Recuerde el alma dormida
avive el seso y despierte
contemplando
cómo se pasa la vida

cómo se viene la muerte

y luego aquello de "*nuestras vidas son los ríos que van a dar a la mar.*"

Debió haber visto a Lope de Vega como mejor ejemplo, o a Quevedo, o quizás haber aprendido más de Cervantes. Pero no fue así y cuando decidió quedarse, primero en París y luego en España, recordaba haber visto al mundo desde otro ángulo, aquel en que palabras como refugio, paz, contemplación y mística tenían sentido. Ahora ya no quería que su vida fuera sólo agua que iba a la mar, ni deseaba contemplar como se pasa la vida y cómo viene la muerte sin haber hecho nada. Claro está, Bonifacio no opinaba lo mismo. Matías dominaba el griego y el latín, escribía excelentes sonetos, era disciplinado y con la misma devoción que atendía el huerto, pasaba largas horas en la biblioteca y además, era un profesor excelente.

Debía decidir algo y tenía que hacerlo sin ayuda. El sólo se había metido en ese lío y sólo tenía que salir. Tanto su padre como su madre se opusieron y sus hermanos también manifestaron, quizás en forma más tibia, su desacuerdo. A fin de cuentas su padre había dicho mil veces que nunca le impondría a sus hijos un destino y que sólo enfrentaría a aquel que fuera deshonesto. Ahora esas palabras volvían, como un eco, una y otra vez. Sin duda, definitivamente, lo que estaba haciendo no era honesto. Había hecho promesas que no podía cumplir, estaba faltando a su palabra y, peor aún, estaba engañando a personas que confiaban en él.

Primero apenas eran algunas dudas y el padre Bonifacio le había dicho, una y otra vez, que todo el mundo dudaba, que la certeza absoluta era sólo cosa de Dios y el dudar era normal en los humanos. Pero no bastó, ni siquiera cuando Bonifacio, que amén de buen sacerdote era también bondadoso, le dijo que buscara refugio en la fe. Dios es testigo, se dijo a sí mismo, que he tratado.

Matías recordó que a Lope de Vega lo habían encarcelado y exilado, se había casado y enviudado y ya hombre maduro, después de tomar los hábitos, se había enamorado otra vez. Lope y Cervantes, habían vivido, él no. El hastío de su rutina lo estaba enloqueciendo. Bonifacio pensó que Matías había conocido a alguna mujer en forma indebida y le aconsejó:

-Matías, a muchos nos ha ocurrido. Simple, os confesáis, luego la olvidáis y cuando alcances mi edad, abres de vez en cuando la gaveta de los recuerdos.

Bonifacio estaba equivocado y cuando salió de la biblioteca sintió que todo estaba claro: Lo que deseo, pensó, es que eso ocurra, deseo vivir, necesito saber que hay detrás de los muros, más allá de los yermos que rodean al monasterio. Quiero escribir, quiero dejar algún legado, quiero ser útil.

Había ingresado a la orden en 1823 después de estudiar filosofía y literatura en París, estimulado por Fray Tarcisio de Buenaventura, un dominico que no sólo hablaba francés a la perfección, sino que era un excelente profesor de teología, viajó a España y con gran dedicación cumplió con todas las exigencias de la orden, que no eran pocas. Pero a pesar de la influencia del dominico, termino optando por los benedictinos. Los primeros años fueron fascinantes, no sólo devoró libro tras libro e incluso hacía incursiones a Madrid y a Salamanca logrando ocasionalmente echarle mano a obras prohibidas por el Santo Oficio, a veces también conseguía textos importantes a través de otros frailes que los escondían en distintos sitios del gran monasterio. También mantenía cierta relación con varios clérigos que eran profesores en Salamanca.

Los avatares políticos hicieron que la vida monástica no fuera tan tranquila como se la habían dibujado. Apenas había ingreso al monasterio cuando, para alegría de todos los hermanos, Fernando VII abolió las leyes que ordenaban la exclaustración, pero luego su poder fue debilitado en varias oportunidades por los liberales. Mes tras mes llegaban noticias alarmantes y ocurrían cambios. Buen número de monjes emigraron a otros países y en un cierto momento, casi emprende viaje hacia las Filipinas. Pero cuando murió el Rey en 1833 el sistema de monasterios, ya muy afectado, comenzó a colapsar. Muchos fueron abandonados, otros invadidos por las turbas, millones de libros fueron robados y vendidos. El Cedral, que había sido construido cincuenta años después de la expulsión de los árabes, se salvó debido a la escasa población de las cercanías y al trabajo de los monjes con la feligresía, que incluía lo que más le importaba a los fieles, que no era otra cosa que compartir el fruto de los huertos y la producción de ganado. Trabajar la tierra tenía una larga tradición en El Cedral, que trazaba sus orígenes hasta los benedictinos cistercienses que lo habían fundado. Existía el rumor que debajo de la maciza y austera construcción de estilo románico se encontraban los restos de una mezquita.

Abandonar la orden no era fácil. Si los tiempos hubiesen sido de bonanza podría haber sido diferente, pero hacerlo cuando la misma estaba amenazada era casi un acto de traición. Bonifacio, tan sólo observando el ir y venir de Matías hacia la biblioteca, o el huerto, a la capilla y luego al jardín, sabía que algo grave estaba ocurriendo. Comenzó a considerar que los cambios de humor de Matías no eran por desvarío o por haber cometido alguna falta que el tiempo podía borrar, pero no quería presionarlo y dejó que pasaran los días de un verano que, por lo caluroso, parecía interminable. A comienzos de septiembre Matías pidió la debida licencia al Abad para hacer un corto viaje a Salamanca. Ya lo había hecho en otras oportunidades. El Abad, que siempre cuestionaba las ideas de Miguel Martel y los demás clérigos-profesores de la universidad, antes de darle licencia, lo hacía víctima de una larga perorata. Pero en esta oportunidad el abad no sólo le negó el permiso, sino que tampoco le dio explicación alguna. Matías acudió a Bonifacio con la esperanza de encontrar apoyo y, quizás, alguna explicación.

-Creo que nuestro superior ha observado, como todos los frailes, vuestro desasosiego. Quizás piensa que más que viajar a Salamanca lo que os conviene es rezar con mayor devoción.

-Algo está errado hermano Bonifacio, no hay ninguna mujer.

-Ya lo sé. Me tomé la molestia de indagar y observamos que es algo más grave hermano, son esas ideas que bullen en su cabeza.

-¿Cuáles hermano?

-Yo no las entiendo bien, pero tienen que ver con Heinecio y Pufendorf y el derecho natural.

-¿Y que hay con ellas?

-Dije que no las entiendo, pero la iglesia se opone...

-No toda la Iglesia

-Pues bien, el hermano superior se opone y eso os debe bastar. Además ya no quiero, ni debo, hablar más sobre ese asunto. La disciplina, mi querido hermano, es muy importante.

Matías quedó sorprendido por la ríspida respuesta de Bonifacio y dedujo que algo había ocurrido con el Abad. Dudaba mucho que el superior, aunque era en su opinión bastante culto, hubiese leído a Pufendorf, a Paine o a Heinecio, él no había ni siquiera oído hablar de ellos hasta que uno de los alumnos de Martel los citó. Lo que si estaba claro era que estaba siendo disciplinado por pensar que los derechos humanos, la propiedad privada y la libertad eran valores fundamentales. De la manera más inocente había manifestado varias veces su admiración por Martel y suponía que no existía ninguna contradicción entre el cristianismo y el enaltecimiento de los derechos humanos.

Esa noche, en su estrecho e incómodo camastro tomó la decisión y en la siguiente redactó las dos cartas. La primera participándole al Abad su deseo de renunciar a la orden, la segunda dándole a Bonifacio las gracias por su amistad. En ninguna puso fecha alguna y sin esperar respuesta empacó sus escasas pertenencias y a media noche, por una portezuela que daba acceso al jardín interior, se fue. Tres días después llegó a Cádiz, mientras Bonifacio lo buscaba inútilmente en Salamanca, acudió a las oficinas de la Casa Boisnard, retiró fondos, compró ropa y al día siguiente zarpó en el primer barco que partía hacia América y cuyo destino era San Juan de Puerto Rico.

Carlos Augusto y Mariana recibieron la carta con sorpresa.

La Habana, a 3 de noviembre de 1840.

Queridísimos padres:

Mi largo silencio se explica por mi viaje a Puerto Rico y ahora a La Habana donde estaré algún tiempo disfrutando de un invierno tibio por primera vez en muchos años. En los primeros días de septiembre le envié una misiva al Abad anunciándole mi renuncia a la orden y sin mayor dilación me fui hasta Cádiz encontrando la ayuda necesaria y siempre disponible, gracias a las providencias ordenadas por mi señor padre. Ayuda que eventualmente, una vez que pueda poner orden y concierto en mi vida, prometo devolver.

Las razones son largas de explicar y tal cosa haré en persona cuando regrese a Caracas en enero y ya he comprado pasaje en la goleta San Simplicio. Por ahora he estimado prudente conocer algo más mundano que las viejas paredes del monasterio.

Su hijo que les quiere y les pide la bendición,

Matías Carvallo

Marina le pasó la hoja con el breve texto a Carlos Augusto y este la leyó un par de veces para estar seguro de lo que había sucedido.

-Pues bien Mariana, el ha tomado su decisión. A ninguno de los dos nos gustaba la idea de su enclaustramiento. Debemos prepararnos – y no me importa demasiado – para los comentarios.

-No es el primero y no será el último

-Cierto, pero como María Isabel también dejó el convento, verás como no faltará quien nos acuse de enemigos de la religión.

-Pero por Dios, si eso de María Isabel fue hace más de 20 años.

-Cierto, pero en el caso de Matías habrá otras consideraciones y ninguno de los dos haremos otra cosa que darle apoyo, pero no tengo la menor duda que se dirán cosas que lo harán sufrir y que también te lastimarán.

-Carlos Augusto, tienes razón, al comienzo no lo pensé, pero ahora ya sé por que lo dices. Contestó Mariana.

-Sí, es inevitable que llame la atención y cuando eso ocurra, indagarán sobre su origen. Quedan pocas personas vivas que saben que Matías no es mi hijo.

-¿Acaso no es mejor que lo hayas tomado como tal sin serlo, mientras algunos de tus amigos hacen lo opuesto? Más de uno tiene hijos fuera del matrimonio y no los reconocen. En La Victoria, San Mateo y El Consejo, así como en las haciendas, aún recuerdan los líos del padre de Simón Bolívar que era bien mujeriego, pero la mayoría más bien hacen gracejadas y más les vale, porque casi la mitad son hijos naturales y la mayoría no reconocidos.

-Sin duda mi amor y Matías lo sabe. No sé si hicimos bien en decirle que tú lo habías tenido antes de nuestro matrimonio y que su verdadero padre había desaparecido. A veces he que quizás su decisión de hacerse fraile tuvo algo que ver con eso. Pero, en fin, ya no importa, pronto estará con nosotros y veremos, como ha ocurrido con todos nuestros hijos, cómo lo ayudamos cuando decida que desea hacer. En dos o tres días iré a Caracas y averiguaré con Malpica cuando estiman la llegada del San Simplicio para que nos avisen con tiempo.

Carlos Augusto viajó a Caracas en los primeros días de diciembre ya que quería estar de regreso para la navidad. Era una buena época para viajar, el calor había disminuido y las lluvias se limitaban a ligeras lloviznas, así que el camino no estaría tan malo como durante la estación de lluvias. Pernoctó en Los Teques como era su costumbre tras la larga jornada de ascenso por la cordillera. Allí encontró neblina y una pertinaz llovizna, así que cuando entró en la casa de los Galíndez, estaba aterido y mojado. El descenso de Los Teques a Caracas resultó ser más amable, aunque en las primeras dos horas el sol estaba oculto por grises nubarrones.

Juan del Río lo esperaba impaciente por dos buenas razones, la primera era la presión continua de Guzmán que insistía en atraer a Juan, a los Carvallo y a otras personas con prestigio hacia su partido, la otra era un asunto de negocios. Había pedido a los sirvientes de Carlos Augusto que le dieran aviso tan pronto llegara y así ocurrió, pero decidió dejarlo descansar esa noche y visitarlo en la mañana. Encontró a Carlos Augusto en cama con un fuerte resfriado.

-Mi querido amigo, veo que está malo

-Así es. Contestó Carlos Augusto con voz ronca. *No me sentía del todo bien cuando salí de Altagracia y luego la llovizna y el frío no ayudaron mucho.*

-Debería llamar a su hermano...

-Ya le avisé, debe estar en camino, pero para el resfriado no hay remedio que sirva. Sólo lo llamé para que no me regañe por no estar encamado, pero apuesto a que me receta reposo absoluto por dos o tres días y limonada caliente.

El toque a la aldaba del portón anunció la llegada de Juan Lorenzo y poco después, con su negro y formal atuendo e inseparable maletín, entró en la habitación. Saludó a Juan y se sentó en el borde de la cama colocando la mano en la frente de su hermano.

-No hay fiebre, eso es bueno. Levántate que quiero oír cómo respiras ¿Tienes tos? ¿Te duele el cuerpo?

-Coño, Juan Lorenzo, primero salúdame, dame un abrazo y dime como está tu mujer e hijos. Después hurgas y preguntas lo que quieras, sólo estoy resfriado. Dijo Carlos Augusto con humor extendiendo los brazos hacia su hermano.

-Bien, bien, todos en buena salud. Pero a tu edad me preocupan hasta los resfriados.

Dijo Juan Lorenzo con humor.

-Mira que si de edad se trata, entre nosotros hay apenas un año de diferencia. Por favor Juan, que eres de confianza, dile a quien encuentres por allí que nos hagan un poco de café y al mío, y si a ustedes le place también, que le pongan un chorrito de aguardiente.

Conversaron trivialidades por algunos minutos hasta que Juan Lorenzo anunció que debía ver a otro paciente. Juan del Río se quedó junto a la cama de Carlos Augusto y le preguntó si estaba de ánimo para hablar. Carlos Augusto asintió.

-Pues bien, primero tu sabio consejo amigo mío. La dos haciendas de Barlovento ya no rinden lo de antes, me cuenta el caporal que hay muchos árboles podridos. Pero la buena noticia es que hay un francés que las quiere comprar. Si tomo la decisión de vender y la oferta parece buena, ¿en qué crees que debo invertir?

-Café. Respondió Carlos Augusto sin vacilar. *Tanto la siembra como el comercio están dando buenos réditos. Están llegando casas de comercio europeas a Maracaibo y compran todo el*

café que les llega. También están saliendo barcos de Puerto Cabello y La Guaira.

-Bien. Gracias. ¿Pero dónde debo comprar tierras? Preguntó Juan.

-Esa decisión es más difícil. Las mejores están en las montañas. En Táchira se está sembrando mucho, pero también cerca de Barquisimeto. Aquí cerca, tanto al Oriente como al Poniente de Caracas, también hay lugares adecuados. Mi hijo Carlos Roberto viajará la semana entrante hacia Barinas y luego Mérida, San Cristóbal y concluirá en la hacienda que fundó Gervasio Rubio que fue el avanzado del café en esa región.

-¡No se diga más¡ Seré cafetalero o como se diga, pero vuestro auxilio en la decisión será imprescindible. Respondió Juan que, en el seno de la familia alternaba el tratamiento de tú, usted o su merced, más de acuerdo a la circunstancia que a la persona.

-Sin embargo, ¿por qué descartar la caña de azúcar? Ackers, Gosling y Huizi están haciendo una fortuna.

-Cierto, pero allí han sembrado grandes sumas y contaban con el apoyo de Páez. Por otra parte esas y otras haciendas sólo sobreviven porque está prohibida la importación y tienen muchos esclavos. Acotó Carlos Augusto.

-¿Y que piensas sobre esa prohibición?

-Pues que es estúpida y sólo destinada a proteger a algunos. Pero el resultado es que poco progresamos. Pregúntale a mi hijo y te dirá cuan atrasados estamos en cultivo y trapiches. El gobierno le otorga protección a unos cuantos y la cuenta la pagan todos los consumidores.

-Eso mismo dicen los liberales. Agregó Juan

-No les falta razón, cuanto más baratos sean los productos, más dinero queda libre para comprar otras cosas y más progreso tendríamos. Es una bella idea, pero en contra de ella hay muchos intereses. Debo admitir que nosotros nos beneficiamos, pero el país no progresa.

Carlos Augusto pasó la mano por la frente y barrió las gotitas de sudor. Sentía los ojos pesados y sin duda tenía fiebre, también le molestaba el dolor y las manos tenían un peculiar rubor.

-El otro asunto mi dilecto amigo y pariente de gran prosapia, puede esperar. Es el fastidio de Guzmán y su partido. Pero ahora su merced se va a tomar la limonada y a dormir.

Juan Lorenzo regresó a primera hora del día siguiente y después de examinar a Carlos Augusto se preocupó. No parecía ser un resfriado común. El dolor de cabeza era intenso y se había trasladado a las articulaciones, la fiebre elevada y había un peculiar rubor con escozor en las manos. Poco después llegó Juan a visitar y los tres hombres se reunieron de nuevo en la habitación de Carlos Augusto.

-Hermano, tengo tres pacientes más con los mismos síntomas. Parece ser fiebre rompe huesos o quebrantahuesos, que en las islas llaman dengue y para la que no hay remedio alguno. A veces después de la crisis, hay ataques de nostalgia o tristeza que duran días o semanas. Cada cierto tiempo aparecen unos cuantos casos y con la misma rapidez desaparecen, pero aunque es postrante, rara vez el resultado era fatal si la persona está, como es tu caso, en condiciones apropiadas. No hay más que hacer que tomar mucha agua, limonadas, tisanas con frutas y hasta guarapo, y por una semana, esto es una orden, guardarás cama.

-Entonces tengo dengue

-Así es y nada tiene que ver con que te hayas mojado. Lo he visto en enfermos que no se habían bañado en varios días y tampoco los había mojado la lluvia.

-Y ¿de dónde salió esa palabreja? Preguntó Juan del Río.

-Dicen que de los esclavos, quizás de algún idioma africano.

-No sorprende, utilizamos muchas más como burundanga, caraota y mondongo

-¿También mandinga? Preguntó Juan Lorenzo.

-Sin duda y a lo mejor también guarapo y guayoyo para el café aguado.

-Bien, eso es lo que quiero tomar. Un buen guarapo que... Concluyó Carlos Augusto con la voz temblorosa.

Juan Lorenzo le colocó la mano en la frente e hizo un gesto que Juan interpretó. Los dos hombres salieron de la habitación y cerraron la puerta. Juan Lorenzo, en voz baja, indicó lo que debían hacer.

-No está bien. La fiebre está muy fuerte. Vamos a desvestirlo y bañarlo con agua fría.

-¿Pero eso se puede hacer? Preguntó Juan.

-Cuando la fiebre es tan intensa es necesario enfriar el cuerpo. El riesgo es menor que perderlo consumido. Vamos a buscar agua y que nos ayuden los sirvientes.

18

El canto de los grillos

Altagracia, 1842

Dominaban los tonos de gris y la fina llovizna matutina no sólo mantenía a los pájaros en silencio, sino que también inducía al abatimiento de los moradores de *Altagracia.* Sollozando, Mariana salió de la habitación, cruzó la sala y salió al pasillo, colocó las manos en la baranda y respiró profundamente. No quería que María Antonia viera en ella ninguna expresión de pesadumbre. Había observado que a ratos, cuando salía del sopor, podía animarla, forzándose con risas y buen humor, a conversar sobre aquellas cosas que le interesaban a la anciana. María Antonia, por lapsos cortos, abría los ojos y Mariana percibía que en los mismos persistía un brillo casi juvenil que contrastaba con el deterioro de su cuerpo, cada día más menudo y frágil. La dejó con Juan Lorenzo y Matías, uno tratando de darle unas cucharaditas de sopa, el otro rezando en un rincón. Al salir le tocó el hombro a Matías mientras hacía un gesto con la cabeza hacia la puerta. Apoyada en la baranda, sin prestar atención a las rutinas que como cualquier otro día ocurrían en la hacienda, escuchó los pasos de Matías.

-*Mariana ¿qué deseáis?* Preguntó con el modo de hablar peninsular que aún no había abandonado del todo.

-*Quisiera que María Antonia no te viera rezar en ese rincón. Si lo hace, sabrá cuan grave está.*

-*Pero está agonizando, hay que rezar por ella.*

-*Sí Matías, y mucho. Pero igual lo puedes hacer sin que te vea.*

-*Madre, como es usual, tenéis razón. Perdonadme.*

-No querido Matías, no hay nada que perdonar. Es que no quiero que muera triste y yo que la conozco bien, sé que sólo quiere ver caras felices. Cuando siento que me vienen las lagrimas, salgo y trato de componerme. A veces quisiera que Juan Lorenzo no estuviera, estar con su hijo está bien, pero creo que está viendo más al médico que al hijo.

-Pero en camino vienen los demás y Guillermo entra y sale todo el tiempo.

-Es cierto Matías. No puedo protegerla de todo. A veces no sé que debo hacer

En efecto Juan Lorenzo había llegado a caballo la noche anterior. Casi no descansó desde Caracas hasta los valles, el camino estaba lleno de charcos que hacía lento el avance y cuando finalmente llegó estaba agotado. María Antonia había celebrado sus noventa y dos años unos meses atrás. Aunque estaba muy lúcida, Juan Lorenzo había observado los síntomas de una vida que se estaba apagando y poco podía hacer salvo acompañar a su madre. Detrás de él, en un carruaje, le habían seguido Carlos, Cristina, Amparo y Juan.

María Isabel, que después de la muerte de Alfonso Cortés pasaba largas temporadas en la hacienda había tomado algunas de las responsabilidades que Mariana había asumido por años, caminó hacia ellos.

-Mariana, ya todo está preparado para recibir a los demás.

-Gracias María Isabel. ¿Por qué no acompañas a tu mamá por un ratito para que Juan Lorenzo pueda desayunar?

-Sí, lo haré ¿cómo está?

-Igual, se está apagando poco a poco. Si abre los ojos, por favor, sonríe.

Al atardecer, cuando el rústico carruaje procedente de Caracas se aproximaba al nacimiento del valle, Carlos Augusto, acompañado por Francisco y Víctor, descendía la cordillera por el serpenteante camino que nacía en Ocumare. Por fortuna la lluvia había cesado. El mensajero enviado por Mariana sabía donde encontrarlos. La posada era una vivienda rústica, con techo de paja y paredes de bahareque cuya única virtud residía las habilidades culinarias de Petronila, la enorme y simpática dueña del establecimiento.

El capitán de la goleta holandesa prefería atracar cerca de Ocumare y así quedar a media distancia entre las cuatro haciendas cercanas a la costa que le vendían cacao y más recientemente, también café. Esto obligaba a los Álvarez y ocasionalmente también a Carlos Augusto, a embarcar el producto de la cosecha en barcazas en la desembocadura del río y navegar hasta Ocumare.

Llegaron a la parte más húmeda y umbría del denso bosque tropical. La cobertura de los árboles los protegía del intermitente sol, pero el esfuerzo y la humedad los hacían transpirar copiosamente. A la derecha del estrecho camino se encontraba una pequeña zona plana cubierta por hojarasca y en el centro de la misma grandes hormigas rojas desfilaban cargando hojas recién cortadas hacia su nido

-Aquí, precisamente en éste sitio, el padre de ustedes me salvó la vida. Habíamos escondido las armas y otros pertrechos detrás de aquellos árboles, cuando aparecieron los soldados de la corona. Dijo Carlos Augusto y los dos morenos, espigados y robustos como lo había sido Francisco Álvarez, escuchaban con atención.

-Los cuatro estábamos durmiendo. Mi padre roncaba tanto como Melchor cuando el sargento Pacheco y un soldado que se llamaba Ignacio, nos sometieron. Al Sargento lo conocíamos desde una trifulca ocurrida en La Guaira en el año 98. Nos dijeron que nos iban a matar. Pero Francisco, siempre prudente, se había acostado un poco más arriba y no lo vieron. Salió del monte como una fiera y casi le sacó la cabeza al Sargento de un machetazo. Yo, como pude agarré al soldado y rodamos todos entre la hojarasca, allí - Dijo apuntando hacia el claro del bosque- *Francisco le clavó la punta del machete en la barriga.*

Carlos Augusto no se cansaba de contar la historia, ni ellos de escucharla. Había sido para las dos familias el evento más importante, sino el que con más frecuencia merecía ser recordado. Francisco murió durante la guerra y Roberto falleció en el año 30. Melchor ya anciano, seguía atendiendo una pequeña bodega de víveres que, con el apoyo de los Carvallo, había establecido en Ocumare muchos años atrás. Francisco había recibido un buen trozo de tierra vecino a *La*

Esperanza y sus hijos, aún lejos de ser acaudalados, vivían bastante bien combinando sus propios ingresos con la administración y labores que realizaban para los Carvallo.

Los descendientes de Francisco habían sido los primeros pardos propietarios en la zona, con papeles y demás detalles y no habían sido pocas las dificultades que habían superado con el tiempo. Los restantes propietarios, con excepción de los Carvallo, no aceptaban de buena gana que personas con sangre negra tuvieran su misma condición. Pero por otra parte, la población de origen africano, dominante en la zona, tampoco estaban muy inclinados a tener amistad con los mulatos y menos si ejercían algún tipo de autoridad.

Con los años las cosas habían cambiado, los Álvarez se diferenciaban claramente de algunos capataces mulatos que maltrataban a los peones negros y, en lo que concernía a los blancos, su educación era en muchos aspectos superior. Al final terminaron siendo respetados por unos y otros, en particular después que primero Francisco Rafael y luego Víctor Manuel ocuparan cargos de gobierno, por lapsos breves, pero a satisfacción de los residentes de Ocumare y Choroní.

El arduo descenso por la difícil y a veces interrumpida trocha, era desesperantemente lento. Forzaron a las bestias lo más que pudieron hasta que finalmente se abrió ante ellos, iluminado por la luna, el valle, interrumpido hacia el Occidente por el perfil del Lago de Valencia. Pero aún debían descender un buen trecho, ahora pedregoso y con una vegetación menos densa, antes de tomar el sendero, bastante más amplio, que unía a La Victoria con Maracay y que aún seguía siendo denominado "Camino Real" como había sido la costumbre durante la Colonia. Casi amanecía cuando reconocieron, gracias a la luna llena, los predios de *Altagracia.*

Carlos Augusto, se lavó las manos y la cara con el agua que, en una jofaina, le trajo Mariana y sin cambiarse de ropa entró al dormitorio y se sentó en el borde de la cama. Con la mano izquierda le acarició la mejilla a María Antonia, se inclinó y le dio un leve beso en la frente. Ella abrió los ojos y reconoció a su hijo. Esbozó una tenue sonrisa y en un tono muy bajo, casi difícil de escuchar dijo:

-Veo que llegaste. Yo no me iba ir sin verte.

-Madre, usted me seguirá viendo por mucho tiempo.

-Siempre optimista, igualito a tu padre, pero yo ya estoy presta a reunirme con él. Me van a enterrar junto a Roberto y que nadie llore. Ya le dije a Mariana...pero te lo repito, quiero que siembren muchas flores...

María Antonia cerró los ojos y se durmió de nuevo.

La familia deambuló durante todo el día entre la sala, el comedor, la cocina y el patio. El calor húmedo, característico de los días soleados después de una lluvia, los movió hacia el largo pasillo al frente de la casa. Los hijos, en silencio, se alternaban acompañando a María Antonia. Afuera la conversación no podía ser otra, los recuerdos, las historias que la anciana había contado una y otra vez. Los recuerdos de España y Francia, el descubrimiento de la carta que involucraba a su padre con los masones, la visita al tío Phillippe en París y la oportunidad de haber conocido a La Condamine y a Mirabeau.

-Ahora todo el mundo es masón. Dijo Carlos

-Cierto. Agregó su padre. *Pero cuando tu bisabuelo llegó a Venezuela, la Inquisición los perseguía, tanto aquí como en España, así que el guardó el secreto hasta su muerte. Como sería este país de atrasado, que muchas mujeres se alarmaban cuando tu abuela comentaba sobre los libros que había leído en Paris porque aquí y en España estaban prohibidos. Todavía hay algunos en la biblioteca.*

-Miranda hizo la diferencia. Apuntó Guillermo.

-Así fue. La Logia Lautaro en Londres fue el punto de encuentro. Por allí pasaron Bolívar, O'Higgins y unos cuantos más. Pero sin mujeres como mi madre nada hubiese sido posible, desde Altagracia, hasta la misma independencia. De ella vinimos, a ella regresábamos.

La voz se quebró y los ojos del general Carlos Augusto Carvallo se llenaron de lágrimas. Mariana salió de la habitación y salió al pasillo. Escucharon sus suaves pasos sobre las crujientes maderas. Fue suficiente ver la expresión de su rostro.

El sepelio se efectuó al día siguiente. En silencio el nutrido grupo observó a los peones que colocaban el ataúd en la fosa. Al frente los hijos, sus esposas y los nietos, más atrás casi cien personas entre vecinos y peones. Cuando el féretro estuvo en su sitio Venancio inició la misa y los rezos. Al concluir los dos peones encargados de la tarea cubrieron el ataúd con la tierra fresca mientras cada integrante de la familia tomaba tierra con la mano y la colocaba sobre el túmulo que se iba formando. El sacerdote recogió sus enseres de la mesita que había sido traída de la casa e hizo un gesto indicando que la ceremonia había concluido. Pero Carlos Augusto dio unos pasos y se ubicó donde había estado el cura.

-Debo y quiero decir unas palabras. Hoy hemos colocado el cuerpo de mi madre en la tierra que tanto quiso y ahora, junto a mi padre, descansarán en paz. María Antonia Romero Álvarez de Carvallo no sólo fue, como siempre se dice, amante esposa y madre ejemplar, fue mucho más que eso. Todos nos debemos a ella, nos orientó con firmeza y sabiduría, supo educarnos, no sólo nos dio luces en conocimientos, sino en conductas y valores. Ella nos enseñó el valor de la tierra y si en algo hemos florecido fue gracias a su aliento. Tuvo la oportunidad de viajar muy joven aún, a España y Francia, así como conocer gentes que ahora ya son parte de la historia. Muchos han hecho lo mismo, pero su atención se ha limitado a ver el paisaje o conocer las costumbres. Mi madre fue más lejos y entendió, al igual que mi padre, que el mundo podía ser mejor, que era importante respetar a las personas sin distinguir riqueza, origen, color o sexo, que la libertad era algo importante, no sólo por sí misma, sino porque ella nos permite progresar y ser mejores personas ante Dios y ante nuestros semejantes. María Antonia fue siempre el alma de Altagracia y ahora es parte de ella.

Carlos Augusto levantó los brazos indicando que ahora si había concluido el servicio y el grupo comenzó a disolverse. Los peones caminaron hacia sus casas, Carlos Augusto había establecido que ni en ese día, ni en los dos siguientes, se hiciera ninguna faena que no fuera imprescindible. La familia de María Antonia, con algunos vecinos, hizo lo mismo, dirigiéndose a la casa principal donde servirían café y panecillos dulces en lugar de la cena. Se formaron varios grupos y la conversación languideció con el atardecer. Los vecinos se despidieron. El velorio había durado toda la noche y estaban cansados. Venancio se acercó a Carlos Augusto, lo tomó del brazo y se alejaron de los demás.

-Sé que no es el momento adecuado, pero tengo algo que decirle. Dijo el viejo sacerdote.

-Pues dígalo padre Venancio. Contestó Carlos Augusto resignado a escuchar alguna solicitud del cura.

-Creo saber quien asesinó a Florinda y a Elvira, pero necesito su ayuda y consejo.

Carlos Augusto lo miró intrigado.

-¿Cree saber o está seguro? ¿Quién fue?

-Por eso mismo necesito hablar con usted en privado. Por casi tres años he buscado información y no me pregunte como obtuve parte de ella porque no puedo hablar de ciertas cosas. Creo que el criminal es Indalecio Pérez, nuestro flamante Juez.

-Pero Venancio eso no es posible, salvo algún dinerillo medio mal habido, nunca se ha conocido ninguna otra falta y además tiene un buen matrimonio. Reaccionó Carlos Augusto con sorpresa.

-Escúcheme Don Carlos, debo admitir que el hombre nunca me gustó. También estoy consciente que he tenido diferencias con él sobre muchos asuntos que afectan a mis parroquianos, pero le ruego que crea que he actuado con justicia y prudencia. Él no fue el único sospechoso de mi lista, también estaban Nicanor, un par de peones de no muy buena vida y otro de los vecinos. Pero nada encontré que justificara mis dudas. Pero con Indalecio las cosas han sido diferentes: Primero averigüé sobre su pasado en Valencia y hay historias de abuso de niñas que la bestia de Indalecio logró ocultar con dinero. Después, y no me pregunte como, supe de otros dos ataques a niñas de mi parroquia, hace ya algunos años. Una no pudo ver a su atacante porque era de noche, pero la otra sí lo reconoció, pero guardó silencio primero por miedo y después para no perder a quien luego fue su marido…

-Pero si no está dispuesta a acusar o a ser testigo, entonces no hay nada que sea muy firme. Interrumpió Carlos Augusto.

-Así fue, pero ahora las cosas han cambiado. El marido murió hace unos meses y la mujer está ahora dispuesta a hablar. También fui a Valencia y encontré a la madre de la criatura que violó allá.

Admito haberla convencido que su deber como fiel creyente es ayudar a la justicia y evitar que ocurran más desgracias. Ahora está dispuesta a ser testigo.

-Aún así, padre Venancio, no tiene pruebas de los asesinatos. Lo que tiene son pruebas de haber violado a unas niñas.

-Cierto Don Carlos, así es. Sin embargo la mujer de La Victoria está dispuesta a declarar que después de violarla trató de clavarle un cuchillo, pero que ella corrió...

-Venancio, me ha convencido, sea una cosa o la otra, debemos hacer algo. Quizás debemos hablar con Augusto y antes de hacer cualquier cosa, poner en sus manos el asunto. Como abogado, sabrá cual es la mejor manera de actuar. Mientras tanto, ni una palabra a nadie, si Quiroga se entera es capaz de matar al Juez.

-Gracias Don Carlos, algo así esperaba de usted. Agregó Venancio despidiéndose de Carlos Augusto.

En el dormitorio, Mariana colocó la cabeza sobre el pecho de Carlos Augusto no sin antes soplar la vela que estaba sobre la mesa de su lado.

-Mi amor, no sé que haré sin ella. Me siento perdida

-Todos sentiremos lo mismo, pero sé lo que ella quería y no es otra cosa que seguir adelante. Trabajar fuerte para que el sitio en que reposa sea el mejor de estos y otros valles.

Carlos Augusto sopló la vela de su mesa y la habitación quedó a oscuras. A través de la ventana podían escuchar el monótono canto de los grillos.

-¿Escuchas Carlos Augusto? Los grillos le están cantando a María Antonia.

19

Las cuitas de Soublette

Caracas, fines de 1842

Muchos veteranos, después de deambular algún tiempo, habían encontrado trabajo en las haciendas más prósperas. No pocos realizaban oficios menores, labores domésticas o pedían limosna en los poblados que crecían con mayor rapidez que durante los años de la guerra. Otros habían tomado el camino, a veces lucrativo, pero siempre peligroso, de formar pequeñas bandas de asaltantes o dedicarse al hurto de ganado. Para muchos hacendados habían sido buenos años y no pocos comerciantes se estaban beneficiando de los acuerdos comerciales firmados con los Países Bajos, Inglaterra, Francia, Estados Unidos, Noruega y Suecia. Hasta con España habían mejorado las relaciones. Alejo Fortique, Fermín Toro y Santos Michelena se habían construido un buen prestigio como negociadores.

Hacendados, comerciantes e intelectuales tampoco tenían mayores quejas sobre la conducta de Páez y sus seguidores, con respecto a la libertad de opinión o la pulcritud de las elecciones, aunque objetaran, como lo hacía Carlos Roberto todo el tiempo, la forma en que se excluían a muchos electores. Desde el periódico *El Venezolano,* el naciente Partido Liberal que tenía en Antonio Leocadio Guzmán su principal vocero, se hacían severas críticas al gobierno, a pesar que había más libertad que la existente en buena parte del continente.

-*¿De dónde ha sacado éste hombre la idea de que es más liberal que los demás?* Preguntó Juan del Río a los asistentes a la tertulia.

-Quizás porque la palabreja esta de moda en Europa. Guzmán hasta hace poco era un fervoroso seguidor de Páez y por consiguiente de Vargas y de Soublette. En mi opinión los tres han sido liberales, pero como yo soy un conservador, es posible que esté equivocado. Contestó Nemesio Martínez con cierta imprudencia, ya que con su diploma madrileño, con la tinta aún fresca, asistía por primera vez a la tertulia.

-Entonces, licenciado Martínez, explíquenos en que consiste ser conservador. Replicó Fermín Toro.

-Bien, consiste en…como todos entendéis, en mantener el status quo. Es decir preservar las cosas en su sitio, evitar cambios bruscos que alteren el necesario equilibrio de la sociedad. Contestó Martínez con cierta inseguridad.

-Entonces licenciado, los conservadores de acuerdo a su versión eran o son realistas, se oponen a la eliminación de la esclavitud, no desean que los pobres se hagan ricos, ni que las mujeres aprendan a leer y escribir. Contestó Juan del Río con seriedad.

-Mire, quizás no todos eran realistas, pero de allí a tener una pardocracia…

-La primera vez que oí esa palabra fue de boca de Bolívar. Interrumpió Carlos Augusto que de vez en cuando participaba en las reuniones.

-No sé si él la inventó, pero creo que ninguno de nosotros queremos que la plebe se haga con el gobierno y pienso que eso es lo que quiere Guzmán. Supongo que ser conservador es tratar que sean los mejores y más educados hombres los que gobiernen. Respondió Martínez con más aplomo.

-¿Páez era integrante de eso que usted llama plebe? Preguntó insidioso Juan del Río.

-Es posible, pero me han dicho que se ha educado. Contestó cauteloso el joven abogado

-¿Y no eran plebeyos los conquistadores que llegaron a Venezuela? Insistió Juan del Río que ya le había tomado ojeriza al joven.

-Bien, quizás algunos, pero otros no…

-¿Cómo quién? Cite por lo menos uno que haya sido Conde, Duque, Marqués o pariente de algún noble peninsular o alguno que sea recordado por alguna habilidad en la literatura o las bellas artes.

-Vamos Juan, deja en paz al joven. Va a pensar que somos unos monstruos. Interrumpió Amparo que actuaba como anfitriona esa noche.

-Creo que debemos pasar a otro asunto. Dijo Fermín Toro. *-La crisis en Europa nos alcanzará este año.* Toro había sido designado Oficial Mayor del Ministerio de Hacienda y todos suponían que estaba bien informado después de su permanencia en Europa hasta el año anterior.

-Tiene razón Don Fermín, de hecho ya nos tocó. De Curaçao me han dado noticia de otra baja en el precio del café y del cacao, la tercera en el año. También me ha llegado una carta de Inglaterra, Peel es el nuevo Primer Ministro, pero existe la amenaza de una paralización de algunas industrias por obreros que se han organizado. Además los cartistas siguen pidiendo mayor participación en las elecciones. Señaló Carlos Augusto.

-También hay problemas en Francia y en Prusia. Aseguró el doctor Vargas que también solía estar bien informado desde su cargo de Director de Instrucción Pública. *Hay hambrunas en algunos sitios y el cólera morbus sigue causando muchas víctimas.*

-Cólera la de Guzmán y sus amigos. Los editoriales de su pasquín tratan de culpar a Páez de la baja en los precios. Señaló Juan del Río devolviendo la conversación a su fase inicial.

Amparo se levantó y caminando hacia la puerta que daba al patio interior le hizo un gesto a Mariana para que la acompañara. Una vez en el patio, con la mano derecha la tomó del brazo, mientras levantaba cuidadosamente el borde del vestido que había comprado en el almacén de Gimbernat y Escuté pocos días atrás y la guió hacia la biblioteca.

-A *veces me fastidian un poco en estas tertulias ¿No te ocurre lo mismo?*

-Pues no, pero he asistido a muy pocas.

-Es que a veces se repite demasiado. Hoy es un ejemplo. Están hablando lo mismo que la semana pasada, la diferencia la hizo el licenciado Martínez a quien Fermín Toro invitó. Pero después que Juan lo acosó, es posible que no venga más.

-Parece un petimetre. Dijo Mariana.

-Sin duda, pero es muy joven.

-Ese vestido es precioso ¿quién te lo hizo?

-Una costurera nueva, recomendada por Gimbernat que ha importado telas muy buenas. Zapatos también, pero no tenía ninguno de mi talla.

Escucharon la voz de Juan que aseguraba que sin lugar a dudas a Guzmán le daría un tenesmo galénico, enfermedad que siempre atacaba cuando la estulticia es hiperbólica. Pero Carlos Roberto lo atajó:

-No hay nada de estulticia en Guzmán, es inteligente como el que más. Lo que dice no es lo que piensa o cree, es lo que él estima conveniente para que crezca el partido que está creando.

-Tienes toda la razón. Dijo Juan. *Lo que acontece mis queridos contertulios, es que yo desearía que fuera menos inteligente y más honesto. Detesto a los que piensan de un modo y actúan de otro.*

*-Pero Maquiavelo decía...*Intentó aclarar Carlos Árvelo desde un rincón.

-Maquiavelo, mi querido doctor, siempre tenía la razón cosas de política y poder, pero eso, a mis ojos, lo hace aún más detestable.

Árvelo no pudo menos que reír. Si algo le gustaba de la tertulia era el humor de Juan del Río. Aprovechaba sus anécdotas para aliviar un poco la pesadez de sus clases de patología en la universidad. Fermín Toro aprovechó el breve silencio para dar su opinión.

-A veces pienso que no tenemos claro que significan esas palabras. En Europa un liberal es alguien que piensa que el gobierno debe ser pequeño y eficiente, que el comercio debe estar libre de las acciones del Estado, que la mayoría debe tener acceso a la propiedad. Buen número de liberales en Inglaterra y Francia son comerciantes. Los llaman burgueses, creen en la ley natural. Los conservadores, son en su mayoría propietarios o rentistas.

-Aquí todos son liberales en la mañana y conservadores cuando se van a acostar. Apuntó Carlos Roberto.

-No todos, a veces ocurre lo opuesto y cuando se acuestan es que les sale lo liberal. Dijo Mariana permitiéndose una picardía que todos captaron y continuó: *Pero eso casi inevitable en nuestro país. Aquí no hay tantas diferencias como en Europa y más de un hijo de propietarios de grandes haciendas, está dedicado al comercio y ya algunos comerciantes se han hecho hacendados.*

-O, peor aún, se hacen abogados. Agregó Juan del Río.

Fermín Toro miró al doctor Vargas y éste entendió que necesitaba su apoyo, de otro modo concluiría la reunión sin ningún acuerdo. Vargas carraspeó y las miradas se dirigieron hacia él.

-Bien, mis queridos amigos. Veo que hay bastante simpatía hacia el general Soublette, pero él necesita algo más que eso en éste momento. Necesita ayuda para gobernar, Don Fermín está en Hacienda, yo en Instrucción y el doctor Árvelo se ha comprometido a preparar ideas para el fomento de la agricultura y la ganadería. Es necesario construir caminos, mejorar el mercado y quién sabe cuantas cosas más.

-Y que alguien haga algo con los borrachos, léperos y vagos que pululan cerca del mercado. Ya las damas no pueden pasar por allí y cuando faltan beodos, entonces sobra basura y agua sucia. El olor es espantoso. Agregó Amparo mientras entraba de nuevo en la habitación.

-Sin duda Doña Amparo, eso es parte de las cosas por hacer. Comentó Árvelo con convicción. *¿Han leído lo que publicó* El Venezolano *sobre la basura en la calle de San Juan?*

-Sí, se refería a los cagajones, los marranos y quien sabe que cosas más. No es posible caminar en esa y otras calles. El Venezolano *le saca punta a esas cosas como parte de la política, pero son ciertas. Yo no culpo tanto al Concejo como a los mismos habitantes de Caracas. ¿Quién no ha visto o no le ha caído encima la basura que lanzan a la calle desde casas de gente que dice ser de alcurnia?* Sentenció Vargas con algo de amargura. Tanto él como Árvelo habían hecho esfuerzos por redactar ordenanzas y reglas sanitarias, pero de poco servían si la gente hacía lo que le venía en gana.

-Guzmán y sus amigos culpan a Soublette de la suciedad. Dijo Mariana.

-Sólo deseo que Guzmán llegue a Presidente a ver si aumenta o disminuye la basura. Agregó Juan.

-Yo apuesto cinco reales a que aumenta. Dijo Carlos Roberto.

-Esa es una buena apuesta, sin riesgo de ningún tipo. Yo apuesto lo mismo a que disminuye. Respondió Juan.

-Pero Juan, si mi apuesta no tiene riesgo ¿cómo es que apuestas en contra?

-Porque ninguno de los dos ganará o perderá. Guzmán nunca será Presidente.

-Señores, vamos a retornar al tema ¿Qué le digo al general Soublette?

-Pues, ¿que le otra cosa doctor Vargas? Dígale que lo apoyamos. Yo puedo hablar por muchos hacendados de los valles y en efecto lo aprecian. Creo que lo apreciarían aún más si deja de usar el uniforme, a fin de cuentas no estamos en guerra con nadie. Concluyó Carlos Roberto.

La recepción fue meticulosamente organizada a pesar de las restricciones que aún existían en la casa presidencial. Soublette había solicitado ayuda a dos damas caraqueñas que habían vivido en Francia y, sin duda también había aprovechado lo aprendido durante el gobierno de Páez. Sin embargo estaba consciente que la calidad de la vajilla, la cuchillería y hasta los manteles, candelabros y floreros, no podían competir con lo observado en las cortes europeas. Tenían algunos vinos, pero la mayoría de los tintos "viajaban mal" como aseguraban los que se decían conocedores del asunto y si lo hacían bien, en los muelles de La Guaira, en el traslado y hasta en las casas, se encargaban de dañarlos. La cena se efectuaría en honor al Barón de Japurá, Don Miguel María Lisboa, embajador del Imperio de Brasil y, también de Daniel Florencio O' Leary. Este último, había sido nombrado Ministro Plenipotenciario del Reino Unido de Gran Bretaña en Venezuela, a pesar de que su estrecho vínculo con Bolívar y con el país en general, había generado ciertas suspicacias en Londres antes de su nombramiento. El resto de los 20 comensales eran otros integrantes del escuálido cuerpo diplomático acreditado ante el gobierno de Venezuela.

La cena comenzó mal y si no terminó peor, fue gracias a la intervención de Amparo. A eso de las cuatro la cocinera descubrió que la carne estaba poco menos de podrida y Olaya Buroz y Tovar de Soublette, la Primera Dama de la república, no vaciló en llamar a su amiga para buscar una solución. Amparo la encontró a través de su carnicero y de paso le prestó dos candelabros de plata.

No habían terminado de colocar la carne sobre las brasas un torpe ayudante dejó caer la manteca de un caldero sobre unos sacos de arpillera que poco después se incendiaron gracias a un trozo de leña encendido que cayó sobre ellos. El fuego logró ser controlado, pero parte de vajilla quedó ahumada y fue necesario limpiarla mientras iban entrando los embajadores. Como si lo ocurrido hubiera sido poco, uno de los sirvientes tropezó mientras servía la sopa y una buena cantidad de la misma terminó en el regazo del Cónsul inglés. Para concluir uno de los perros, sin duda atraído por el olor de la comida, entró sigilosamente a la casa, se deslizó debajo de la mesa y como resultado natural de una dieta inadecuada, llenó el salón con emanaciones ofensivas al menos en tres oportunidades. Más de un embajador miró con sospecha a sus compañeros de mesa, descartando, debido a sus finos modales, a los anfitriones. Por fortuna, cuando se servía la carne asada a las brasas, fue descubierta, para alivio de todos los asistentes, la inoportuna presencia del animal ya que éste emergió de su escondite y colocó el hocico sobre la mesa con la esperanza de capturar algún resto.

La llegada de los postres alivió la tensión: un delicioso bienmesabe preparado por la cocinera de Amparo, confituras de coco y guayaba, así como exquisitas polvorosas, adquiridos en casa de Doña Eulalia, famosa por sus dulces. Sin embargo lo ocurrido afectó más a Olaya que a los invitados, todos diplomáticos avezados cuya experiencia en el Caribe les permitía intercambiar anécdotas peores que lo acontecido esa noche.

Matías pensaba en cosas distintas a las relaciones internacionales o el próximo gobierno de Soublette. San Miguel de la Boca del Río de Tinaco como lo bautizó Fray Pedro Villanueva en 1744, era un caserío miserable cuya única virtud era precisamente el río del cual procedía su nombre. Pero ya nadie lo llamaba así y el nuevo nombre, El Baúl, se imponía. Matías había viajado por diez días hacia el Sur de Valencia y San Carlos en plena estación de lluvias. El largo y encharcado camino había sido recorrido sin percances, Quiroga era un buen acompañante. Sólo tuvieron un breve y desagradable incidente: el encuentro con un pequeño grupo de soldados. El hombre que comandaba al grupo tendría algo más de 40 años y un aspecto que a Matías se le antojó desagradable.

-*¿Quiénes son y adonde van?* Preguntó sin saludar ni descender del caballo.

-*Gente de paz.* Respondió Matías algo molesto por el tono del oficial.

-*¿Español o canario?*

-*No oficial, de esta misma tierra. Nací cerca de La Victoria, pero viví varios años en España, quizás de allí mi forma de hablar.*

-*Dígame su nombre y muestre sus papeles, si es que tiene.*

-*Matías Carvallo, y si tengo papeles, así como mi acompañante. Vamos al Baúl a ver una hacienda y venimos de los valles de Aragua donde tenemos otra.*

-*¿De los Carvallo de Altagracia?*

-*Sí ¿y usted, cual es su nombre y rango? Me gustaría saber con quien tengo el placer de hablar.*

-*Que tenga buen viaje.* Fue la única respuesta del hombre que de inmediato le hizo un gesto a sus subalternos y halando el estribo tocó ligeramente con las espuelas el costado de su montura y se alejó de Matías. Observaron a los soldados alejarse y cuando ya la distancia impedía que escucharan Matías comentó:

-*Hombre mal encarado y de poca educación. Aquí no se sabe si son más peligrosos los asaltadores o los soldados.*

-*No me reconoció, quizás por que el pelo se me puso blanco, pero yo sí. Ese hombre es peligroso, una bestia, se llama Encarnación Carreño y años atrás se dedicaba a eso mismo, es decir, asaltante de caminos. No estoy muy seguro como lo logró, pero alguien me comentó que había entrado al ejército y ahora veo que es verdad. Está vivo gracias a los Carvallo, si hubiera estado en mis manos, estaría enterrado, pero fue Guillermo quien le metió una bala en la barriga, yo le hubiera dado en la cabeza.*

-*Quiroga, por favor explíqueme.*

Siguieron camino mientras Quiroga le contaba los detalles del hurto de la mula, la muerte de Florinda y luego el juicio.

-Don Matías, han pasado 11 años, pero recuerdo cada detalle y sigo pensando que ese hombre algo tuvo que ver con la muerte de mi hija.

El río estaba crecido, la sabana verde y las colinas que llevaban el nombre de las Galeras del Baúl rompían la placidez del paisaje. Tierras no faltaban, tampoco los mosquitos que lo atormentaban al atardecer. Tres hacendados dominaban la economía del lugar y uno había muerto unos meses atrás. Fue a través de sus herederos en Valencia que Guillermo supo del hato que estaba a la venta y Matías se ofreció a viajar y observarlo.

Desde antes de llegar, ya estaba enamorado de la región: un mundo duro, rústico a más no poder, lejos de todo y probablemente un pequeño infierno en la estación seca, pero lleno de aves y peces, caimanes y curiosos animales como eran los chigüires. Caminando entre el suelo húmedo, a veces bajo una intensa lluvia, acompañados por el capataz responsable por la hacienda, logró ver venados en un bosquecillo Avanzada la estación las escasas reses se daban gusto pastando en la llanura verde que parecía infinita.

La casa de la hacienda nunca había sido gran cosa y ahora mostraba las huellas del abandono a la sombra de dos grandes árboles. El capataz, un hombrecillo delgado y curtido por el sol, mostró los potreros. Luego las casuchas, morada de él y los cuatro peones, ubicada a unos 100 pasos de la casa mayor. Cinco hombres, dos mujeres y tres niños constituían la población del hato. Un minúsculo poblado, construido alrededor de un gran samán que les ofrecía sombra y casi autosuficiente dada la distancia que lo separaba del Baúl. Pero la suficiencia era miserable, la comida procedía de un precario sembradío con plátano y yuca, ocasionales huevos procedentes de tres gallinas que deambulaban entre las chozas buscando algo que comer y finalmente un par de cerdos, que con sus crías, disfrutaban la sombra del gran árbol. Quiroga, con ojo de administrador de hacienda, caminaba a su lado con una expresión que hacía transparente su desaprobación.

Soledad y pobreza eran bien conocidas por Matías. Ambas coexistían en los yermos de Castilla y en otros parajes de España. Tan sólo le resultó extraña la pobreza rodeada de abundante agua, bosquecillos, peces, animales y otros recursos. Quizás las únicas limitaciones parecían estar en el reducido número de árboles de gran porte, aunque abundaban los arbustos y en algunos bajos, o en el borde del río, la vegetación era más densa y erguida destacando las ceibas y samanes. En los esteros que rompían la llanura abundaban las blancas garzas pescadoras y los corocoros son su rojo plumaje destacaban entre la bora y los platanillos que cubrían parte del espejo de agua. Cerca de la casa, construida en la parte más elevada del banco del río para librarla de las inundaciones, había árboles de guanábana, semerucos que ya comenzaban a mostrar sus cerecillas y tres árboles de mango de reciente introducción, que ya mostraban sus pequeños y aún verdes frutos. Matías los había visto en *Altagracia* y había probado su deliciosa pulpa.

También observó la carencia de rocas lo que podía explicar que todas las viviendas, en el pueblo y en la hacienda y hasta la pequeña iglesia, fueran precarias estructuras hechas de barro, cañas y ramas rara vez rectas. Tres días después, tras recorrer sólo parte de la extensa propiedad y entrevistarse con el cura y el dueño del único negocio del pueblo, un desordenado establecimiento con una oferta limitada en número, pero muy variada ya que cubría desde víveres, incluyendo palometas y bagres salados, hasta lienzos, pasando por velas, sombreros, alpargatas y aguardiente, tomó una decisión, la evaluó a través del juicio crítico de Quiroga y luego tomaron en silencio el camino que los llevaría a San Carlos y luego a Valencia.

-Quiroga, ¿sabes algo? Dijo Matías sin esperar respuesta. *Este es un sitio al que puedes llegar a amar u odiar muy intensamente.*

-Cuando vivas el primer verano, cuando la sequía cambie el paisaje, lo vas a odiar. Pero los árboles estarán floreciendo y la pesca será fácil en los caños y los esteros. Los llanos son ásperos, la vida es muy dura, la pobreza enorme y aún así, conozco gente que los ama.

Otros diez días les llevó regresar hasta *Altagracia*. Matías y Quiroga regresaron picados de garrapatas y tostados por el sol, pero animados por la decisión tomada. Matías firmó los papeles en Valencia y sólo faltaba efectuar el pago comprometido. Apenas descendieron de los caballos cuando Carlos Augusto salió de la casa y se les acercó, abrazó a Matías y saludó a Quiroga.

-*Vengan conmigo, tengo cosas urgentes que contarles*. Dijo Carlos Augusto caminando en dirección opuesta a la casa. Cuando estimó que habían llegado a un punto donde nadie los escucharía, tomó a Quiroga del brazo y les habló:

-*Quiroga escucha bien y en calma. Indalecio está en la cárcel y han designado a un nuevo Juez que debe llegar en pocos días. El padre Venancio buscó y encontró pruebas que indican que ese hombre violó por lo menos a dos jovencitas en La Victoria y otra en Valencia, además trató de matar a una de ellas...*

-*¡Entonces fue ese desgraciado el que mató a Florinda!* Interrumpió Quiroga tratando de soltar el brazo de la mano de Carlos Augusto.

-*Calma Quiroga, deja que termine de hablar*. Contestó Carlos Augusto sin soltarle el brazo.

-*El asunto legal está en manos de Augusto. Hay suficientes evidencias para condenarlo por violador, pero no las hay para acusarlo de asesino aunque es bien probable que lo sea. Quiero que te calmes y que me prometas que vas a dejar que funcione la justicia.*

-*Don Carlos, no me pida que prometa nada. ¿Acaso se puede confiar en la justicia? Los pocos policías que hay en La Víctoria son vagos y los jueces se rascan el lomo entre ellos. ¿Por qué no me deja acercarme a la cárcel y resolver esto como debe ser? Le pego un tiro desde la ventana y se acabó.*

-*No Quiroga, terminarás en la cárcel y además matar es un pecado. Ya tu esposa sufrió mucho al perder a Florinda para que ahora también se quede sin marido.* Agregó Matías.

El juicio fue muy breve. El nuevo Juez admitió la declaración de las dos mujeres y cuando estaba presto a sentenciar irrumpió, muy alterada y acompañada por el padre Venancio la esposa de Indalecio.

-Señora de Pérez, por favor dígale al Juez lo que me acaba de contar. Dijo Venancio.

La mujer bajó la cabeza, quizás para no ver a su marido y balbuceó:

-Él las mató, una noche borracho, me lo contó todo.

El Juez, de vieja escuela, partidario de la ley del Talión y sin duda animado por el deseo de entrar con buen pie en su nuevo ámbito, aún obligado a someter sus decisiones a las leyes vigentes, no vaciló en sentenciar a muerte a su predecesor, tras consultar a Don Laureano Reverón cuyo poder político en La Victoria era reconocido.

-Padre Venancio ¿cómo convenció a la esposa de Indalecio?

-Señor Carvallo, así como la voluntad de Dios es indescifrable a veces pone en nuestras manos armas muy poderosas.

-¿Cómo el miedo al castigo eterno?

-Esa es una de ellas, pero a veces hasta el odio puede empedrar el camino de la justicia. Respondió Venancio con cierta ambigüedad.

20

José María de la Sierra

Caracas, noviembre de 1844

A pesar de la basura, los borrachos y las aguas sucias que corrían por las calles, Amparo iba ocasionalmente al mercado. Le gustaba, en particular cuando Mariana estaba en Caracas, recorrer los puestos, tocar la fruta y seleccionar lo que luego terminaría en la canasta que llevaba la sirvienta. El día estaba fresco, una brisa suave y un cielo despejado anunciaba tanto el fin de las lluvias como la proximidad de la navidad. Las tres mujeres caminaban hacia el mercado de San Jacinto después de haber acudido a misa en la Catedral. Al llegar a la esquina norte, Amparo y Mariana que ocupaban la totalidad del estrecho terraplén mal empedrado que hacía las veces de acera, fueron embestidas por un hombre que caminaba mirando al piso.

Andrajoso, enjuto y de pequeña estatura, lejos de lastimar a las dos mujeres, perdió el equilibrio y golpeó con la cabeza las barras adornadas de la pesada reja española que protegía la ventana del almacén. El hombre se desplomó, el viejo sombrero cayó al suelo haciendo evidente un pequeño, más profundo corte sobre la ceja izquierda que sangraba profusamente. La sangre se mezclaba con la capa de mugre y corría por la mejilla penetrando en la desordenada barba.

-*¿Por Dios, porqué no camina con cuidado?* Exclamó Amparo con desagrado antes de darse cuenta que el hombre sangraba y había perdido el conocimiento. Mariana y Amparo, no sin cierta repugnancia, se inclinaron para observarlo mientras que algunos transeúntes se acercaban para indagar que ocurría. El hombre giró sobre si mismo y trató de levantarse, pero no pudo.

-*Está muy mal y no sólo por la herida.* Sentenció Mariana.

-*Jacinta, corre a la casa y que me manden la carreta. Vamos a recogerlo y llevarlo con las monjas.*

El hombre giró de nuevo y se colocó boca arriba mirando a las dos mujeres que ya estaban rodeadas por media docena de vendedores.

-*Es el loco Manuel.* Dijo un verdulero. *Además del porrazo debe tener hambre.*

-*Lo que necesita es que le den una buena fregada con jabón y estropajo. Está más jedidondo que un muerto. El cabildo debería ocuparse de los vagos y los locos.* Aseguró uno de los transeúntes.

Amparo lo observaba en silencio mientras la angustia le subía desde el estómago hacia el pecho. Gotitas de sudor se iban acumulando sobre el labio y en la frente. Sacó un perfumado pañuelo y se secó el rostro.

-*Vamos, déjenlo en paz. Nosotras nos ocuparemos de él.* Dijo Mariana haciendo un gesto para que los hombres se apartaran.

Poco después Pedro y dos sirvientes de Amparo tomaron al hombre por las axilas y los pies y lo subieron a la carreta.

-*¿A dónde lo llevamos?* Preguntó Pedro.

-*Al convento.* Dijo Mariana

-*No, mejor vamos...a, a mi casa.* Balbuceó Amparo y Mariana la miró intrigada.

Las dos mujeres caminaron detrás de la carreta que recorría lentamente las ocho calles que separaban el mercado de la casa de Amparo.

-*Amparo, perdona mi indiscreción, pero ¿Qué vas hacer con ese hombre en tu casa?*

-*Mariana, no sé que hacer, pero no puedo dejarlo con las monjas. Tengo una obligación.*

-*Pero ¿Cuál?, no lo conocemos, es posible que esté loco...*

-*Lo conozco Mariana y no sé que hacer. No tengo la menor duda, es José María, está vivo... es José María de la Sierra, mi primer marido.*

Mariana la tomó del brazo y se detuvieron.

-*Pedro, detén la carreta y espera un momento.* Ordenó Mariana sin vacilación.

El grupo se detuvo en la mitad de la calle y Mariana tomó a Amparo del brazo y se alejaron de la carreta.

-*¿Tu marido?*

-*Sí es él, no está.. muerto.* Balbuceó Amparo.

-*Amparo, a tu casa no me parece conveniente. Si en efecto es tu marido, al que todos suponían muerto, habrá cosas que hacer y explicaciones que dar. Si me lo permites, te sugiero que lo llevemos a mi casa. Luego tú te vas a la tuya y le cuentas todo a Juan. Por fortuna tenemos médico y abogado en la familia.*

-*¿Pero qué dirá Carlos Augusto?*

-*Está en Ocumare y de eso me ocupo yo. Además estoy segura que él estará de acuerdo.*

Amparo asintió y Mariana habló con los encargados de la carreta que de inmediato dieron media vuelta y todos se dirigieron a la vieja casona de los Carvallo. Dos horas después José María, ya despierto y ubicado en una de las habitaciones de la casa y era examinado por Juan Lorenzo y su hijo Fernando, quien había heredado buena parte de la clientela de su padre. Los médicos pidieron que los dejaran solos con su nuevo paciente. Las dos mujeres esperaron con ansiedad el resultado del examen. Media hora después ambos salieron de la habitación, entraron a la biblioteca de Carlos Augusto y pocos minutos después, tras un intercambio de opiniones, se reunieron con Amparo y Mariana. Juan Lorenzo habló:

-*No tiene nada de gravedad, la herida es superficial y en unos días estará recuperado. A pesar de que evidente que ha vivido con mucha penuria, no parece tener ninguna enfermedad, salvo que está lleno de piojos, tiene sarna y está famélico. Hablamos un poco con él, no parece recordar nada del pasado. Su memoria sólo alcanza al haber vivido un tiempo en Maracay y luego varios años en Caracas. Tiene varias cicatrices viejas, en la cabeza y en los brazos.*

-*¿Está loco?* Preguntó Mariana.

-*En mi opinión, no.* Contestó Fernando. *Creo que se acostumbró a vivir en la indigencia o realizando trabajos ocasionales. Pero entendió nuestras preguntas y sus respuestas fueron las esperadas. Tiene amnesia total de lo ocurrido antes de haber sufrido las heridas y parcial de lo acontecido después*

-Fernando estudió en Francia con afamados especialistas en problemas de la mente y sabe que preguntas hacer. Dijo su padre.

-¿Se puede curar? Preguntó Amparo con angustia.

-Poco es lo que sabemos sobre estos casos. A veces recuperan la memoria, en otras oportunidades no. Parece depender de la magnitud de los daños en el cerebro. El profesor Ledoux nos expuso algunos casos en que los pacientes se habían recuperado y el pensaba que una buena alimentación y un ambiente grato podían ayudar. Así que mi recomendación no es otra que limpiarlo, darle de comer y tratarlo con amabilidad.

Amparo y Mariana caminaron hacia la casa de la primera. Por la mente de Amparo pasaban en rápida sucesión imágenes de su vida con José María. Las mismas se alternaban con suposiciones sobre cual sería la reacción de Juan. Absorta en sus pensamientos y guiada por Mariana que la había tomado del brazo, se sorprendió al verse frente al portón. Mariana golpeó con fuerza la aldaba y poco después uno de los sirvientes abrió la puerta.

-Amparo, yo hablaré primero con Juan. Dijo Mariana empujando suavemente a Amparo hacia un sillón y ordenándole al sirviente buscar un vaso con agua para la dueña. Juan, como era de esperar, estaba en su estudio con un libro sobre la mesa. Mariana tocó suavemente la puerta entreabierta y Juan levantó la vista.

-Mi querida Mariana, por favor pasa y dime que te trae a mi refugio.

-Algo muy grave que merece tu total atención y comprensión.

-¿Qué puede ser tan grave para que me mires de ese modo?

-Dime Juan,¿cuanto quieres a Amparo?

-Pues bien que lo sabes. Muchísimo. Pero es extraña tu pregunta.

-Vamos a suponer que se presenta una situación inesperada y descubres que tu matrimonio con Amparo no tiene validez. ¿Qué harías?

-Esa es una suposición tan imprevista como estrafalaria. Contestó Juan intrigado por la pregunta.

-Pero vamos a suponer que es cierta. ¿Qué harías?

-Pues buscar solución, que alguna habría. Si el sacerdote no tenía facultad, buscaría otro. Pero dime Mariana, esto es un juego o una confabulación femenina, de esas que ningún hombre es capaz de percibir y por cierto ¿dónde está Amparo? Respondió Juan con una sonrisa.

-En el salón, le pedí que se quedara allí, está muy perturbada. Escucha Juan, no es un juego, se trata de algo muy serio y fui yo quien decidió hablar contigo.

Amparo caminó hacia Juan y le puso la mano derecha sobre el hombro.

-Escucha con atención y piensa bien antes de contestar. Sé que te parecerá increíble, pero esta mañana en el mercado encontramos a José María de la Sierra, está vivo, no recuerda nada de su pasado, pero no hay duda que se trata de él. Tiene una herida en la cabeza, está famélico y ha vivido en la indigencia por años. Yo decidí llevarlo a casa de los Carvallo y ya ha sido atendido.

Juan la escuchó con atención y se sentó colocando la cabeza entre las manos. Le vino a la memoria lo que Amparo le había dicho tiempo atrás cuando vio al hombre en el mercado.

-¿Amparo está segura?

-Sin duda alguna. Es él. Contestó Mariana.

Juan se levantó y caminó rápidamente hacia el salón seguido por Mariana. Se arrodilló junto al sillón donde Amparo sollozaba, le tomó las manos y se las besó.

-Amparo, ya Mariana me ha contado sobre José María. Que esté vivo no hace que cambien mis sentimientos. Haré lo que sea necesario para resolver esta situación y quiero que sepas que juntos encontraremos alguna solución.

Juan la tomó por los brazos y la ayudó a levantarse. Luego la abrazó sintiendo en su pecho las pequeñas convulsiones de su llanto.

Esa noche Juan y Carlos Augusto llamaron a una suerte de consejo de familia. Augusto había consultado algunos libros y tomó la palabra:

-Cuando un matrimonio es rato y consumado, de acuerdo al derecho canónico, no puede ser anulado y no existe juez o magistrado de la Iglesia con potestad para decidir. Así que, desde el punto de vista dominante en el Vaticano y por consiguiente entre todos Cardenales, Obispos o Curas, no es posible ni siquiera admitir un requerimiento de este tipo. Señaló con propiedad, mientras lo escuchaban Juan del Río, Amparo, Carlos Augusto, Mariana, Juan Lorenzo y Fernando.

-Sin embargo, han ocurrido excepciones. Acotó Juan del Río.

-Cierto Don Juan, pero en las mismas han mediado o grandes poderes políticos o situaciones extraordinarias. En nuestro caso no hay ni una cosa, ni la otra. La posición de la Iglesia será definitiva, José María está vivo, es un hombre enfermo y la obligación de la esposa es cuidarlo y acompañarlo. San Pablo dixit.

-Entonces mi querido Augusto, le participo a usted y a todos los presentes, que en lo que a mi concierne, pues viviré en pecado si Amparo me lo permite y lo desea. Naturalmente a José María no le faltará nada, lo que necesitamos en encontrarle oficio y vivienda.

-¿José María tiene parientes? Preguntó Augusto.

-No que yo sepa, sus padres murieron y él era hijo único. De sus tíos en España no supimos más después que les informamos de su muerte. Quizás tenga algún primo en España. Contestó Amparo.

-En todo caso, mi sugerencia es que los bienes que originalmente eran de José María se separen del patrimonio de Amparo y de Juan, sólo en el caso de que aparezca algún pariente. Pero aún queda un problema por resolver y ese no es otro que la opinión de José María. Cualquier magistrado, al saber que formalmente no está loco, nos dirá que tiene derecho a conocer la verdad, sus derechos y obligaciones. Señaló Augusto con cautela.

-Pero si no se acuerda de nada. Indicó Mariana.

-Es es cierto Mariana, pero igual tiene derecho a saber. Creo justo y honesto que una vez que se recupere un poco más hablemos con él. Con abogado y testigos, hasta con la presencia de un juez si se estima necesario. Concluyó Augusto mientras Amparo movía la cabeza en señal de acuerdo.

Dos días después del percance, los sirvientes bajo la supervisión de Juan Lorenzo lo bañaron, le cortaron el pelo y lo vistieron con ropas limpias, sin que el hombre se resistiera.

Pasados otros dos días lo volvieron a bañar, le dieron una fricción con aguardiente, remedio recomendado por Ranucci y sus discípulos tanto para matar piojos como para eliminar la sarna, y luego le aplicaron polvo de azufre. Después de unas horas, lo bañaron de nuevo. Con el paso de los días José María comenzó a disfrutar su nueva condición, las sonrisas eran más frecuentes, el apetito insaciable y con facilidad dejó de tomar la comida con las manos para usar los cubiertos. Dos semanas después Fernando lo encontró hojeando un libro. José María no había perdido la facultad de leer.

Esa misma tarde Carlos Augusto llamó a una nueva reunión y decidieron que ya era prudente contarle lo que sabían. Decidieron que Carlos Augusto hablaría, acompañado por Augusto y Fernando. Al día siguiente, después de un opíparo desayuno, los cuatro hombres se encerraron en la biblioteca. José María escuchó con atención, sin interrumpir. Carlos Augusto dosificó la información, primero le habló sobre la guerra, después le hizo un resumen de su origen hasta llegar a su matrimonio con Amparo y finalmente le explicó que todos lo daban por muerto hasta que lo encontraron en el mercado. Después de cada tramo de la historia Carlos Augusto le preguntaba si había entendido y José María asentía moviendo la cabeza. Al concluir Carlos Augusto lo invitó a hablar.

-*¿Entonces no pasaré hambre?*

-*No José María, no pasarás hambre, tampoco te faltará ropa o una buena cama para dormir.* Respondió Augusto.

-*¿Voy a vivir aquí?*

-*Por un tiempo, después tendrás que decidir, pero sólo cuando te hayas recuperado y cuando entiendas bien cual es tu nueva situación. ¿Te gustaría pasar unos días en una hacienda? Fernando que es médico piensa que te haría bien el aire puro y el ambiente del campo.* Contestó Carlos Augusto que percibió que la primera reacción de José María estaba relacionada a sus necesidades más elementales.

-*En la hacienda ¿me darán comida y tendré una cama?*

-Claro que sí, toda la que necesites y también podrás pasear en los campos, ver los animales y los cultivos. También hay libros si quieres leer.

-¿Estaré solo?

-No, yo iré contigo, también Mariana y en la hacienda están dos de mis hijos y los peones que allá trabajan.

Dos días después Carlos Augusto, ahora en presencia de un Juez y su escribano, y actuando Fernando y Juan Lorenzo como testigos, repitió la historia. Al final el Juez le preguntó a José María si había entendido y él asintió. El acta, incluyendo la lista de sus bienes, fue elaborada el día siguiente y todos firmaron.

-¿Sabe usted leer y poner su nombre en un papel? Preguntó el Juez cauteloso.

-Sí, ¿pero cual nombre quiere, Manuel o José María? Contestó con una sonrisa.

21

Las grietas

Caracas, enero de 1848

-Carlos Augusto ¿me podrías explicar por qué Páez y Soublette le han obsequiado tanta amistad a ese energúmeno? Preguntó Juan del Río.

-Juan tú conoces mejor que yo la respuesta, simplemente porque lo necesitan. Porque el país está hirviendo y en la tapa del caldero estamos sentados. Con Monagas se calman los alborotadores de Oriente, con Monagas se aquietan los liberales, con Monagas nadie puede decir que el poder está en manos de los godos.

-Con Monagas nos vamos a fuñir. Ya verás que el remedio será peor que la enfermedad, José Tadeo y su hermano no conocen de concordia, son bichos de uña y espada.

-Juan, no percibo alternativas. Unos siguen protestando contra Páez y la ley del 34, la mayoría sigue siendo miserable, no hay un maldito camino transitable...

-¿Y Monagas es el que va a componer al país? Interrumpió Juan del Río mirando una pequeña lagartija que subía por la pared.

-No, estoy de acuerdo contigo y bien sabes como pienso, lo que te digo es que no encuentro una solución y como me queda poca vida, seguiré empleando la fuerza que me queda para bien de mi familia y de los que trabajan en nuestras haciendas. Voy a tomar un Jerez ¿Te apetece? Dijo Carlos Augusto mientras se levantaba, permanecer sentado mucho tiempo le producía dolor en la espalda.

-Sí, gracias, creo que hay que darle algún placer al cuerpo y además, ¿quién sabe si esa no será la última copa que libaremos?

-Veo que hoy estás pesimista.

-Corren rumores. Dicen que Monagas contrató unos gálfaros para causar disturbios en el Congreso. No quiere oposición y detesta a gente como Fermín Toro que tiene, como bien sabes, cabeza propia y probidad a toda prueba.

-Juan, eso no es nada nuevo. Aquí a ningún caudillo le gusta que la gente piense y menos que tenga alguna instrucción. Si fuera de otro modo el país no estaría siempre al borde de la ruina y como una vieja pared, lleno de grietas. Lo que sorprende es que hayamos tenido gente tan ilustrada como Andrés Bello y Vargas o que un Codazzi haya decidido pasar tanto tiempo entre nosotros.

-Ya que mencionas a Codazzi ¿sabes que la Colonia ha sido un éxito? Los alemanes, a los tres meses de haber llegado ya tenían un dispensario y una escuela. Las tierras de Tovar no podían haber tenido mejor destino. Además son buenos vecinos y como siembran hortalizas y frutas, me compran el café.

-Juan, ya que has visitado la Colonia de los alemanes ¿es cierto que también hacen cerveza? Preguntó Carlos Augusto.

-Es cierto, la he probado y aunque me gusta más el vino, no deja de ser agradable.

-Juan, debemos admitir que a pesar de Monagas hay algún progreso y es que el mundo cambia todos los días como dice mi hijo. En Europa todos los años aparece algún nuevo invento y más tarde que temprano algo llega aquí. ¿Conoces a Antoine Sauvage?

-No, pero me han contado de la refinería de azúcar que montó. Máquinas de vapor y todo lo demás. Pero a la gente le gusta más el papelón que la refinada. Yo prefiero esta última, es más civilizado tomar una cucharilla del refino que andar raspando una panela.

Juan se despidió, no sin antes preguntar, con alguna vacilación, por José María. Habían pasado casi cuatro años desde que el esposo legal de Amparo se había ido a vivir a *Altagracia* y dos desde que Matías se lo había llevado a la nueva hacienda cerca de El Baúl. Juan y Amparo, con el incondicional apoyo de los Carvallo habían enfrentado la crisis con entereza. Descartada la posibilidad de anular el matrimonio, simplemente decidieron no hacer absolutamente nada y con el paso de los meses, y apenas con una que otra excepción, la situación de Amparo y Juan del Río fue aceptada. Páez y Soublette ayudaron bastante, pero quizás la mayor colaboración vino, para sorpresa de muchos, del silencio que guardaron tanto el Obispo, como algunos de los clérigos de mayor influencia en Caracas.

-Pues cada vez mejor y por lo que cuenta Matías, ha recuperado algo de su memoria. Comparten el manejo de la hacienda que crece cada día y pronto tendrán la ganadería más grande al Sur de San Carlos. Para tu tranquilidad él no sólo entiende bien la situación, sino que por algo que dijo Matías, que siempre es muy discreto, creo que tiene mujer. Concluyó Carlos Augusto colocando su mano en el hombro de Juan.

Esa noche Caracas ardía en rumores. Unos decían que Páez venía en camino con tropas para sacar a Monagas del gobierno, otros que era Antonio Leocadio Guzmán, derrotado en las elecciones, quien preparaba una insurrección y lo más cierto era que un grupo, casi mayoritario de diputados, que estaban preparando tres leyes para sacar a Monagas de la presidencia y para evitar que éste pudiera hacer algo al respecto. Los diputados pensaban mudar el Congreso a Puerto Cabello, así como aumentar el número de guardias, que al mando del Coronel Smith, debían proteger al Congreso. Al día siguiente Carlos Augusto, quien caminaba hacia la casa de su hermano que tenía varios días en cama y muy enfermo, observó a un grupo de hombres armados que gritaban consignas a favor de Monagas a un par de cuadras del Congreso. Entre ellos identificó al Gavilán que con un arma terciada en la espalda, encabezaba a un grupo de hombres que no podían ser otros que los milicianos que Monagas había armado. El Gavilán lo reconoció y cruzaron miradas, Carlos Augusto escuchó nítidamente cuando el antiguo malhechor gritó:

-Ese es uno de los godos que quiere tumbar a mi general Monagas.

Carlos Augusto apuró el paso dejando atrás a la turba, giró a la izquierda en la esquina y, fuera de la línea de visión de El Gavilán y sus hombres, golpeó con insistencia la aldaba del portón de la casa de Fernando que era la más cercana. Un sirviente abrió y Carlos Augusto entró al zaguán.

-Cierra bien esa puerta. Hay una turba muy cerca de aquí ¿Está mi sobrino? Dijo Carlos Augusto agitado.

-Sí, aquí estoy. Dijo Fernando caminando hacia su padre. Escuché los golpes y tu voz. *¿Qué ocurre?*

-¿Recuerdas la historia de El Gavilán? Fue hace muchos años, pero está a dos cuadras de aquí y al mando de un grupo de hombres armados. Me identificó y le dijo a sus hombres que me miraran bien, que yo era uno de los godos. Ese hombre siempre ha sido peligroso y malvado.

-¿Tío, lo vieron entrar?

-No, al dar vuelta en la esquina ya no podían verme. Pero si saben en que dirección caminaba.

-Pero casi nadie sabe que vivo aquí, salvo algunos pacientes, así que como Mariana está en Altagracia, no hay razón para que regrese a su casa. Aquí estará seguro y de ser menester, salgo yo y busco ayuda.

-Tienes razón, el pleito entre paecistas y monagistas no es mío, pero hay que avisarle a los amigos para que tengan cuidado. Le escribiré una nota a Juan del Río y otra a Fermín Toro para que se cuiden. ¿Cómo sigue Juan Lorenzo?

-Muy mal, me estaba vistiendo para ir a verlo. Ya no reconoce a nadie, casi no come y su corazón se debilita día a día.

-Nos pusimos viejos, cualquier día me tocará también a mí, la verdad Fernando, es que en la familia hemos sido longevos. Yo cumpliré pronto 79 y me debería haber ido antes que tu padre que es un año menor, pero dime ¿tu no piensas casarte nunca? Fernando sonrió antes de responder.

-Sí tío, el año entrante, Milagros y yo fijamos fecha para exactamente dentro de un año.

-Entonces concluirá tu larga soltería, tan larga que ya muchos pensábamos que nunca te casarías. El viejo Galíndez estaba muy inquieto, hasta me pidió hace unos meses que hablara contigo, cosa que naturalmente no hice, pero con tu fama de picaflor había buenas razones para que la familia de tu novia estuviera preocupada.

-Es que ella era muy jovencita cuando comenzó el noviazgo, había que esperar un poco.

-Sí, ella jovencita y tú ya cuarentón, pronto para ella y tarde para ti. Sentenció Carlos Augusto sonriendo.

Al día siguiente a media tarde, escucharon los disparos. Fernando envió a su único sirviente, Cristóbal, a indagar y este regresó casi inmediatamente.

-Hay muchos hombres armados que disparan hacia el Congreso desde la calle y de adentro también sale plomo. Le dieron a uno en la cabeza y me vine corriendo, el señor doctor me perdonará, pero la zampablera está fuerte y me dio miedo…

-Hiciste bien Cristóbal, gracias y más bien nos debes perdonar a nosotros que te mandamos a ver que pasaba. Contestó Carlos Augusto.

Era casi de noche cuando reunidos en casa de Carlos Augusto, se enteraron de los detalles a través de Víctor Carvallo Ponte, el segundo hijo de Alfonso que regentaba un comercio y era un paecista apasionado. En contra de la opinión de su padre y de su mujer, había salido armado esa mañana con la excusa de que iba a defender a los diputados. Víctor salió ileso, como otros que estaban en la barra. El Coronel Smith intentó contener a la turba, pero eran demasiados y al final entraron al patio, pero no llegaron al recinto del Congreso. Hubo varios muertos y como treinta heridos. Santos Michelena había recibido una puñalada en la espalda. Vargas y Acosta lo estaban atendiendo. Los milicianos y hasta Monagas que se presentó más tarde no pudieron contener a la turba. Casi todos los muertos fueron apuñalados en la puerta del convento. Juan del Río se levantó y habló con indignación:

-La culpa de todo esto la tiene Guzmán y sus amigos. De un cofre saqué esta copia de Las Avispas, el diario más raposero que se haya inventado en nuestro país. Fue publicado hace poco menos de dos años y escuchen lo que se escribía: " …la cabeza de Soublette rodará ensangrentada."

-También, en el encabezado se meten en la intimidad de Páez y leo: "Los enemigos de la patria, los asesinos encubiertos y los ladrones, los que hacen alarde de inmoralidad, los que viven públicamente con una concubina, al paso que desprecian la tierna esposa que les dio la Iglesia…de esos es el mas fiel retrato es el GENERAL JOSE ANTONIO PAEZ."

Carlos Augusto se levantó y todos guardaron silencio. Se había dejado la barba y con el algo de corpulencia que había ganado, tenía un aspecto imponente.

-Juan eso no es otra cosa que la espuma que cubre el agua. Todo el país es un desastre, mientras corren aguas sucias por las calles, la gente muere sin atención en hospitales que son una desgracia y no faltan niños mugrientos y medio muertos de hambre, Magín Casanova da clase de polka y rigodón, los Penella de filarmonía, Gentzen de piano, el señor Peyer hace buen negocio vendiendo pianos y pianitos y en la tienda de Costa hay cualquier atuendo lujoso y a la última moda. No los culpo, ellos tienen derecho a mantener sus oficios y negocios, culpo a las asambleas, constituciones y ciudadanos que no han sido capaces de crear una verdadera nación.

-Tienes, como siempre, toda la razón: Lagoteros, pisaverdes, politicastros lacayunos y hasta agiotistas rodean a los generales y éstos se dejan halagar. Una parte pequeña del país es cada vez más próspera y la otra, muy grande, sigue siendo tan pobre o más, que en 1830. La moral está por el suelo, un día condenan a un facineroso y al otro aparece como jefe de alguna cosa. Me resulta difícil dar una clase de derecho en la universidad cuando tengo la certeza que los estudiantes no creen en lo que enseño. Dijo Juan redondeando el diagnóstico.

-No hay autoridad. Acotó Juan Lorenzo. *Nadie cree en las instituciones, en las leyes o en los gobernantes.*

-Páez hizo más que nadie y no lo respetan, si fuera Presidente otra vez y fusilan a Guzmán... Intentó argumentar Víctor, pero Fernando lo atajó:

-Víctor trata de ser sensato. No niego que en los primeros años Páez fue respetado, hubo libertad de expresión, progreso y todo lo que quieras, pero después resultó incapaz de darle un rumbo al país. Como siempre ha dicho nuestro tío, los cambios tienen que ser profundos, como está ocurriendo en Europa y en los Estados Unidos de Norteamérica.

-Que mejor muestra del desastre que vivimos que la experiencia de Desarennes. Hace tres años que le robaron las mulas y nunca aparecieron. Hasta un artículo fue publicado en El Liberal, al

francés le robaron más de 80 mulas que trajo de la Nueva Granada y nunca averiguaron quien se las quitó. Agregó Juan.

La tertulia fue interrumpida por los sirvientes que comenzaron a traer platillos y bebidas desde la cocina bajo las instrucciones de Mariana y la colaboración de Amparo, quien con su sempiterna sonrisa intervino a viva voz:

-No piensen, ni por un instante, que por ocuparnos de vuestro apetito, hemos dejado de oírlos o de tener opinión sobre lo que dicen. Escucha Víctor, las dos somos amigas de Barbarita y a mí en particular me afecta lo que dicen del concubinato de Páez, ya que, legalmente, esa es mi condición. Por fortuna Juan es tan concubino mío como yo de él y es evidente que de eso no depende el futuro de la patria. Grave me parece que cada general que pasa por el gobierno tenga una esposa en la casa y tres amantes fuera de ella, que robe al erario público para mantenerlas, compre el apoyo de una sarta de mal vivientes y que todos acepten esa situación. Un día los pobres se van a alzar y habrá una degollina.

22

La mitad del siglo

Caracas, agosto de 1849

Encarnación Carreño había sido trasladado a Caracas junto al resto del regimiento. Su vida había cambiado y ahora vestía el uniforme de capitán, no tan vistoso como aquellos que portaban los españoles y que aún recordaba de su niñez. Pero aún con la casaca medio raída, disfrutaba la sensación de poder. Los soldados que había tenido a su mando lo detestaban y hacían cualquier cosa para que los trasladaran, pero El Gavilán era tan brutal con sus subordinados, como complaciente con sus superiores. Había logrado de un modo u otro, sin faltar las artimañas, hacerse con una propiedad bastante adecuada cerca de Calabozo, Allí dejó a un capataz a cargo de las doscientas reses que buena plata valían y, no sólo porque amaba la vida de soldado, el riesgo y la violencia, sino porque además, mientras vistiera uniforme, habrían nuevas oportunidades. Presintió que José Tadeo Monagas alcanzaría el poder y desde antes de las elecciones se fue arrimando a los seguidores del caudillo oriental y para el día en que el Congreso fue asaltado ya jugaba el triple papel de Capitán, policía y alentador de las turbas que con relativa facilidad se podían soliviantar con aguardiente y unas monedas.

Ver a un Carvallo no le hizo recordar que estaba vivo gracias a los servicios del abogado de la familia, pero si con detalle, la bala que Guillermo le había metido en la barriga cuando los atraparon en la barranca. Tres días después, en una frecuentada taberna de mala muerte, encontró al carretero que con frecuencia prestaba servicios a los Carvallo, a los del Río y otras familias. Tomás, era tan conocido por la eficiencia con que prestaba servicios, como por su amor por el aguardiente y además, porque tan pronto se achispaba, le daba por chismear para delicia de la audiencia. No era extraño que, rodeado por vendedores del mercado, sirvientes, mendigos y otros asiduos al establecimiento, contara o inventara picantes historias sobre las familias ricas a quien servía. Quien le pegaba a su mujer, con quien era infiel tal o cual señora, cuales sirvientas eran más accesibles que otras, eran parte de las historias que su audiencia disfrutaba. El Gavilán, explorando la vida nocturna, se encontraba allí el día que Tomás decidió contar la historia del descubrimiento del marido de Amparo y como, según él, lo habían ocultado enviándolo a una hacienda lejos de Caracas.

-Como el hombre está loco, se fue contento porque los Carvallo le dan cama y comida, mientras antes, cuando lo conocíamos como Manuel, estaba jodido. Dormía donde lo cogía la noche, comía cualquier vaina...

-Entonces ahora está en la buena, yo también me voy a hacer el loco a ver si me recogen. Dijo un mendigo

-Cállate que si a ti no te coge nadie por lo hediondo, menos te van recoger. Respondió Tomás que no sólo era chismoso, sino ágil con la lengua.

Carreño, desprovisto de uniforme, se acercó al escuchar el nombre Carvallo y Tomás, que lo reconoció aún sin el uniforme, estuvo más que dispuesto a relatar de nuevo la historia.

-Entonces Tomás, ¿estás seguro que Manuel el loco es el verdadero marido de Amparo de la Sierra, ahora señora de Juan del Río?

-Tan seguro como que el general Monagas es presidente y su merced es..

-Otro parroquiano. Lo atajó Carreño, poco interesado en que se divulgara su nombre en esa taberna, aunque en otras ya era bien conocido. El Gavilán se levantó y abandonó el local, no sin antes dejar unas monedas sobre la mesa con la certeza que serían bien recibidas por Tomás, el mendigo y los dos vendedores de hortalizas que constituían el grupo.

La información debería servir para algo, pensó Carreño mientras caminaba de regreso al cuartel, pero por el momento no tenía la menor idea de cómo emplearla. En las siguientes semanas, preguntando discretamente aquí y allá, averiguó que la familia de la Sierra era considerada como bastante pudiente antes de la guerra y decidió indagar en que medida eso era cierto. No era una tarea fácil, los años de turbulencia habían causado muchos cambios en las propiedades. Cada vez que los realistas tomaban el poder expropiaban a los que luchaban en el bando contrario y lo mismo ocurría cuando los independentistas derrotaban a los primeros. Los padres de José María de la Sierra habían sido realistas, pero éste tomó el camino contrario hasta que desapareció, supuestamente muerto.

Carlos Augusto cumplió ochenta años y aunque en opinión de muchos había una severa crisis económica, Mariana y los hijos decidieron celebrar por lo alto, en Caracas y no en *Altagracia* donde era usual hacer las fiestas de cumpleaños. Entre otras razones, porque la salud de Carlos Augusto había estado de nuevo comprometida a raíz de una pulmonía y, en plena recuperación, los médicos de la familia habían recomendado que no viajara. El mayor problema giró en torno a los posibles invitados por el ardiente clima político, enardecido aún más después de la aprobación de la ley de Fiestas Nacionales que colocaba, a la par del 19 de abril, el 5 de julio y el natalicio de Bolívar, el 24 de enero de 1848 por haber sido el día en que se "logró la derrota de los godos". Al final decidieron que sólo sería la familia y algunos amigos muy cercanos. Aún así, pasaban de un centenar y el festejo no pasó desapercibido. Entre los invitados estaba Fermín Toro con quien alternaban con frecuencia en los valles de Aragua y Mariana, en un hábil gesto, también invitó al inefable Antonio Guzmán, que había sido designado ministro por Monagas pocos días antes. Guzmán, por razones que Carlos Augusto desconocía, le tenía una especial simpatía. Esa tarde Juan del Río logró, por unos minutos, que Fermín Toro y Antonio Guzmán, alternaran amigablemente, cada uno con una copa de jerez en la mano. Además averiguó la razón de la melosa actitud de flamante y nuevo ministro: Carlos Augusto y Fermín habían manifestado en varias oportunidades su desacuerdo con la condena a muerte contra Guzmán dictada en 1847.

-Carlos Augusto, ya sé porque Guzmán te tiene tanto aprecio. Comentó Juan del Río después de apartar al cumpleañero de un grupo de señoras que obviamente lo tenían fastidiado.

-¿Por qué será? Yo no le tengo ninguno.

-Pues porque te opusiste a que lo fusilaran el 47.

-Me he opuesto siempre a la pena de muerte. Además Guzmán no ha hecho ni más, ni menos que la mitad de los caudillos orientales que ahora están en el poder.

-Cierto es, pero sin duda Guzmán es diferente. Me recuerda en algo al Marqués de Casa León. Hay algo genial y turbio, pocos hombres son condenados a muerte en un marzo, luego, en junio se la conmutan por el exilio perpetuo y dos años después, el mismo que lo exiló, lo nombra ministro.

-Guzmán es el Lázaro de la política, a cada rato resucita. Sentenció Carlos Augusto mientras observaba a Alicia, una vez más aislada de los demás y mirando a través de la ventana.

Carlos Augusto se separó del grupo y con un gesto llamó a Fernando. Este caminó hacia su tío y ambos salieron hacia el patio.

-Fernando ¿cómo sigue Alicia?

-Igual tío, sino peor. Las alucinaciones aumentan y el opio sólo la tranquiliza por unas horas. Por fortuna Francisco la adora y hace lo posible.

Alicia siempre había sido peculiar. Desde niña mostraba una conducta diferente a la de las niñas de su edad. Hablaba poco, evadía el contacto con otras personas y siempre estaba distraída. "Vive en su propio mundo" dijo Mariana en una oportunidad. Después de su matrimonio y de dos embarazos frustrados, su condición se agravó. Varias veces la sorprendieron conversando como si hubiera alguien más en la solitaria habitación, luego surgieron ataques de pánico que descomponían su hermoso rostro. "Son alucinaciones", diagnosticó Fernando y para ello no conocemos ninguna medicina. Lo único que consideró prudente fue recetarle un opiato para calmarla cuando estaba demasiado inquieta. No faltó quien opinara que aquí y allá había curanderos que podían hacer algo por ella, pero privó la racionalidad del médico y tanto el esposo como el resto de la familia se acostumbraron a vivir con los extravíos de Alicia.

A mediados de diciembre Carreño logró tener acceso al documento, bien legal y registrado, en el que se consignaban todos los bienes que José María poseía antes de su matrimonio. Comparó ese listado con lo que antes había averiguado y encontró una discrepancia: en el documento firmado por los testigos, abogados y juez pocos meses atrás, faltaba una hacienda ubicada en los valles del Tuy registrada en 1782 a nombre del padre de José María de la Sierra. Aprovechó una licencia y acompañado por un soldado que estaba siempre a su disposición, fue a visitar la hacienda con la certeza de que su buen conocimiento de la zona, le permitiría ubicarla con facilidad.

Caracas, enero de 1850

El inicio de la mitad del siglo fue conmemorado de diversos modos, pero todos empañados por el estancamiento de la economía. Después del progreso vivido en el primer gobierno de Páez, el país parecía dormido. La avalancha de culpas lanzadas sobre Soublette comenzaban a ser trasladadas a Monagas que había prometido villas y castillos y bien poco había logrado. Los liberales, ahora en el poder, seguían haciendo responsables de cuanta calamidad existía, que no eran pocas, a los godos, oligarcas y conservadores, tres calificativos que eran endilgados a los seguidores de Páez, Vargas y Soublette. La producción agrícola se había desplomado en 1849 y las exportaciones también. Los conocedores del tema estimaban que la producción en ese año había sido de casi una quinta parte menor a la de 1848. También había cierta preocupación por las relaciones con los británicos que a su vez sospechaban que el gobierno de Venezuela deseaba ocupar Barima en la aún indefinida frontera del Esequibo. En particular porque habían transcurrido seis años desde que Lord Aberdeen le había hecho una proposición al gobierno venezolano y éste nunca respondió.

En *Altagracia* la familia estaba reunida. Carlos Augusto había establecido la costumbre de evaluar los resultados de los negocios familiares después de las festividades navideñas. Sobre Guillermo se encontraba la conducción de *Altagracia,* él aún llevaba la cuentas de *La Esperanza,* pero delegaba cada vez más la responsabilidad en Carlos, aunque éste estaba más interesado en introducir nuevas técnicas en el cultivo del café, que en el cacao y finalmente Matías llevaba las riendas del hato ganadero que habían bautizado con el nombre de *La Soledad.* Las cuentas totales estaban en manos de Augusto que además llevaba todos los asuntos legales de las tres haciendas. Gustavo, cada vez más alejado de la práctica médica, tenía su propia casa de comercio que no sólo manejaba la exportación de cacao y café de la familia, sino que se había transformado en un importante establecimiento con vínculos con exportadores ingleses y holandeses, preservando estrechas relaciones con la casa Van Linden.

-*¿Cómo están los negocios en Curaçao?* Preguntó Carlos Augusto.

-*Muy bien.* Respondió lacónico Gustavo.

-*Yo creo que Gustavo tiene algo más que buenos negocios en Curaçao, ni siquiera regresó para Navidad.* Acotó Guillermo con cierta picardía en la voz.

-Sí *y ya es tiempo que lo diga. Estoy cortejando muy en serio a Lisa, la hija de Van Linden.*

Carlos Augusto se levantó y abrazó a Gustavo, mientras los hermanos lo felicitaban.

-*Bien, entonces este año tendremos dos matrimonios. Matías me informó esta mañana que anda en amores con Lucila Gómez de Valencia. Yo conocí al padre hace algunos años.*

-*¡Alabado sea el señor!* Exclamó Guillermo. *Lo malo de todo esto es que en lugar de hijos van a tener nietos.* Añadió en una nítida referencia a la prolongada soltería de sus hermanos.

-*¿Quieren saber cómo fueron las cuentas del año o vamos a chismear el resto de día?* Apuntó Gustavo, poco amigo de contar sus intimidades y menos de hacer chistes.

-*Vamos a ver las cuentas.* Sentenció Carlos Augusto.

No había sido un buen año, pero tampoco el peor. Lo que habían dejado de exportar, lo habían ganado con las importaciones y la baja en la producción había impulsado los precios del maíz, el azúcar, la carne y los cueros. Matías planteó la conveniencia de adquirir tierras cerca de la cordillera para el engorde del ganado que se producía en *La Soledad* ya que la estación seca era muy extrema y la nueva bomba de Carlos Roberto había instalado sólo podía regar un área que no era suficiente para las necesidades del rebaño que seguía creciendo. Decidieron invertir parte de las utilidades comprando dos casas en Caracas y una en La Victoria, y ya casi concluidos los asuntos a tratar, Carlos Augusto les informó:

-*Francisco León quiere vender sus tierras y dedicarse al comercio en La Victoria. Lo que aspira parece razonable.*

-*Magnífico.* Exclamó Guillermo. *Así se acabaría el problema con el agua y de paso nos libramos de un vecino que nunca nos gustó demasiado.*

-*Hay algo más.* Dijo Carlos Augusto y continuó después de una pausa: *Pienso que si compramos deberíamos entregarle el manejo de esas tierras a José María, el hombre ha aprendido todo lo necesario para dirigir una hacienda mediana y cada día se hace más difícil ocuparlo en Altagracia o en La Soledad.*

-*Y yo también.* Agregó Guillermo. *José María aún no recuerda todo, pero ha mostrado inteligencia y además tiene un don de mando que no puede ocultar. A veces causa algunas situaciones incómodas.*

-*¿Acierta o se equivoca?* Preguntó Augusto.

-*Ese es el problema, acierta, pero no hay lugar para tantos jefes en un solo sitio. Además, tengo por seguro que José María estaría de acuerdo, él quiere más independencia.*

-¿Cómo sabes que quiere alejarse de nosotros? Preguntó Carlos Augusto.

-Pues padre, es muy simple. Me lo dijo hace una semana, el hombre está enamorado y quiere casa propia.

*-Pero es muy viejo para andar en eso...*Dijo Carlos.

-Parece mayor, pero sólo tiene poco más de cincuenta. De hecho, si no recuerdo mal, de acuerdo a sus papeles, nació el 97 así que cumplirá 53. Informó Augusto que conocía los detalles.

-Casi igual que Matías y Gustavo que también se han enamorado de viejos. Agregó Guillermo dándole un toque de humor a la conversación.

-Vamos, no exageremos, que yo nací en el año cuatro y Gustavo en el 12, así que sois de mayor edad.

-Falso, el mayor es Carlos Roberto que está rozando los cincuenta, sólo que le roba la pomada a Cristina y se la pone todas las noches.

-La envidia es una enfermedad. Respondió Carlos que había guardado silencio hasta que Guillermo lo involucró.

La voz de Mariana interrumpió las chanzas:

*-Ya les he dicho que en ésta casa está prohibido hablar de la edad de nadie y si alguien menciona la mía, descuelgo el látigo mandador que está colgado en la cocina y...*Concluyó haciendo un gesto elocuente de lo que les haría. *Ahora vamos a cenar que ya está servido.*

-Un momento Mariana. Falta tomar una decisión ¿que opinan sobre la compra? Todos asintieron. *¿Mariana le dijiste a José María que cenara con nosotros?*

-Sí, ya está en el comedor.

-Papá ¿entonces estabas seguro que todos estaríamos de acuerdo? Preguntó Gustavo con un tono que reflejaba cierta molestia.

-Casi seguro, pero quién tenía certeza absoluta de que todos estarían de acuerdo era Mariana. Saben, las madres rara vez se equivocan.

-Pero ¿y si alguno de nosotros de hubiera opuesto? Preguntó Augusto.

-Pues seguramente la cena se haría tarde, pero con certeza antes del desayuno ya tendrían algún acuerdo ¿Acaso no sé cuan

inteligentes son mi marido y mis hijos? Agregó Mariana con una sonrisa.

-*Y además, gallardos y bien parecidos.* Agregó Guillermo haciéndole una exagerada reverencia a Mariana.

Una semana más tarde, en La Victoria, se firmaron los documentos y ese mismo día José María les presentó a su mujer, la que, para sorpresa de todos, no era una jovencita con dificultades económicas como algunos suponían, sino Concepción Hernández, viuda cuarentona de un sargento y propietaria de la única tienda de ropa femenina que existía en el poblado. Todos sabían que allí, cuando no lo hacían en Caracas, compraban Mariana, Albertina, Cristina y otras señoras de la localidad. Carlos Augusto y sus hijos sospecharon de inmediato que detrás del romance se encontraba la hábil mano de Mariana. Cuando Concepción contrató a una jovencita de La Victoria para que se encargara de la tienda y se mudó con José María, no sin que antes remodelaran la destartalada casa que había dejado Francisco León, ni siquiera el Padre Amengual, recién llegado de España y sustituto de Venancio, hizo comentario alguno. A fin de cuentas casi la mitad de sus parroquianos vivían en concubinato y su predecesor lo había aconsejado instruyéndole muy sobre los límites de su ejercicio clerical.

23

Herederos de Altagracia

Altagracia, abril de 1853

Gustavo, Guillermo y Carlos Roberto regresaron en marzo de Nueva York. Cuando el pequeño barco a vapor se aproximó a La Guaira, agradecieron las cálidas ráfagas de viento que rompían el bochorno del mediodía en el puerto. La experiencia de más de un mes en el clímax del invierno había sido contrastante. Primero el extraordinario paisaje cubierto de nieve que rodeaba a la pujante ciudad, después el viento gélido y los charcos de agua helada que se alternaban con la nieve sucia y el excremento de los caballos. Nueva York fue la escala final ya que el propósito del viaje era visitar los astilleros y la intención explorar la posibilidad de iniciar un nuevo negocio.

A fines de noviembre habían viajado a Nueva Orleáns, pero los barcos de vapor disponibles estaban destinados a la navegación por los ríos. Algo similar les ocurrió en Virginia y finalmente terminaron en Nueva York pensando que allí podrían encontrar lo que deseaban: un vapor adecuado para navegar entre Maracaibo, las islas cercanas como Curaçao, Aruba, Bonaire, Margarita y Trinidad, así como la asesoría necesaria para tomar la mejor decisión. La presencia de barcos a vapor era un evento raro, ocasionalmente llegaba alguno a La Guaira y más de una vez se habían ensayado en el Lago de Maracaibo, pero la vela seguía siendo dominante. Encontraron lo que deseaban, pero traer el vapor hasta La Guaira era una empresa tan complicada y costosa como el mismo navío y querían la aprobación familiar antes de tomar la decisión, en particular cuando se enteraron que con bastante frecuencia ocurrían accidentes con las calderas. Pero el viaje quedó más que justificado con el negocio que cerraron con una importante casa de importación de café ubicada en Nueva York.

La decisión de visitar a Páez no fue casual, cruzaron cartas con Carlos Augusto desde Nueva Orleáns y éste, al saber que irían a Nueva York, les envió una breve misiva para el General. Tres días antes de la visita, un mensajero del Hotel le llevó la carta al General, quien los recibió con regocijo. Los hermanos pasaron una velada interesante con el exilado, que si bien bastante enterado de lo que sucedía en Venezuela, estaba ansioso por conocer detalles y hasta trivialidades de la vida cotidiana. La política estuvo ausente hasta que salieron del comedor y Páez les ofreció unos largos y aparentemente costos cigarros Partagás para acompañar una copa de Cognac. Ni Carlos, ni Guillermo eran muy afectos a los cigarros, pero aceptaron la oferta del General. Por el contrario Gustavo los disfrutaba y con frecuencia los obtenía a través de los Van Linden.

-Pues bien mis queridos amigos ¿qué dicen sobre mí en Caracas?

-De todo. Contestó Guillermo cauteloso.

-¿Para bien o para mal?

-Ambas. El General bien sabe que las opiniones están divididas, desde la mayor admiración, hasta el más feroz de los odios. Agregó Carlos Roberto obviando los detalles de la lluvia de insultos que periódicos y panfletos publicaban continuamente.

-Estoy al tanto. Lo peor es que desde que el infame Juan Vicente González hizo de Bolívar un Dios, se está construyendo una historia diferente. En el año 42 Fermín Toro y yo honramos al Libertador. Traer sus restos tenía esa intención y acepto que también la de tratar de unir a los venezolanos, pero ya el canónigo Espinosa lo estaba elevando a una condición divina.

-Creo que su opinión es justa. Mi padre, al igual que usted, conoció bien a Bolívar y creo que apreciaron y reconocieron su genio Pero de esto a lo que algunos panfletistas escriben, hay un mundo de diferencias. Algunos hasta niegan la existencia de cualquier mérito a sus generales o, peor aún, a las instituciones españolas.

Escriben como si no hubiera existido el mundo antes de Bolívar. Dijo Guillermo, sorprendido con su propia vehemencia.

-*La historia, y eso lo he aprendido en mis lecturas...* - Dijo Páez mientras indicaba con la mano su bien provista biblioteca- *es escrita por los que toman las grandes decisiones, pero también por las circunstancias. Yo no hubiera actuado como lo hice entre 1828 y 1830 si hubiera estado solo. No me justifico, pero tampoco me arrepiento. Soy responsable como el que más, pero sentí que compartía los sentimientos de la mayoría y que si hubiera actuado en otra forma, la guerra entre hermanos era inevitable. Ahora, muchos que apoyaron la separación y hasta injuriaron al Libertador, lo quieren convertir en la figura central de un nuevo Olimpo. Del otro lado también reina la necedad al extremo que me acabo de enterar que algunos de mis seguidores encargaron en Francia unos tarros de pomada adornada con mi figura.*

-*¿Piensa regresar?* Preguntó Carlos Roberto con ingenuidad.

-*Me lo pedirán y si lo hacen, pues regresaré. Pero no les digan esto a los liberales.* Contestó Páez con honestidad concluyendo la frase con una breve risa. Carlos Roberto y Guillermo también sonrieron y luego guardaron un breve silencio. Gustavo, aparentemente ensimismado y disfrutando lo que quedaba del cigarro, miró intrigado al General. Guillermo colocó las manos sobre los brazos del sillón.

-*General, ya es tarde y pienso que es prudente regresar al Hotel. Nos han dicho que las calles de Nueva York no son muy seguras, además embarcamos mañana a primera hora.*

-*Así es. Esta ciudad está creciendo con rapidez y atrae gente de todo el mundo. La mayoría en busca de trabajo, pero no faltan los maleantes.* Contestó Páez levantándose con una agilidad que no guardaba relación con su edad o volumen corporal, tomó un sobre que reposaba sobre el escritorio y se lo entregó a Carlos.

–*Unas breves líneas para el general Carvallo con mis respetos.*

Encontraron a su padre con escaso ánimo para tomar decisiones. En el último año Carlos Augusto había envejecido en forma evidente. Después de la muerte de su hermano en agosto, los hijos observaban con preocupación el cambio de conducta de su padre. La memoria estaba intacta y cuando en las conversaciones se tocaba algún tema de su interés, participaba como siempre, pero su iniciativa se había apagado.

-Si nuestra vida fuera una obra de teatro parece que nuestro padre ya no quiere ser actor, sino parte del público. Sentenció Carlos Roberto conversando con Mariana.

-Tienes razón, pero no debemos olvidar que ya cumplió 82 años. A veces simplemente está cansado y más de una vez me ha dicho que quiere que ustedes tomen las riendas, aunque después que ustedes deciden algo, él quiere opinar.

-Lo entendemos Mariana, no es fácil para un hombre que por sesenta años tomó decisiones, dejar a los hijos tomar su lugar.

En enero decidió regresar a *Altagracia,* no sin antes dejar en orden todos sus asuntos como si fuera algo rutinario. Hernán Cortés con la característica discreción de los abogados, no hizo preguntas.

-Hernán, ya sé que te intriga que no le haya pedido a mi hijo ocuparse de estas cosas, pero tengo mis razones. Te ruego que guardes todos esos documentos y sólo cuando ya no esté entre ustedes, llamarás a mis hijos y se los entregarás

-Tío, entiendo y tenga la certeza que nadie sabrá sobre lo que hemos hecho hoy.

Hernán, como lo había hecho su padre durante buena parte de su vida, participaba en los asuntos legales de la familia aunque buena parte de esas responsabilidades se encontraban en manos de Augusto. Al cerrarse la puerta, Augusto, aún con los documentos en la mano, sintió que su respeto y admiración por Carlos Augusto, de hecho muy elevada, había crecido otro tanto. El testamento no sólo era extraordinariamente equitativo, colocando en salvaguarda el futuro de cada uno de los hijos, incluyendo a Matías, sino meticuloso en el sentido de proteger el patrimonio de las mujeres de la familia, Mariana, María Isabel su hermana y sus tres hijas, Rosa, Marianita y especialmente Alicia. Además, aseguraba el futuro de Quiroga y su familia. Aunque no le sorprendió, si le llamó atención el aporte que, a medias con

Juan del Río, cubría los gastos de Pedro Pérez, en Inglaterra y Francia.

Desde la loma y hacia el sur, observaba los pastos amarillentos y las colinas que, aún verdes, marcaban a lo lejos los límites de la hacienda. Aún pasarían casi dos meses antes de la llegada de las lluvias, pero había suficiente pasto para el ganado y, en su nivel más bajo, todavía corría agua por los canales. Carlos Roberto había sustituido las bombas originales por unas más eficientes y un embalse de cierta magnitud garantizaba ahora el suministro de agua durante todo el año. Le había pedido a Quiroga que lo dejara solo asegurándole que era perfectamente capaz de montar el caballo cuando decidiera regresar.

-Al menos dígame cuando va a regresar para que Doña Mariana no se preocupe.

-Antes de anochecer. Contestó Carlos Augusto consciente de la irritante imprecisión de sus palabras.

Quiroga tomó las riendas del caballo y sin contestar, cabalgó colina abajo rumbo a la casa. Al llegar le informó a Mariana que Carlos Augusto estaba bien y que regresaría para cenar.

-Doña Mariana no se preocupe, no lo voy a dejar solo, pero no quiero pelear con él. Voy a darle la vuelta a la colina por el lado del camino, dejo el caballo abajo y subo en silencio hasta cerca de la toma de agua. Desde allí lo puedo ver.

-Gracias Quiroga. Es que se esfuerza mucho para subirse al caballo y no quiere que lo ayuden.

Se ocultaba el sol detrás de las colinas del Oeste cuando Quiroga escuchó las maldiciones que soltaba Carlos Augusto tratando, sin éxito, en subirse al caballo. Quiroga descendió con rapidez hasta donde estaba su caballo, lo montó, descendió e hizo un giro, para luego espolear al animal para que subiera por la misma ruta en que había descendido un par de horas antes y así hacerle pensar a Carlos Augusto que venía de los potreros.

-Don Carlos, buenas tardes. Vengo de los potreros y decidí pasar por aquí a ver si todavía estaba.

-No mientas Quiroga. Los que mienten se van al infierno, al menos eso es lo que dicen los curas. Yo estoy seguro que me estabas espiando, pero no importa. Ya que estás aquí ayúdame a subirme a esta maldita bestia que sin duda creció un palmo mientras yo miraba el paisaje. Quiroga, me puse viejo y me voy a morir, pero no quiero aceptarlo.

Quiroga se acercó y en silencio lo ayudó a subir al caballo. No iba a darle la razón, ni tampoco a decirle lo contrario, así que desvió la conversación.

-Matías, que es casi un cura, dice que eso del infierno es puro cuento y yo pienso que tiene razón. Si existiera un infierno y si todos los pecadores caen allí, no habría espacio para todos. Además el desorden sería terrible.

-Matías era fraile y no cura. Además ya no hace falta que digas mentiras. Yo sé que tú y Mariana me vigilan todo el tiempo. No hace falta que te escondas. Mañana quiero ir hasta la caída de agua, bañarme allí, almorzar cerca del estanque y dar un vistazo a los potreros. También quiero que me acompañen los dos.

La jornada fue larga y en contra de la opinión de Mariana, Carlos Augusto, se despojó de la ligera camisa y las botas, y con el pantalón puesto se bañó al pie de la pequeña cascada disfrutando el agua fresca, casi fría, que bajaba de la montaña. Después se recostó de una gran roca y se secó al sol. Disfrutaron, en silencio, del ligero almuerzo que Mariana había dispuesto, incluyendo los primeros mangos de la estación, que no eran los mejores, ya que sería en mayo y junio cuando los árboles que habían introducido varios años atrás, dieran las mejores frutas. Comieron escuchando el ruido del agua al caer y el ocasional trinar de los pájaros que encontraban refugio en la densa vegetación. Concluido el almuerzo conversaron sobre los temas más diversos bajo la sombra de un samán de gran porte. Carlos Augusto, relajado, colocó la cabeza en el regazo de Mariana, se tapó la cara con el sombrero, cerró los ojos por unos minutos pensando que debían repetir la experiencia de ese día. Luego dejó que los recuerdos desfilaran por su memoria: imágenes borrosas de su infancia, se alternaron con frases, ideas, eventos y más imágenes, cuya nitidez aumentaba en la medida en que eran más antiguas.

De regreso a la casa encontraron a Guillermo y a Carlos Roberto que los esperaban. Ambos querían finiquitar el asunto de la compra del vapor lo antes posible. Los rumores de guerra en Europa estaban llegando por cuenta gotas. El Imperio Otomano se fracturaba y cada una de las potencias europeas sospechaba que otra tomaría ventaja. También en los Estados Unidos había un clima de tensión entre los estados del Norte y los del Sur sobre el tema de la esclavitud y las relaciones con México seguían siendo muy difíciles. Todo esto podía elevar el precio de los vapores o modificar el comercio con los ingleses y los holandeses que a fin de cuentas era el objetivo. Carlos Augusto mostró mayor interés y cuando Mariana los llamó a cenar seguían balanceando ventajas y obstáculos al proyecto. Carlos Roberto ahora ardía en deseos por que lo aprobaran, Guillermo mantenía una actitud más conservadora y Carlos Augusto, en una postura socrática, iba filtrando argumentos a través de agudas preguntas. Caminando hacia el comedor Carlos Augusto se detuvo y mirando a sus hijos preguntó:

-¿Por qué no deciden ustedes?, a fin de cuentas es un negocio en el cual yo no voy a participar. Quizás la opinión más importante es la de Gustavo.

-Él está de acuerdo y también los Van Linden, de otro modo no estaríamos aquí. Por lo que veo el único que duda soy yo. Creo que podemos concluir que vamos a tomar el riesgo. Concluyó Guillermo.

Al día siguiente y sin aviso, llegó Juan del Río. Consciente de ser bienvenido, en los últimos años había obviado el complejo protocolo de enviar a un sirviente par dar aviso de su visita. Con el tiempo se había acostumbrado al viaje desde Caracas y ahora, hasta encontraba cierto placer en la larga cabalgata que años atrás había percibido como una tortura. Llegó acompañado por Pedro quien, recién llegado de Europa, quería saludar a Carlos Augusto y darle personalmente las gracias. Esa noche, en la sobremesa, expresó sus preocupaciones.

-Cada día llegan más pobres a Caracas y a lo largo del viaje es evidente que la misma aumenta también en los campos. Creo que algo terrible va a ocurrir.

-Compartimos tu preocupación. Dijo Carlos Augusto. *Mientras algunos se ocupan de las apariencias, en particular los diputados y el gobierno, el país está paralizado. La población crece y no hay nuevos empleos.*

-Pedro me ha contado lo que ocurre en Francia y muy especialmente en Inglaterra. La agricultura sigue siendo importante, pero es la industria la que genera nuevos empleos. Textiles, fundiciones y ferrocarriles, se crean nuevas empresas navieras y aumentan los productos para exportar. Mientras que aquí tenemos dos fábricas de velas, una de jabón, un molino de trigo, media docena de sastres y ni siquiera contamos con un aserradero decente. Se quejó Juan del Río.

-Don Juan- Agregó Carlos Roberto – *vimos lo mismo en el Norte de los Estados Unidos. La industria también crece, mientras que el Sur es parecido a Venezuela, allí también hay esclavos y plantaciones, grandes fortunas y una enorme masa de miserables. En el Norte el prestigio viene de la riqueza, en el Sur de las plantaciones aunque estén arruinadas.*

- Juan Lorenzo y tu primo Fernando, que de estas cosas saben mucho, dicen que este país no progresa porque la mayoría están enfermos. En los llanos el paludismo, en la costa la elefancia, en las ciudades el cólera. Los hospitales son un desastre, sólo hay médicos en las ciudades principales, los lazaretos son sitios espantosos y los cuarteles, cuando hay porque los soldados usualmente duermen a la intemperie, pululan los piojos. Señaló Juan del Río.

-Un día los pobres, animados por el odio, van a tomar las armas y nos van a pasar a cuchillo. Agregó Guillermo con cierta desesperanza en la voz.

-Necesitamos un gobierno diferente. Un presidente que haya conocido el mundo, que entienda que significa el progreso y sea capaz de construir carreteras, puertos y escuelas. Sentenció Carlos Augusto.

-Sí, ¿pero de donde lo sacamos? Páez y Soublette tenían buenas intenciones y a Vargas no le faltaban las ideas. Aunque los Monagas me parecen menos inteligentes, tampoco son retardados.

A todos se les ha ido el tiempo tratando de conservar el poder y satisfacer a cada jefecillo de cada maldito pueblo y aún cuando es como escupir hacia arriba, también a los dueños de la tierra. Recuerdo el caso de Zamora cuando lo denunciaron por el mal trato que le daba a sus soldados y ahora lo tienen en la mayor consideración y por allí anda un amigo de ustedes, ese que llaman El Gavilán, orondo con su uniforme y arrimado al gobierno. Me contaron que lo van a nombrar general. Éste país premia a los pillos y arruina a la gente honesta. Agregó Juan del Río.

-Debemos admitir que Zamora, Guzmán y otros liberales también tienen buenas ideas. En Caracas dicen que los masones están preparando una conjura con Diego Bautista Urbaneja a la cabeza. Como Páez también es masón, al igual que Soublette, hay quienes los meten en el mismo talego. Dijo Carlos Roberto.

-De buenas ideas está empedrado el camino al infierno y creo que a los masones les otorgan más poder del que realmente tienen. Agregó Pedro con cierta timidez.

-Tienes razón Pedro, Soublette está viviendo en Santa Marta y no ha venido a Venezuela y lo que sé, es que, ni Páez ha viajado a Colombia, ni Soublette a Nueva York. En cuanto a la masonería, creo que hay tantos en el gobierno como en la oposición y si de algo ha servido es quizás para impedir que se maten unos a los otros, cosa que sin duda ocurrirá uno de estos días. Agregó tajante Juan del Río.

Mariana que escuchaba atentamente la conversación decidió intervenir y sin querer le dio fin a la velada.

-Yo sé que las damas no deben usar ese lenguaje, pero si la mitad de lo que ustedes han dicho esta noche es cierto, entonces estamos jorobados, para no usar otra palabra.

24

Los esclavos

Altagracia, enero de 1854

Carlos Augusto Carvallo murió mientras dormía. Fue tan apacible su despedida que Mariana no se dio cuenta hasta que al despertar le resultó extraña la posición del cuerpo de su esposo. Desde la navidad su debilidad iba en aumento y Fernando, que lo había visitado dos veces en diciembre, observaba con preocupación los síntomas de un corazón cansado: las piernas hinchadas, ruido en los pulmones que acumulaban líquido, desinterés en las conversaciones y breves episodios de ausencia. Guillermo y Carlos Roberto, así como sus esposas, estaban en la hacienda los demás hijos no llegaron a tiempo para el sepelio, que como resultado de las nuevas ordenanzas fue realizado en el cementerio de La Victoria y no en la hacienda como Mariana deseaba. La misa de difuntos resultó ser un muy atendido funeral, presentes no sólo la numerosa familia, sino muchos amigos, hacendados y vecinos del poblado. Hasta el gobierno tuvo representación y además, durante el velorio, el comandante local organizó con un oficial y cuatro soldados, una pequeña guardia de honor al viejo General.

Aunque su desaparición era predecible, por semanas que se hicieron meses, la familia no sólo compartió el duelo, sino también una percepción de vacío. Carlos Roberto la describió en una reunión con sus hermanos como la de un navío que había perdido el timón. Aún cuando el padre había delegado responsabilidades Carlos Augusto había sido la referencia obligada de todas las decisiones importantes. Ni siquiera las previsiones testamentarias, con las cuales hubo un acuerdo unánime, aliviaron la desazón que los dominaba. Los ruidos rutinarios, el de los cascos de las bestias, el martilleo de alguna reparación o las voces de los niños, se habían atenuado.

En marzo se aprobó la ley que daba fin a la esclavitud, pero al interior de *Altagracia* y de las otras haciendas de la familia, la misma pasó desapercibida, Roberto Carvallo, dos generaciones atrás la había eliminado en sus propiedades tanto por razones humanitarias como económicas. Leyes previas, como la de manumisión que dictaba la libertad de los hijos de los esclavos al cumplir 21 años ya había causado una reducción importante en el número de esclavos y el pago que debían recibir los hacendados o no llegaba nunca o llegaba tan tarde que no hacía mayor diferencia. La gran mayoría aplaudió la nueva ley, unos por que la veían como una forma de modernizar al país, otros porque contemplaba el pago por parte del gobierno. Algunos, como Guillermo, manifestaron su desacuerdo ya que el pago a los hacendados se haría con nuevos impuestos, loterías y billetes emitidos por el gobierno con intereses del 3%.

Caracas, abril de 1854.

-Entonces los que no tenemos esclavos terminaremos pagando la cuenta y además el gobierno tendrá más deuda y menos recursos para hacer caminos o abrir nuevas escuelas ¿Por qué simplemente no los ponen en libertad, sin tantas cuentas, tarifas por edad, impuestos y demás adornos costosos? Argumentó Guillermo frente a un grupo de allegados al gobierno el día del cumpleaños de Fernando en Caracas.

-La política, mi querido hermano, la política. Dijo Carlos Roberto y continuó: *acaso no percibes que si el gobierno paga entonces la liberación de los esclavos resulta buen negocio y los dueños hasta aplauden. Uno de nuestros vecinos tiene 20 esclavos, todos con más de 45 años, la mitad de ellos enfermos y ninguno rinde mucho en la hacienda. Ahora le darán cerca de 4 mil pesos de indemnización y tendrá 20 bocas menos que alimentar. Esa*

hacienda no produce más de 2 mil pesos al año, así que resulta un excelente negocio para el dueño.

-Señores, no olviden lo más importante. El gobierno está cumpliendo una vieja promesa, es una decisión humanitaria y eso nos ubica entre los países modernos. Dijo Simón Planas, uno de los artífices de la ley, secretario de interior y justicia, ministro, amigo y paciente de Fernando, obviando los detalles que los hermanos habían señalado.

-Nadie en ésta casa va a levantar un argumento sobre lo humanitario. Hace muchos años que no hay esclavos en nuestras haciendas, desde los tiempos de mi abuelo. Pero cuando él los puso en libertad también les dio trabajo. Ahora dígame Don Simón, ¿quién le va a dar trabajo a más de 30 mil almas entre esclavos y manumisos que saldrán de las haciendas? Agregó Carlos Roberto.

-Pues las mismas haciendas donde están, o los vecinos. Algunos tomarán otro camino en la vida y podrán ser artesanos o comerciantes. Respondió Planas con convicción, no en vano él, junto a los diputados González y Luyando habían impulsado la ley.

-Sin duda, algunos lo harán. Señaló Guillermo. *Pero no saben leer ni escribir no hay previsión alguna para que dejen de serlo. A los de mayor edad no les darán trabajo y los que se queden seguirán siendo tratados como esclavos y que me perdonen mis amigos hacendados, pero sé como piensan muchos de ellos. Don Simón, mucho me temo que un buen número terminará formando montoneras o se irán a los poblados mayores buscando servir en las casas.*

-Don Guillermo no somos perfectos ni pretendemos que no haya algún problema, pero ya no era posible seguir soslayando el tema y era necesario tomar una decisión. Bolívar lo trató de hacer, Miranda lo proclamó y hasta en las ideas de Caribens, Gual y España figuraba la libertad. Pasó medio siglo y avanzamos muy lentamente con la manumisión. Creo que nos debería dar el beneficio de haber sido finalmente el gobierno que lo logró. Argumentó Planas sin vacilación dejando claro que conocía el problema y al mismo tiempo defendiendo al gobierno del cual formaba parte. Juan del Río que había escuchado buena parte de la conversación decidió intervenir.

-Señores. Dijo en tono conciliador. *Pienso que todos han esgrimido muy buenos argumentos, pero creo que ni el Oráculo de Delfos puede predecir las consecuencias. ¿Quién hubiera pensado en la trifulca de hace un mes? Que por cierto presencié cuando iba a misa con mi esposa y de pronto aparece una turba de felones y les arrancan las alfombras a las sirvientas, que antes eran esclavas, mientras algunos exaltados proferían improperios que no me atrevo a repetir dirigidos a las señoras que iban a misa. Por fortuna apareció el hijo del Presidente con unos soldados y logró traer paz.*

-En efecto Don Juan, apenas tratamos de gobernar y no somos adivinos. Esta ha sido una decisión histórica y sin duda algunas cosas ocurrirán. Agregó Simón Planas en algo agradecido a Juan del Río, quien girando hacia Fernando rompió la tensión:

-Mi querido homenajeado, ¿por qué no llamas a uno de tus amables sirvientes para que nos llene las copas? Nada mejor que un buen vino para animar una conversación entre caballeros de talento y prosapia.

-De inmediato mi querido tío. Contestó Fernando, satisfecho con el giro que daba la conversación. Aunque Juan del Río no era realmente su tío, de hecho como padre de una de sus primas políticas el parentesco era bien lejano, era un trato que indicaba respeto y afecto. A fin de cuentas Juan, entre los presentes era el único que había nacido en el siglo anterior y había tenido una buena amistad con su padre.

Más tarde, cuando la mayoría de los invitados se había retirado, Juan, ahora en la intimidad de la familia, dejó aclaró su posición.

-Fernando, Carlos Roberto y Guillermo, ahora que estamos en familia quiero que sepan que si fui condescendiente con Don Simón es porque además del respeto que me merece, no quería que la conversación fuera amarga.

-Entonces, tío Juan, ¿que piensa realmente sobre este asunto? Preguntó Fernando.

-Pues lo mismo que pensaba Carlos Augusto. Hizo una breve pausa y dio un par de pasos hasta ubicarse en el centro de la audiencia:

-Pienso que detrás de cada institución se encuentran personas y para que las mismas funcionen, éstas deben tener calidad humana e intelectual, así como la independencia que la misma ley consagra. No pueden ser marionetas de una voluntad única, tienen que deberse a quien les paga, que somos nosotros, los ciudadanos. Es necesario entender que el país no existiría sin nosotros y que los gobernantes deben ser subalternos de los ciudadanos, designados o electos temporalmente, para administrar nuestros recursos y que sólo pueden decidir el destino de ellos con nuestra aprobación.

-Esa es una visión muy liberal para alguien que es considerado conservador. Señaló Augusto.

-Papá decía que en éste país la calificación de liberal y conservador se parecía al movimiento de una hamaca. Dijo Guillermo.

-Sin duda, pronto veréis como los que se embolsen la indemnización apoyarán a los liberales y los que nada perciban, harán oposición al gobierno. Concluyó Matías que había guardado silencio durante buena parte de la reunión.

El Baúl, noviembre de 1854.

La Soledad progresaba, Matías había aprendido con rapidez lo requerido para llevar adelante un hato ganadero y tenía el carácter para ejecutar cada acción requerida. Entendió el individualismo de los peones, aprendió su música y compartía sus costumbres, pero al mismo tiempo imponía sus decisiones. Habituado a los rigores del convento, no le resultó difícil levantarse antes del alba y despertar a los ordeñadores, o estar presente y contar cada animal cuando antes de la puesta de sol, eran arreados hacia el encierro. Un animal perdido, y eso lo sabían los peones, era un asunto muy serio, tanto como el malparto de una vaca. Pero a la par de una mano fuerte y exigente, estaba también una profunda religiosidad que lo llevaba a practicar en lo que creía. Recordaba y con el tiempo obtuvo una copia, de una recopilación efectuada por un dominico sobre la obra de Vasco de Quiroga, primer Obispo de Michoacán, con los indios Purenpechas y trató de replicar la experiencia en el contexto de las casi desiertas llanuras. Esto exigía entrenar a los peones o a sus mujeres e hijos, en diversos oficios como tejidos, carpintería, curtido de cueros, fabricación de quesos, amén de enseñarles a leer y escribir.

Doce años habían pasado desde que Matías se había establecido en *La Soledad.* En ese lapso el pueblo había crecido lentamente y otros dos hatos ganaderos se habían creado. Dos precarios puentecillos fueron construidos para facilitar el camino hacia San Carlos, el poblado más cercano y descanso obligado en la ruta hacia Valencia, único sitio donde era posible comprar aquellas cosas que no fabricaban en las haciendas. La casa de la hacienda, ahora ocupada también por su esposa y los dos hijos, había sido mejorada al punto que poco parecido tenía a la estructura original. Lucila y los niños, Matías Antonio y Tomás, con cuatro y cinco años respectivamente, pasaban largas temporadas en Valencia en casa de los Gómez, casi la totalidad de la estación de lluvias y cuando ya los charcos se secaban y era sabido que menor era el riesgo del paludismo, entonces regresaban a *La Soledad.* Matías intentaba, y con frecuencia lo lograba, viajar una vez al mes a Valencia durante las lluvias. El viaje era penoso, cruzar caños y riachuelos crecidos era una aventura y no pocas veces se perdía una mula con la carga de quesos salados o cueros curtidos, en algún cauce donde las aguas resultaban más profundas de lo estimado.

Fue camino a Valencia, y cerca de San Carlos, cuando observó, cerca del mediodía y ocultas las mulas en una depresión densamente arbolada -donde habían hecho un alto para descansar- al pequeño grupo de hombres armados. Matías escuchó ruidos y caminó en silencio. Eran diez hombres y mientras hacía señas a los dos peones que lo acompañaban para que guardaran silencio, oculto detrás de un grueso tronco los observó. Cuatro ya habían montado y estaban en la sabana abierta. El grupo aparentemente había pernoctado en el bosquecillo y salían en el extremo opuesto del sitio donde ellos habían entrado. Matías logró distinguir algunos rostros y los pertrechos, incluyendo las armas, que los seis rezagados terminaban de recoger. La pequeña banda era muy heterogénea, Matías logró ver a dos blancos, tres negros que sólo portaban machetes y un mulato muy corpulento. Éste y los dos blancos portaban viejos fusiles que se parecían a los Baker que aún guardaban en *Altagracia* desde la guerra. El mulato también tenía, dentro de un estuche de fibra de palma, algo que parecía una rústica escopeta para cacería que los llaneros llamaban bácula. Los rezagados finalmente treparon a sus monturas y cabalgaron hacia el Oeste, por fortuna en dirección opuesta al camino que tomaron Matías y sus peones.

-Diez hombres armados. Explicó Matías a sus acompañantes. *Con tal facha, no pueden ser otra cosa que bandoleros y por estos lares, es bien posible que sean ladrones de ganado. Debemos dar aviso en Valencia, no es extraño que ronden hacia San Juan o al Occidente, hacia Barinas, pero nunca los habían visto en esta región.*

Ya en Valencia, Matías le informó al comandante local sobre su encuentro con los posibles facinerosos. A través de su suegro que conocía todos los comercios de Valencia y muy en contra de sus creencias, compró tres fusiles, un revólver y una escopeta, así como las municiones requeridas. Pagó un precio muy elevado ya que el revólver era un Colt calibre 44 del año 49 y uno de los rifles era un Dreyse de aguja con 600 yardas de alcance. Esa noche, después que el comandante de la plaza le informó que las montoneras y el abigeato habían aumentado en forma preocupante durante el año, decidió viajar hasta *Altagracia* para reunirse con Guillermo.

Caracas, abril de 1855

Los hermanos acordaron, por iniciativa de Guillermo que casi en forma natural había tomado la posición de cabeza de la familia, cruzando cartas y propios a caballo, reunirse a fines de abril en Caracas. Aunque Carlos Roberto le llevaba algo más de un año, su diversidad de intereses y personalidad hacían que el mayorazgo no era tema que le interesara demasiado. Gustavo, después de su matrimonio con Lisa, decidió montar casa y negocio de Willemstad, en parte como socio de los Van Linden, pero una vez obtenido el permiso necesario de las autoridades holandesas, ya estaba desarrollando su propio negocio de importación y exportación. La medicina había quedado atrás. El café, el cacao y los cueros procedentes de las haciendas de la familia eran parte importante del negocio. Entre las importaciones y también gracias a los parientes franceses, se encontraban los vinos Boisnard y otras marcas reputadas.

25

El viento

Caracas, julio de 1857

-Además del placer que significa compartir la mesa con ustedes, hay cosas que quizás deberíamos atender. Dijo Juan del Río con cierta gravedad y continuó: *Los Monagas y sus abusos han colmado la paciencia de unos cuantos y que Carlos Roberto me desmienta si afirmo que los más insatisfechos no son los mismos liberales.*

Juan había invitado a los tres hermanos y sus esposas a almorzar el domingo. Guillermo había viajado a Caracas, con Albertina y Mariana, tanto para comprar implementos requeridos en *Altagracia,* como para que Mariana fuera examinada por Fernando ya que su salud estaba quebrantada. Al concluir el almuerzo, los hombres se habían trasladado a la biblioteca. Juan les ofreció cigarros y una copa de licor, mientras que las mujeres se quedaron conversando en la sala.

Carlos Roberto había estado frecuentando algunos círculos liberales en los últimos meses, Guillermo se inclinaba más hacia los conservadores y Juan preservaba su escepticismo hacia ambos bandos. Pero las diferencias no constituían una barrera a la sólida relación familiar.

-Así es. Hay mucha gente harta y además como no han dejado de apropiarse baldíos, la deuda del gobierno aumenta y poco es el progreso, las quejas van subiendo de tono. La semana pasada me encontré con Fermín y me alertó sobre una posible sublevación contra los Monagas. Añadió Carlos Roberto.

-A mí me dijeron que Páez va a regresar y viejo zorro como es, no lo hará tal cosa sin buenas razones. Pero nadie sabe cuales son sus intenciones. Agregó Juan.

-Comparto la inquietud de Juan. Dijo Augusto cuyo entrenamiento como abogado lo había llevado a emplear siempre frases cortas y a veces enigmáticas.

-Guillermo ¿percibes que está ocurriendo algo fuera de lo común entre los hacendados?

-Nada nuevo, pero crece el descontento. Muchos hacendados pequeños y medianos están poco menos que arruinados. Las deudas los acosan y así como antes culpaban a Páez y a Soublette, ahora lanzan las culpas sobre los Monagas y los acusan de traicionar a la causa liberal. Matías que viaja a San Carlos y a veces llega hasta Barinas me cuenta que la pobreza es cada vez mayor porque la ganadería no le da trabajo a todos los que lo necesitan y el precio de los animales no es bueno para los que tienen hatos pequeños.

-Hay más bandoleros que antes. Aseguró Augusto y Guillermo agregó:

-Voy a suponer que todos tienen algo de razón. Si es así, creo que es prudente vender algunas propiedades y buena parte del ganado. Matías, muy en contra de lo que piensa y cree, ha armado a sus peones y hasta me ha comentado que vender La Soledad *le ha pasado varias veces por la cabeza. Como Carlos Roberto sabe, también compramos algún armamento moderno para tenerlo en Altagracia ya que aunque a los valles no han llegado las bandas, el riesgo existe.*

-Los liberales, que contaban con los Monagas, están cada día más descontentos y el grupo más radical, con quienes por cierto no comulgo, hablan de una solución de fuerza, eufemismo por insurrección. Aseguró Carlos Roberto.

-¿Quiénes son? Preguntó Guillermo.

-Los mismos de siempre. Los sublevados del 46, hombres como Zoilo Medrano, Zamora y El Agachado. También plumas encendidas, con ideas de progreso y justicia, pero con frecuencia imprudentes como Antonio Leocadio, que después de pasarse varios años como plenipotenciario en Perú y en los países del sur y un tiempo con igual cargo en los Estados Unidos, ahora está otra vez en la oposición al gobierno. Respondió Carlos Roberto.

-A Zamora y Zoilo los mueve el odio, son de temer, capaces de cualquier cosa y el primero dice cosas que los desposeídos entienden. Pero tengo entendido que no son los únicos. Fermín, Urrutia, Manuel Felipe Tovar, Joaquín Herrera, el general Falcón y hasta Level de Goda han participado en reuniones. Difícil es entenderlo, pero conservadores y liberales conspiran juntos contra la monaguera. Dijo Augusto.

-¿Cómo no lo vamos a entender? ¿Cuántas veces no dijo y repitió nuestro padre que eran necesarios cambios profundos para enrumbar éste país? Pero nadie le hizo caso, lo veían como a un buen hombre con fantasías en la cabeza. Entonces ¿por qué nos sorprende que haya gente que quiera hacer esos cambios mediante la violencia? ¿Acaso la mayoría no sufre terribles penurias mientras unos pocos viven en la abundancia? Los dos Monagas y sus compinches no han hecho otra cosa que repartirse enormes extensiones de tierra en lugar de llenar el país de propiedades medianas, hacer mejores caminos o buscar colonos, seguimos con un sistema esclavista a pesar de la ley. Agregó Carlos Roberto con vehemencia.

-Tu padre tenía razón en muchas cosas ¿Recuerdan cuando propuso que no hubiera tantas limitaciones para ser elector? Señaló Juan y continuó: *Además ¿en que han concluido todas las bellas ideas sobre la necesidad de educar al pueblo, pagar salarios decentes y estimular la industria? Pues en nada, sólo hay que ver como viven los peones en la mayoría de las haciendas. Hace unos días en el cumpleaños de la hija de Miguel Rosales hice unos comentarios sobre esto y poco faltó para que me lanzaran a la calle.*

-Tío, no exageres. Yo estaba allí y nadie pensó en echarte a la calle. Lo que si es cierto es que metiste el dedo en la llaga ya que la mayoría piensa que el modo en que los Carvallo y allegados han llevado sus haciendas es casi una subversión al orden que ellos defienden. Dijo Augusto.

-¿Se acuerdan de la memoria de Pedro Núñez de Cáceres? Muchos la criticaron porque Don Pedro nació en Santo Domingo, pero yo pienso que es una excelente descripción. El gobierno y hasta los jueces son una absoluta desgracia. El que no es ladrón, lo fue en el pasado, la mayoría no sabe ni hablar, ni usar cubiertos, no faltan los sodomitas – como escribió Don Pedro – atracadores de caminos,

violadores y criminales de todo tipo. Los partidos políticos aceptan y hasta recomiendan a estos facinerosos. Agregó Juan del Río.

-Lo cierto es que algunos liberales nos juzgan conservadores y los más atrasados creen que somos liberales. No estamos en la mejor condición y si seguimos encerrados aquí, nuestras mujeres nos verán también como enemigos. Vamos con ellas. Concluyó Guillermo.

Los Carvallo tomaron medidas. Tres casas fueron vendidas, en efectivo, sin dificultad por su excelente ubicación en la zona más céntrica de Caracas. El dinero fue puesto a buen recaudo en un banco holandés a través de Gustavo y la Casa Van Linden. En diciembre Matías vendió *La Soledad* a un viejo General que se había convertido en una suerte de jefe político bajo la sombra de los Monagas, quizás por un precio algo inferior a su valor, pero en efectivo, cosa razonable dada la depresión económica. Suficiente para comprar una hacienda a 10 leguas de Puerto Cabello, de menor extensión, pero con mejores tierras, abundante agua y encajada entre los brazos de la cordillera. Tres vallecillos, suaves colinas y una abrupta montaña con pequeños ríos que drenaban hacia la costa. La nueva hacienda era adecuada para engorde de ganado y en las partes más elevadas se podía sembrar café y hacia la costa quizás algo de cacao. Dos pequeños riachuelos aseguraban suficiente agua durante todo el año. El puerto estaba a un día de camino.

A mediados de enero algunos habitantes de Valencia observaron la peculiar caravana que, encabezada por Matías Carvallo e incluyendo a la totalidad de los peones de *La Soledad* y sus familias, se desplazaba lentamente por el norte del poblado y luego hacia la costa por el tortuoso camino que zigzagueaba entre las montañas. Aunque lo irregular del camino y sus pésimas condiciones durante la estación de lluvias hacían difícil el viaje hasta Valencia, a caballo se podía hacer el trayecto en dos días, cosa que alegró tanto a Lucila como a los Gómez, aunque había tanto paludismo cerca de la costa, como en los Llanos. Matías aún organizaba a su gente, construyendo viviendas y reparando las muy inadecuadas que habían encontrado, cuando llegó la noticia de la sublevación de Julián Castro que marchaba con 5000 hombres hacia Caracas.

Caracas, marzo de 1858

Un buen número de los diputados, al llegar a Caracas la noticia de la insurrección encabezada por el general Julián Castro, o ya sabían que esto iba a ocurrir, o encontraron prudente darle la espalda al Presidente para colocar en resguardo sus propios pellejos. No fueron pocos los habitantes de Caracas que decidieron irse a las haciendas, buscar algún pariente en las ciudades vecinas o cerrar sus portones y limpiar las armas almacenadas. Monagas renunció y no se le ocurrió otra idea que pedir asilo en la Legación de Francia, mientras que las casas desguarnecidas, en particular aquellas de los más cercanos colaboradores y amigos del gobierno que se desintegraba, eran saqueadas por una turba. Los Carvallo se concentraron en tres casas y dejaron hombres armados en las restantes. Unos disparos al aire fueron suficientes para evitar que fueran saqueados, pero en otros sitios la gente lanzaba muebles a la calle, se llevaba las ollas y vajillas, vestían con alborozo la ropa abandonada y en ciertos sitios efectuaban la permuta de los bienes. Dos casas fueron incendiadas y corrieron rumores, no confirmados, de mujeres violadas. Julián Castro pensó que se había hecho con el poder, sonriente escuchaba a la tropa y sus circunstanciales amigos, una frágil coalición de conservadores y liberales, que entusiasmados gritaban una consigna imposible: *"Unión de los venezolanos y olvido del pasado"*.

Juan y Carlos Roberto salieron a la calle al tercer día y constataron que las tropas comenzaban a poner orden y en algunos sitios, hasta obligaron a algunos saqueadores a devolver lo robado. Desde luego apenas una fracción o aquello más evidente ya que muchos objetos ya habían sido escondidos o transados. Meses después, Juan del Río disfrutaba contando como Doña Milagros García viuda de Sanjuán, invitada a cenar en casa de Don Celestino Guevara, comió en silencio observando que el plato en cual le habían servido, un Wedgwood, era idéntico a los que habían sido sustraídos de su casa, platos que su finado esposo había comprado en Inglaterra. Quién no disfrutó la historia fue Augusto ya que a Doña Milagros, una de sus clientes más importantes, le solicitó que recuperara la vajilla, armado desde luego, con la factura original. Celestino devolvió la vajilla con las disculpas del caso, pero nunca le perdonó a su esposa la incómoda situación en que lo había colocado por comprar objetos robados.

Caracas, junio de 1858.

Carlos Roberto, fiel a la tradición familiar, declinó la invitación que le hizo Urrutia para ocupar un alto cargo en el nuevo gobierno.

-*Hiciste bien.* Sentenció Juan del Río después de contar la anécdota de la vajilla. *Estimo y creo no errar en mi apreciación, que éste gobierno es más débil que una pluma de pichón al viento. Amén de la ingenuidad de andar proclamando que al olvidar el pasado se van a unir los venezolanos, o que otra Constitución resolverá los problemas.*

-*Fermín cree que puede ayudar.* Dijo Carlos con poca convicción en la voz.

-*El joven Toro, bueno ya no es tan joven, pero a mí avanzada edad casi todos lo son, siempre ha sido hombre de buena voluntad y juzga a los demás a través de su bonhomía, no repara que está rodeado de felones.* Respondió Juan con determinación.

-*Lo que ocurre tío es que me siento impotente, a veces pienso que debo hacer algo más, que frente a tanta iniquidad no hacemos gran cosa.* Agregó Carlos Roberto y Cristina lo apoyó:

-Haces lo que puedes y debes. Eres un buen hombre, con ideas y conocimientos. Le das trabajo a la gente, los ayudas, eres honesto ¿qué más debes hacer?

Juan los miró apreciando la sintonía de su hija con Carlos y agregó:

-Carlos, yo he sentido lo mismo por años, con frecuencia me anima esa misma culpa. Como tú en ocasiones estuve tentado en asociarme al bando conservador, otras veces al liberal y hasta un coqueteo tuve con los masones. Soy más culpable que tú ya que nunca he hecho grandes cosas y lo único de lo que me puedo enorgullecer es de mis clases en la universidad. Digo que Toro es ingenuo, pero en el fondo desearía ser como él o tener el empeño de tu hermano Matías que a pesar de las circunstancias carga con varias familias desde los Llanos hasta la costa y no sólo se ocupa de sus cuerpos, sino también de sus almas.

Como si lo hubieran invocado el sirviente entró en la sala y anunció:

-Ha llegado Don Fermín y desea saber si lo pueden recibir.

-Por Dios, como si fuera necesario. Dígale que pase adelante. Respondió Juan del Río.

Fermín Toro entró y de su expresión todos llegaron a la conclusión que era portador de malas noticias y no se equivocaban.

-Adelante buen amigo y díganos que malas noticias trae, porque nada distinto se puede deducir de su expresión.

-Mis saludos para todos y en efecto, malas son las nuevas, Castro acaba de dictar un decreto expulsando del territorio de la nación a Falcón, Zamora, Ochoa, Conde, Casado y hasta a Antonio Leocadio. Como saben no comulgo con ninguno de ellos, pero no me parece que expulsando del país a los jefes liberales vamos a tener paz o progreso.

La tarde se oscurecía con rapidez. El viento del Este empujaba las nubes, más densas y oscuras que lo usual y como si fuera ya octubre o noviembre, escucharon los truenos, el ruido de una puerta que empujada por el viento se cerraba con violencia y el golpeteo de las primeras gotas contra las tejas del techo.

26

La guerra

Altagracia, febrero de 1859

Matías fue el primer integrante de la familia en saberlo. Había tomado el camino hacia Valencia con el propósito de comprar algunas herramientas y en las afueras de la ciudad se topó con un grupo de soldados. Encontrarse con soldados en la vía siempre generaba, a Matías o a cualquier otro viajero, gran sobresalto. Así que tanto Matías como los dos peones que lo acompañaban sintieron alivio cuando vieron que la pequeña tropa estaba comandada por el capitán Bonifacio Carpio. Desmontaron y se saludaron con afecto. Carpio y Matías habían desarrollado una buena amistad y estrecha colaboración en el último año ya que el Capitán era dueño de una pequeña propiedad que limitaba con la hacienda de Matías.

-Matías, hay que andar con cuidado. Los caminos no son seguros. Esta mañana me enviaron a vigilar este camino porque ahora no sólo son El Agachado y Zoilo Medrano que cada día juntan más hombres y atrevimiento, sino que hace tres días Salaverría con unos 40 hombres, asaltó el cuartel de Coro, se apropió de más de 900 fusiles y se alzó en nombre de quién sabe cual Federación.

-Bonifacio voy a comprar unas herramientas en Valencia y regreso mañana. ¿Te acuerdas cuando te dije que la nueva Constitución no iba a resolver este asunto? Mis parientes, que suelen estar bien informados, aseguran que tarde o temprano Falcón también se embarcará desde San Thomas y ni hablar de Zamora quien, con o sin su cuñado que a veces vacila, quiere verle los huesos a Castro y a los conservadores. Pero confío que la voluntad

divina de algún modo evitará que corra la sangre. Dijo Matías con convicción.

-*Yo soy un soldado.* Respondió Bonifacio tomando a Matías por el brazo y, caminando lentamente, se alejaron del grupo. Cuando estimó que la distancia era adecuada y en voz muy baja continuó:

-*Matías, creo que la guerra es inevitable. Esta tarde voy a pedir mi retiro y me voy a la hacienda que es mi único patrimonio. Allí ya tengo un buen parque, veinte fusiles, munición y suficiente pólvora. Te recomiendo que hagas lo mismo y avísale a tus parientes que se preparen. Medrano, El Agachado y otros le están ofreciendo a los antiguos esclavos, a los peones y a todos los que no tienen nada, tierras y la plata que supuestamente guardan los que algo tienen, aunque sea poco como en nuestro caso. Mira a los soldados que me acompañan, ya ni en ellos se puede confiar y cualquier día se pasan al otro bando.*

-*Bonifacio, pero el odio no cura la pobreza y nada de lo que ofrecen estos vándalos puede recibir la bendición…*

-*Matías, bájate de esa nube. Deja de pensar en la mano divina, en los mensajes de los obispos o en la próxima vida. Aquí va a correr sangre y no hay rezo que valga. Cuida a tu familia y antes que se agote el parque, ve a casa de Santiago y de mi parte le dices que te venda pólvora y fusiles.*

Matías tomó en serio el consejo del Capitán. Le compró a Santiago lo que pudo y envió a los dos peones, con los tres burros cargados, de regreso a su hacienda. Esa misma noche tomó el camino hacia Maracay y La Victoria. Caía la tarde del siguiente día cuando llegó a *Altagracia.* El camino estaba peor que nunca y dos de los puentes habían sido arrastrados por el agua obligándolo a ir hacia el Norte, casi hasta la cabecera de uno de ellos, para cruzar el cauce. Esa noche los tres hermanos tomaron varias decisiones. La primera y más importante fue el traslado de las mujeres y niños a Caracas que se inició, tan pronto Lucila y sus hijos se unieron al grupo. La segunda fue recopilar libros y recordar cuanta cosa habían aprendido sobre la guerra, mientras adquirían más armas y pólvora que eran meticulosamente almacenados en una habitación de la hacienda. Al día siguiente comenzaron a aplicar lo que Carlos Roberto había aprendido en su breve estadía en St. Cyr casi 30 años atrás, entrenando a los peones en el uso de las armas. Cuando el sol estaba en su apogeo llegó el peón con la noticia: José María de la Sierra había muerto durante la noche.

El deceso no causó sorpresa, el deterioro de José María se venía haciendo cada vez más evidente. Unos meses atrás uno de los médicos de La Victoria le había diagnosticado tuberculosis y Fernando, de visita a *Altagracia* cabalgó hasta la hacienda de José María y confirmó el diagnóstico. Lo enterraron al día siguiente en La Victoria.

Caracas, agosto de 1859

Las noticias llegaban poco a poco y todo parecía apuntar a que los grupos armados no tenían intención de llegar a Caracas y quizás tampoco a Valencia o a La Victoria. El gobierno parecía tan débil como los insurrectos y el debate entre liberales y conservadores, fuera de la andanada de insultos y una que otra bofetada, no había causado víctimas ni en Los Andes, ni en el norte del país. En los llanos otra era la historia, bandas armadas asaltaban las haciendas y disponían del ganado. Zamora se perfilaba como el más agresivo de los federalistas y algunos conservadores viajaron a Nueva York para pedirle a Páez que regresara a Venezuela para "poner orden" en el caos existente. Víctor se encontraba entre ellos.

En contra de la opinión de Amparo, Juan del Río comenzó a reunirse con un grupo de conservadores que se auto designaban como "legalistas", pero que de hecho estaban conspirando para destituir a Julián Castro quién, como Presidente, había resultado incompetente. Pero como conspirador Juan tampoco era muy eficaz ya que cuestionaba cuanta iniciativa planteaban sus amigos. Al final Castro, que se quedó solitario en el poder, renunció al comenzar el mes de agosto. El general Aguado, federalista convencido, no se le ocurrió nada mejor que trasladar sus tropas de La Guaira a Caracas. Pero al llegar al cerro de El Calvario se encontró a las tropas locales y a buen número de ciudadanos armados. La escaramuza, que dejó alrededor de 60 muertos terminó en la plaza de San Pablo y al día siguiente Pedro Gual tomó juramento como presidente provisional. Un mes después lo sustituyó Manuel Felipe de Tovar que encabezaba al grupo legalista y entre los que acudieron a felicitarlo se encontraba Juan del Río.

Carlos Roberto no confiaba en la capacidad de Tovar para enfrentar la situación y se inclinaba por Rojas y otros conservadores que querían darle a Páez plenos poderes bajo la suposición que el viejo General era el único capaz de hacer que el país tuviera paz. Castro lo había llamado y le dio el mando de las tropas del centro, pero con tantas limitaciones que su estadía en Venezuela fue muy breve y para el día en que Gual sustituyó a Castro, el general Páez estaba de regreso en Nueva York como Ministro Plenipotenciario.

Al concluir la cena las dos parejas hicieron la sobremesa en la biblioteca. Amparo había invitado a Carlos Roberto y a Cristina en un esfuerzo por mantener la unidad familiar.

-Mi querido Don Juan, aunque tenemos discrepancias creo que coincidimos en algo y eso es que éste país no tiene remedio. Los conservadores están divididos, los liberales otro tanto, no hay gobierno y se libraron de Páez enviándolo de vuelta al norte con un cargo tan pomposo como inútil. Lo peor es que aceptó.

-Carlos Roberto, si me incliné por los legalistas fue por dos buenas razones. La primera, mi amistad con varios de ellos, la segunda es porque sin una referencia legal no pueden existir instituciones y sin instituciones esto seguirá siendo tierra y pasto de caudillos. Además, en esos días estaba sufriendo un horrible dolor en una muela y posiblemente mi buen juicio estaba oscurecido por el dolor.

-Don Juan, estoy plenamente de acuerdo con lo que dice, más no con el modo de lograrlo. Para que éste país cambie es necesario que ocurran otras cosas y por un momento pensé que Páez podría hacerlo. Para que nuestra sociedad sea diferente es necesario una economía distinta, sin carreteras o industrias, seguiremos siendo los

mismos. Zamora fracasará porque no sabrá que hacer cuando ya no haya guerra. A Tovar le ocurrirá lo mismo porque se dedicará a proteger el statu quo y yo ya no creo en Páez ¿Cómo aceptó ser Ministro Plenipotenciario en los Estados Unidos cuando era aquí dónde lo necesitábamos?

-*Queridos.* Intervino Amparo. *Veo que al final estamos todos de acuerdo y las diferencias políticas no nos van a separar.*

-*Jamás.* Aseveró Carlos Roberto. *Más me preocupa Matías. La última vez que hablamos mostró cierta simpatía por Zamora. Es tan cristiano que sólo ve las cosas a través de un cristal y ese es Vasco de Quiroga con su Utopía. Supone que si Zamora triunfa tendremos más equidad, menos pobres, ningún esclavo y un mundo lleno de amor. Olvida que Vasco de Quiroga vivió en el siglo XV y no en el XIX.*

-*Ahora que Lucila está embarazada, después de varias pérdidas, Matías debería ser más precavido. Dijo Amparo.*

-*Por eso no te preocupes, Lucila estará de regreso a Caracas en unos días y con ella Tomás y Matías Antonio. Mi hermano es soñador, pero en lo que a la familia concierne, tiene los pies bien puestos en el suelo.* Aclaró Carlos Roberto.

En los Llanos crecía la tropa de Zamora y a Caracas llegaban las cifras más dispares sobre sus fuerzas. Algunos aseguraban que pasaban de diez mil los hombres en armas, mientras que otros ubicaban en no más de 500 a los seguidores del General. Tan dispares eran las cifras como los rumores que dividían las simpatías de la población. En las casas más ricas Zamora era visto como un bandido, acompañado por criminales, pero entre los antiguos esclavos y los pobres circulaba la idea que el General federalista estaba distribuyendo tierras entre los desposeídos. Si a los conservadores les aterraba la idea del éxito de Zamora, no eran pocos los liberales que comenzaban a ver con temor la popularidad del antiguo bodeguero. Carlos Roberto y Cristina sintieron un gran alivio después de acompañar a Felipe y a Nicolás a La Guaira donde se embarcaron hacia Francia. Los hermanos, en opinión de sus padres, ya habían aprendido en Venezuela todo lo posible y, siguiendo la tradición, gracias a los parientes franceses, culminarían sus estudios en Paris. Felipe tenía inclinación, como su padre, hacia la ingeniería y Nicolás aún no tenía claro lo que deseaba hacer, salvo un marcado interés hacia los asuntos de la hacienda.

Caracas, 1860

La familia Carvallo celebró la navidad y el nuevo año en Caracas. Celebración poco animada después que los resultados y los detalles de la batalla de Santa Inés fueran conocidos a mediados de diciembre. Zamora había derrotado a las tropas del gobierno y luego las había perseguido hasta más allá de Barinas. Pero un mes después llegó la noticia del asesinato de Zamora en San Carlos y no faltó quien la celebrara. Matías andaba cabizbajo lamentando la muerte de Zamora a quién, a ratos, había percibido como una suerte de salvador, Carlos Roberto presagiaba un largo período de lucha fratricida y crisis económica, ideas que eran compartidas por sus hermanos. Juan del Río no hacía más que criticar a Juan Vicente González que había sembrado más discordias al publicar unas líneas señalando que había sido una "bala afortunada" la que había matado a Zamora y Guillermo estaba enfermo.

Pero esas dos noticias se apagaron cuando el 4 de febrero llegaron las primeras noticias de la batalla de Coplé en la que Febres Cordero había derrotado a los federalistas al mando de Falcón y con ellas, las primeras cifras sobre cada una de las fuerzas. Víctor había participado y por fortuna salió ileso de la batalla. Cada bando había logrado movilizar unos 5.000 hombres desde noviembre del año anterior y no menos de 2.000 habían perdido la vida en las dos batallas. Otro millar fallecería en las siguientes semanas como consecuencia de las heridas y otro tanto en los poblados más afectados por el paludismo, la disentería y el hambre. A comienzos de marzo

Carlos Roberto y Matías regresaron a las haciendas que necesitaban su atención, pero las mujeres y los niños permanecieron en Caracas.

27

La casa de Altagracia

Altagracia, junio de 1860

La salud de Guillermo venía deteriorándose desde el año anterior. Había perdido peso, sufría una diarrea intermitente y el color de la piel apuntaba hacia algún padecimiento del hígado. Los médicos habían intentado cuanto estaba a su alcance, pero todo parecía inútil. Había pasado una temporada con Gustavo en Willemstad, quién le recomendó ver a un médico holandés quien sospechó que era víctima de alguna enfermedad tropical. Pero eso no fue obstáculo para que decidiera acompañar a su hermano a *Altagracia* justo cuando comenzaban las lluvias *y* era necesario supervisar la siembra. No habían terminado de descargar el carretón cuando uno de los peones les entregó una carta que había llegado esa misma mañana desde Valencia. En la misma el padre de Lucila los alertaba sobre la presencia de una banda, posiblemente federalista, que había sido vista en el camino hacia Maracay. Después de Coplé las tropas de Falcón se habían dispersado, la mayoría se dirigieron hacia Barinas y Apure, pero otros decidieron probar suerte en el centro del país. Las mujeres y los niños de las haciendas vecinas, como *El Palmar* y *Santa Teresa,* así como aquellas ubicadas más cerca de Maracay, fueron enviados a Caracas y en algunas de ellas se tomaron medidas para enfrentar un eventual ataque. *El Palmar,* bajo la mano disciplinada de Gustav Vollmer, de su hijo Federico y el tesón de su esposa, se había convertido en una de las mejores haciendas de la zona y, como en *Altagracia,* temían la incursión de los guerrilleros.

Matías llegó tres días después, también informado por su suegro sobre el movimiento de los soldados en los valles de Aragua. Vino acompañado por diez de sus hombres, la mayoría con armas de fuego. De sus viejos libros Carlos Augusto tomó ideas y lo primero que hicieron fue construir un parapeto alrededor de la casa, colocar dos centinelas en el tope de la colina y otro en una pequeña tarima en la copa del samán más frondoso ubicado al Oeste de la casa. Lo que no existía en el almacén de *Altagracia* fue precipitadamente comprado en las bodegas de La Victoria y un buen número de barriles fueron colmados con agua. Tres hombres dedicaron muchas horas a limpiar y engrasar los fusiles, preparar la pólvora y fundir el plomo en los tres moldes requeridos de acuerdo al calibre de las armas. Las virutas y los trozos irregulares de plomo eran guardados para cargar dos báculas caseras, las preferidas por los llaneros, capaces de disparar cualquier cosa y cuyas carencias en precisión eran compensadas por la lluvia de pequeños objetos que podían arrojar por sus grandes bocas.

Pero la mayoría de los hombres, dirigidos por el anciano Quiroga y Carlos Augusto, se ocupaban de la siembra del maíz, la selección de los animales que serían vendidos y el eficiente sistema de riego que permitía tanto el cultivo de la caña, como el crecimiento del pasto en los potreros. A mediados de junio llegó la noticia de la incursión de los bandoleros en dos haciendas ubicadas al sur de Maracay. El ganado había sido sacrificado y las casas quemadas, pero no había víctimas porque los moradores las abandonaron al escuchar los primeros disparos.

Quiroga, incansable a pesar de su avanzada edad, salía a caballo todas al atardecer y acompañado por dos o tres peones, recorría, en círculo, una buena porción de la hacienda. Con gran regularidad regresaba a la casa hacia las diez y a esa hora se hacía el relevo de los centinelas. Carlos Augusto escuchó el ruido de los caballos y se alarmó cuando observó que la manecilla corta del gran reloj francés que adornaba el comedor apuntaba a las ocho. Se levantó y corrió hacia la puerta, bajó con agilidad los escalones y se acercó a Quiroga que estaba desmontando con dificultad.

-Están en el potrero del Sur, cerca de la cascada. Vimos el fuego que encendieron. José caminó por la parte de atrás de la colina y cree que son como cincuenta. Estaban asando dos terneras y por las risas que escuchamos, creo que también están bien provistos de aguardiente.

-¿Cómo era el uniforme? Preguntó Matías que se había unido al grupo.

-José no los conoce, pero eran pocos los que tenían traje militar. De lo que no hay duda es que se están comiendo nuestros animales.

Carlos Augusto apuntó con el índice hacia la casa y los tres entraron a la sala. Guillermo, más amarillento que nunca, los esperaba.

-Hay hombres dentro de la hacienda, al Sur. Le informó Carlos Augusto. *Vamos a sentarnos y tomar decisiones.*

-Déme veinte hombres bien armados y yo acabo con esa rochela. Dijo Quiroga.

-Calma Quiroga. Hay que pensar bien lo que vamos a hacer. Si son cincuenta como dices, veinte peones sin mayor experiencia matarán a cinco o seis, pero después los quién sabe que ocurrirá. Esos hombres tienen experiencia con las armas y yo no quiero perder a ninguno de mis hombres.

-¿Quieres que abandonemos la hacienda? Preguntó Guillermo.

-No, los vamos a enfrentar, pero primero necesitamos una estrategia. Tenemos 32 armas de fuego y sesenta hombres. Pólvora y balas para unos cien tiros por rifle y unas treinta cargas por bácula. Tenemos agua, comida y caballos. También una casa con paredes gruesas, el parapeto y la colina que domina a los potreros.

-Entonces ¿piensas que es mejor esperarlos aquí? Preguntó Matías

-También es posible que no quieran atacar a la casa, sino matar animales y salarlos. Indicó Guillermo.

-¿Eso es lo que tú harías? Preguntó Carlos Augusto.

-Sí, si yo dirigiera una banda, eso haría. ¿Para qué arriesgar mis hombres atacando una casa que puede estar llena de hombres armados?

-Pero ellos no lo saben. Quizás creen que hay sólo tres o cuatro rifles, lo usual en una hacienda y el contenido de la casa les puede parecer atractivo. Yo creo que nos van a atacar en la mañana, cuando puedan ver por donde caminan. Contestó Carlos Augusto.

-Si los dejamos llegar a tiro del parapeto les daríamos una gran sorpresa, si Dios quiere. Dijo Matías mientras se santiguaba.

-Creo que esa es la idea, pero hay que mejorarla. No podemos disparar las 34 cargas y quedarnos indefensos. Sólo se dispararán 16 cuando estén a tiro, luego los otros 16 mientras se cargan los primeros. Dijo Carlos Augusto.

-Sólo 12 desde la casa y el parapeto. Tres hombres desde la colina y dos desde el Samán, si en efecto vienen del Sur, así los acorralamos entre tres puntos. Agregó Guillermo a quien la emoción le había hecho olvidar el malestar.

-Cuatro. Dijo Quiroga. *También podemos hacer un pequeño parapeto detrás del almacén, en la puerta del corral.*

-Entonces diez armas y veinte hombres en la casa y el parapeto principal, tres y seis en la colina, cuatro hombres en el Samán e igual número en el almacén. Necesitamos otros cuatro como centinelas y uno, con caballo, cerca del campamento para que nos avisen por donde vienen. Resumió Carlos Augusto. *-Quiroga, busca tres hombres descansados para que hagan el nuevo parapeto y lo disimulan con palos, ramas y piedras. Eso sí, antes que amanezca y que parezca otra cosa ya que será lo primero que verán esos bandidos.*

A media noche habían definido con precisión lo que harían al día siguiente. Las nubes tapaban a la Luna que además estaba en menguante y la oscuridad era casi total. Carlos Augusto y Guillermo, ambos con buena experiencia y puntería ganadas en las expediciones de cacería a las que ambos eran aficionados, estarían en el parapeto y de ser necesario dentro de la casa acompañados por 22 peones. Quiroga se ubicaría con otros 7 en la colina y el hijo mayor de éste, cuya precisión era bien conocida, estaría con otro tirador y dos cargadores en el entablado del erguido árbol. Matías se ofreció a cubrir la entrada al corral, quizás el sitio más expuesto, con dos llaneros armados con las báculas, su nuevo rifle, el de mayor alcance, dos pistolas y otros dos hombres para recargar. José, el fornido mulato que conocía cada palmo de la hacienda pasaría la noche, con otros dos arrieros y sus respectivos caballos, vigilando el campamento de los guerrilleros. Durmieron a ratos, siempre con un grupo vigilando y atentos a cualquier alteración de los ruidos naturales de la noche.

Apenas comenzaba a clarear, los primeros rayos de luz intentando cruzar las espesas nubes que presagiaban un día de lluvia, cuando José regresó a la casa de la hacienda.

-*Están levantando el campamento.* Anunció. *Jesú María y Rafaé los tienen avistaos.*

-*José, regresa y cuando veas que están listos para montar los caballos, los tres hacen ruido y trata que los vean, eso sí a buena distancia para que no les vayan a dar un tiro. Luego, siempre dejando un buen espacio, se vienen hacia la hacienda. ¿Me entiendes? Lo que quiero es que los sigan y cuando estén a tiro, los emboscamos.*

El mulato sonrió y movió la cabeza asintiendo.

-*Mientras no me vayan a pega un tiro aquí…*

-*No te preocupes, nadie usará las armas hasta que ustedes no hayan entrado al patio, por eso es que debes mantener distancia con los bandidos, para que tengas tiempo de meter los caballos en el corral y ponerte con Jesús María y Rafael detrás del nuevo parapeto donde estará Matías. La señal para disparar la dará Matías. ¿Está bien claro? Ahora regresa y le das las órdenes a los otros dos.* Dijo Carlos Roberto.

-*A sus órdenes, jefe.* Contestó el mulato, haciendo un remedo de saludo militar y sin soltar la brida del caballo.

Ya estaba claro y comenzaba a lloviznar cuando José y sus dos acompañantes regresaron galopando. Entraron al corral, desmontaron y corrieron hacia el parapeto donde Matías los ubicó. El ruido de los caballos fue la primera señal. Carlos Roberto miraba hacia la colina esperando que Quiroga diera la señal tan pronto estuvieran los guerrilleros a la vista. De pronto, entre la vegetación de la colina vio el trapo amarillo agitándose y lanzó un agudo silbido que alertó a Matías.

El Gavilán hizo una señal y sus hombres se detuvieron. La casa de la hacienda estaba a la vista. Encarnación Carreño la recordaba y le pareció extraño que no hubiera ningún movimiento. Habían seguido a los peones y esperaba que hubiera alguna agitación alrededor de la casa.

-*Ya están aquí.* Dijo Carlos Augusto en voz baja. *Pero hay demasiado silencio y van a sospechar que les tenemos una emboscada.*

-*Voy a tomar dos caballos y con Artemio cruzaré el patio hasta el almacén y luego regresaré caminando.* Respondió Guillermo.

-*Buena idea. Pero no irás tú, estás muy débil. Que vaya Artemio con Miguel y dile a Inés que está escondida en la casa que se ponga a cantar y haga ruido con las perolas de la cocina. Que le ponga paja húmeda al fogón para que salga humo.*

Guillermo entró en la casa después de instruir a Artemio y a Miguel. Cuando estos comenzaron a cruzar el patio ya se escuchaba la aguda voz de María y el humo salía por la ventana de la cocina y la estrecha chimenea.

El Gavilán observó la silueta de los hombres con los caballos y escuchó tanto la voz de María como el ruido que la mujer hacía en la cocina. Le llegó el olor del humo. La llovizna estaba arreciando. Decidió atacar, era posible que los peones estuvieran dispersos en los campos y estaba casi seguro que la familia Carvallo, como otros hacendados de la zona, se había ido a Caracas. Por lo que sabía, en *Altagracia* podían encontrar un buen botín. Levantó el sombrero con la mano izquierda y ordenó a sus hombres avanzar hacia la casa. Matías los vio y se armó de paciencia. El nutrido grupo, con los caballos al trote y formando cinco hileras irregulares comenzó a pasar frente a sus ojos. Cuando los primeros diez habían pasado levantó su pesado rifle y le entregó una de las pistolas a José María. Dispararon casi simultáneamente. De inmediato lo hicieron Quiroga y sus hombres desde la colina y otros dos disparos salieron de la copa del Samán. Tres guerrilleros se desplomaron con la primera andanada que les llegaba desde los lados y antes de poder controlar los caballos y contestar el fuego, las dos primeras hileras recibieron de frente los cinco disparos que salieron del parapeto. La rutina, como había sido prevista se repitió casi de inmediato mientras los cargadores reponían pólvora y munición en las armas que primero habían sido disparadas. El Colt de Matías tenía suficiente alcance y disparó tres veces mientras Artemio cargaba el rifle. Seis caballos y nueve de los hombres del Gavilán habían caído cuando las dos báculas, con su estruendoso ruido los bañaron con trozos de plomo y puntas de clavos viejos.

El Gavilán y sus hombres estaban confundidos. Los disparos llegaban de cuatro sitios distintos y ellos estaban a descubierto. Dos de los hombres se protegieron detrás de los caballos caídos y comenzaron a devolver el fuego, pero los que estaban en la retaguardia comenzaron a retroceder. El hijo de Quiroga abatió a uno de los que había encontrado protección detrás del caballo y Matías a otro que, al retroceder, quedó expuesto frente al segundo parapeto. Los hombres del Gavilán comenzaron a disparar, pero la agitación de los caballos y la lluvia, cada vez mas intensa, no les permitía apuntar con precisión.

Carlos Augusto apuntó con cuidado, el hombre del sombrero había entrado al patio encabezando al grupo y posiblemente era el jefe. El hombre haló con fuerza la brida para hacer que el caballo se alejara del patio y giró en la dirección por donde había llegado. La bala lo alcanzó en la mitad de la espalda y se desplomó. En completo desorden los guerrilleros se alejaron al galope de la casa hacia los potreros. Trece de ellos estaban tendidos en el suelo y dos, que habían perdido caballo y fusil, estaban arrodillados y con las manos en alto. José corrió hacia el almacén y montó en su caballo siguiendo, a razonable distancia, a los hombres que huían, mientras que Carlos Augusto ordenaba que amarraran a los dos soldados.

Siete muertos y seis heridos habían sido las bajas de los federalistas, mientras que entre los defensores de *Altagracia* sólo había un herido: un peón en medio de la agitación le había dado un balazo en el pié derecho a uno de sus compañeros. José siguió a los hombres en fuga que después de cabalgar por unos minutos se reagruparon en la hondonada donde habían pernoctado. Allí recogieron a toda prisa el resto de la comida y otros pertrechos. A mediodía y bajo un intenso aguacero comenzaron a subir las colinas rumbo al Sur. José regresó con la información y Carlos Augusto envió al hijo de Quiroga, junto a José y otros dos peones que conocían bien la zona para que se aseguraran que los guerrilleros se estaban alejando de la hacienda.

-Don Carlos, venga a ver a quién tenemos aquí. Dijo Quiroga.

Carlos Augusto caminó hacia Quiroga que tenía un pie sobre el pecho de uno de los caídos.

-Está bien muerto, es El Gavilán.

-Creo que era el jefe, yo le disparé en la espalda, pero no lo había reconocido.

-Debemos informar en La Victoria de lo que aquí ocurrió. También debemos llevarnos los muertos y los heridos. Hay que pedirle a padre que dé una misa y al jefe de la guarnición que se ocupe de los heridos y los prisioneros. Agregó Matías.

-A Dios rogando y con el mazo dando. Sentenció Guillermo con algo de un humor que Matías no apreciaba mucho.

Inés y María le quitaron las alpargatas a Juvencio y le limpiaban la herida con agua recién hervida y aguardiente, mientras Leoncio, el que torpemente había soltado el tiro le pedía disculpas.

-Pendejo, me volaste un dedo. Dijo Juvencio con una sonrisa mientras disfrutaba de la atención de las dos mujeres.

28

El umbral

Caracas, diciembre de 1860.

Las lluvias se había prolongado ese año y Caracas estaba brumosa. La neblina descendía todas las tardes y bañaba a la ciudad con una fina llovizna que abatía el ánimo y obligaba a buscar ropa más abrigada que la usual. Guillermo murió un gris 13 de diciembre rodeado por toda la familia. Tenía 57 años y cuando cerró los ojos estaba acompañado por Albertina, Mariana y sus cuatro hijos: Guillermo, el mayor que había viajado desde Curazao, donde trabajaba con su tío, José Rafael, Albertina y Ernesto. Albertina y Mariana llevaban días alternándose, día y noche, en la habitación del enfermo y luego Cristina se les unió. Todos esperaban el fatal desenlace, desde mediados de noviembre estaba postrado y tres días antes había perdido el conocimiento consumido por una pulmonía. A pesar de la pertinaz llovizna, el velorio y el entierro estuvieron muy concurridos, no sólo los numerosos familiares y amigos, sino otros que, después de la trifulca de Altagracia, que algunos llegaron a designar como batalla, admiraban la gesta de los tres hermanos.

Albertina, Mariana y Cristina, vestidas de riguroso negro, recibían las condolencias sentadas junto al ataúd acompañadas por la silenciosa Alicia. Los hombres rodeaban a Carlos Roberto, a los cuatro hijos de Guillermo y a Fernando en el patio y esperaban la llegada de Gustavo. En la sala, Matías, junto al párroco de la Candelaria que se había quedado después de la visita del Obispo y el oficiante de la Catedral, rezaban acompañados por Rosa, Amparo y Marianita y varias amigas de Albertina. El presidente Manuel

Felipe Tovar llegó al atardecer acompañado por una pequeña guardia, dos ministros y varios diputados. Carlos Roberto lo atendió y Tovar, que no lo había visto en varios meses, después de darle el pésame lo felicitó por la derrota infringida a los rebeldes en *Altagracia.*

-En Maracay y La Victoria se sigue hablando de su habilidad como militar. Yo necesito hombres como usted para mandar las tropas del gobierno. Dijo Tovar

-Su Excelencia. Contestó Carlos Roberto con cortesía. *Aprecio su reconocimiento, pero soy hombre de paz. No hice otra cosa que defender la propiedad y sus habitantes. Yo no sabría que hacer al mando de una tropa regular.*

-Don Carlos, aquí ya no hay nada que se parezca a una tropa regular. Por eso es que su coraje y capacidad de improvisar frente a una banda es tan importante. En los últimos meses hemos tenido como cien escaramuzas con la participación de cien y hasta trescientos hombres. Desde el Sur de Valencia hasta el borde de los Andes todo es una desgracia. Saquean haciendas, violan mujeres, se roban el ganado. Cada día se arruina más el país. Es un círculo vicioso, entre menos haciendas productivas, más desocupados que se unen a los federalistas o buscan trabajo como soldados en nuestro ejército. Dijo Tovar insistente.

-No nos juzgue mal Su Excelencia, todo lo que dice es cierto. Por eso mismo es importante que algunos sigamos dedicados a la producción o al comercio y así, cumpliendo con lo que sabemos hacer, generamos empleo. Además, con el primo Víctor que ahora es Coronel, ya estamos dando nuestra cuota. Contestó Carlos Roberto, ahora acompañado por Matías y Guillermo Andrés, el hijo mayor de Guillermo.

-Su Excelencia. Intervino Matías. *¿Sabe como mejoraría la situación y se ganaría la guerra? Pues haciendo lo que mi padre y mi hermano han propuesto por años. Hay que desarrollar industrias a la par de la agricultura. Construir vías férreas y caminos. El país necesita haciendas para comer, pero más que eso hay que mirar lo que están haciendo en Europa y en el norte de los Estados Unidos de Norteamérica. La industria es la solución.*

Tovar, con su aire aristocrático, lo miró con interés por un instante, pero luego los problemas urgentes que lo abrumaban ocuparon su mente.

-*Mi buen amigo.* Le contestó con cortesía y cierta displicencia. *No le falta razón, pero las condiciones del país son muy difíciles. Lo primero que necesitamos son buenos hombres en el gobierno y esos son escasos.*

-*Lo mismo decía Páez en el 34 y lo repetían los Monagas. Creo que Bolívar también escribió cartas. Me parece que es como el perro que se muerde la cola. Para mejorar el país se necesitan buenos hombres en el gobierno, pero para que eso ocurra, es necesario que los buenos hombres sean mayoría entre la población.* Acotó Carlos Roberto.

Quintero entró a la sala con cierta premura, saludó, dio el pésame a los hermanos y le susurró algo al Presidente. Ambos se excusaron y abandonaron la casa con bastante prisa. Carlos Roberto miró a Matías y comentó:

-*¿Qué le habrá dicho que salió con tanta premura?*

Juan del Río que había escuchado la conversación se acercó a los hermanos y comentó con cierto cinismo.

-*No me sorprendería que le haya informado que ya no es Presidente, que mientras estaba aquí, algún truhán se apropió de los dineros del Estado o que le robaron la silla, porque así están las cosas en éste país ¿Saben quién se ha juntado a los federalistas? Pues nada menos que el hijo de Antonio Leocadio, a ese carajito lo conocí hace unos años y ¿saben algo? Pues es tan sagaz como el padre y además muy ambicioso. Me excusan, voy a acompañar a Cristina y a las señoras.*

Gustavo no llegó a tiempo para el entierro que se efectuó en el Cementerio de la Catedral, pero sí para la misa de difuntos que ofició el Arzobispo Silvestre Guevara y Lira, con quién Juan del Río tenía una peculiar amistad. Más aún, fue gracias a esa amistad que Juan logró que Guillermo fuera enterrado allí, ya que en el pequeño cementerio casi no existían áreas disponibles. Gustavo trajo noticias de los federalistas ya que Curazao, así como St. Thomas y otras islas eran sitios de reunión, venta de armas y otros pertrechos.

Falcón, después de la derrota de Coplé pasó varios meses en las Antillas buscando recursos para regresar a Venezuela y Gustavo comentó que lo había visto en un par de oportunidades y hasta había hecho amistad con su cuñado, Jacinto Pachano. No mencionó el hecho de que esa amistad había nacido en el curso de una transacción con la Casa Van Linden que incluía la importación de unos fusiles alemanes, tenía en mente hablar con Tovar para ofrecerle armas, entre ellas un lote de fusiles Remington, idénticos a los que estaban empleado en el ejército del norte en los Estados Unidos.

Altagracia, noviembre de 1861.

Guillermo Andrés y su joven esposa, Manuelita Guevara, se mudaron a *Altagracia* a mediados del año para satisfacción de Carlos Roberto que necesitaba ayuda en la hacienda. Mariana, a pesar de la oposición de los hijos, decidió regresar con el presentimiento que después de la escaramuza del año anterior, ningún grupo de irregulares se atrevería a volver a la parte oriental de los valles de Aragua. Su presentimiento había sido acertado y mientras que al Oeste y al Sur, en los Llanos, los hombres se mataban, el ganado desaparecía y la miseria aumentaba, las haciendas de los valles centrales progresaban por el aumento de precios y la escasez de alimentos que afectaban a las principales ciudades. El progreso era evidente desde El Palmar, Santa Teresa y Altagracia en la zona oriental de los valles, hasta la hacienda de Páez y las antiguas propiedades de Casa León cerca de Maracay. Federico Vollmer había mostrado ser tan buen administrador como músico, la familia Tovar mantenía bien sus propiedades y hasta en San Mateo, la antigua hacienda de los Bolívar, se observaba cierta recuperación. En los Andes también había paz, la superficie sembrada de café aumentaba y sobraban manos porque de los Llanos huían familias enteras buscando sustento en las tierras más elevadas.

Mariana sumaba su propia experiencia en la administración de la casa, a la que había heredado de María Antonia. Tanto sus hijos, como los mayores, comenzando por Carlos Roberto, encontraban en ella la misma disposición, el manejo de las tradiciones y la habilidad para propiciar unión y equilibrio entre todos. Con excepción de sus rodillas, nada de su cuerpo mostraba que pronto cumpliría 80 años y en las reuniones familiares todos disfrutaban de las historias, unas basadas en su propia experiencia y otras en la de gente que había conocido durante la Guerra de Independencia. Pero quizás lo que más admiraban era su capacidad para recordar los cumpleaños, no sólo de cada uno de los hijos de Carlos Augusto, sino también de los nietos y los sobrinos. Ocultaba con celo el papel donde había registrado cada uno de los nacimientos y que revisaba religiosamente el día primero de cada mes, disfrutando de los elogios por su buena memoria. Una vez hasta confesó el pequeño engaño y pensó en hacerlo conocer, pero el cura de La Victoria hizo que desistiera:

-Doña Mariana, eso no es pecado y le hace bien a todos. Guarde su mentirita blanca, que en ésta parroquia tanto Dios como yo, tenemos cosas graves de que ocuparnos.

Cada dos meses, con toda regularidad, Matías venía a visitarla. Su hacienda también progresaba y alejada de los caminos principales, no había tenido que lamentar ningún incidente. Ya estaba exportando algo de café hacia Curazao y había construido una hermosa capilla de techo abovedado junto a la casa. Además, a través de algunos comerciantes de Puerto Cabello, había conseguido tallas españolas y mexicanas de varios santos, así como candelabros y otros adornos eclesiásticos que le daban a la capilla un aire muy especial. Cuando la terminó, en agosto de ese año, efectuó una reunión familiar a la que, pese a la distancia, logró que asistieran Mariana, Rosa, Marianita, Augusto y Carlos Roberto.

Caracas, 1861

Tovar había renunciado a la presidencia en mayo a pesar de haber sido electo con una gran votación. Juan del Río comentaba que ese parecía ser el destino de Venezuela:

-*Aquí los civiles renuncian y los militares se aferran al poder.*

-*Pero es que son tiempos de guerra y necesitamos a los hombres de armas.* Comentó Víctor que seguía confiando en que Páez resolvería los problemas.

-*Víctor, tu ya no piensas como civil.* Le recriminó Juan del Río.

-*Don Juan.* Interrumpió Carlos Roberto. *Víctor es un militar y pronto será General, Páez confía mucho en él.*

-*Yo también confío en Víctor, en quien no pongo confianza alguna es en Páez y en las circunstancias.*

-*Pero él ya probó su capacidad. Lo que necesita es que le den todo el poder.* Argumentó Víctor.

-*Eran otros tiempos y otras condiciones. En el año 28 había un gran vacío y Páez lo llenó, ahora hay cien caudillos locales, cada uno con su propio objetivo. Falcón no pudo llenar los zapatos de Zamora y por el bando conservador tampoco hay unidad.* Respondió Juan con cierta terquedad y luego trató de cambiar el tema de conversación.

-*Recibí un libro que está causando gran perturbación en Inglaterra y anoche terminé de leerlo. Su autor es Charles Darwin y trata sobre el origen de las especies. El escritor ha puesto de cabeza a Europa negando las ideas sobre la creación y propone que una fuerza de la naturaleza, que él llama selección natural, moldea a los organismos a lo largo del tiempo.*

-*¿Niega el papel de Dios?* Preguntó Carlos Roberto.

-*Yo no diría eso, pero si cuestiona la creación del mundo en siete días o las ideas de creaciones sucesivas de Cuvier. Creo que piensa que esos días bíblicos son más bien eras, lapsos muy prolongados. No lo he digerido del todo, pero me parece que tiene ideas como las de Compte que asegura que las sociedades van evolucionando paso a paso.*

-Entonces Juan, ¿si estos dos caballeros tienen la razón no podemos hacer nada para cambiar este estado de cosas? ¿Debemos sentarnos a esperar que los organismos y las sociedades cambien a través de eones? Preguntó de nuevo Carlos Roberto.

-No estoy seguro de haber entendido a profundidad ni a uno, ni al otro. Tampoco estoy seguro que podemos tomar esas ideas y usarlas para explicar lo que ocurre en éste país. Lo que he concluido de la lectura de ambos es que no debemos estar esperando milagros, que las cosas cambian de acuerdo a ciertas leyes naturales. Agregó Juan.

-Pero los hombres hacen que las cosas cambien. Señaló Víctor con cierta timidez.

-Creo que eso es sensato mi querido Víctor, yo no soy ni seré nunca un fatalista. Así como un hombre puede labrarse su futuro, muchos hombre pueden cambiar el destino de un país. Napoleón es un buen ejemplo. Pero para que surgiera un Napoleón en Francia, era necesario que existieran ciertas condiciones. Concluyó Juan del Río.

-Inglaterra con industria y ferrocarriles es un país distinto al del siglo XVIII ¿Por qué el nuestro no puede cambiar con rapidez? Preguntó nuevamente Carlos Roberto.

-Porque somos una nación de ignorantes. Sentenció Juan del Río sin vacilación.

Caracas, noviembre de 1861

Aunque el día estaba soleado y la temperatura agradable, el general Páez miraba por la ventana hacia la plaza mientras que pensaba que debía hacer. Su postura reflejaba el estado de ánimo, los hombros estaban caídos y el vientre reflejaba sus debilidades ante una buena mesa. Estaba consciente de la responsabilidad que había asumido. Regresó de Nueva York con el claro propósito de ocupar de nuevo la primera magistratura y lo había logrado, pero alcanzada la meta, descubrió que sus sentimientos eran distintos. No tenía aquella disposición de montarse en el caballo y arengar a sus tropas como treinta años atrás, tampoco percibía que sus palabras tuviesen el impacto del pasado sobre sus colaboradores. Algo parecido al cansancio lo dominaba, sentimiento que compartían también los conservadores que lo habían llamado. La guerra se prolongaba, ambos bandos estaban agotados, no surgía la oportunidad de una gran batalla, ni tenía los recursos para armar un ejército eficiente.

No es la edad, pensó, tengo 71 años, pero no me siento como tal, aún tengo energía, pero entonces, ¿Qué ocurre? Tampoco es el poder, me lo han otorgado casi sin límites. Debe ser la falta de ideas: si me derrotan los federalistas o si yo triunfo sobre ellos ¿Qué vendrá luego? Tocaron la puerta con discreción, por el número de cortos golpes, dedujo que era su asistente. Antes de permitir la entrada del mismo llenó de aire los pulmones, enderezó la espalda y levantó la cabeza. Debía mostrar una buena actitud frente a sus subordinados. Con voz fuerte, para que se escuchara del otro lado de la pesada puerta, le indicó a su asistente que podía pasar.

-General, llegó la respuesta del señor Antonio Guzmán Blanco. Dijo el Capitán mientras le extendía a Páez el sobre. Lo abrió con impaciencia y recorrió la breve misiva con ansiedad. Esperaba otra respuesta, la carta era breve, precisa y fría. Guzmán, representando a Falcón, aceptaba reunirse con Páez, pero era posible leer entre líneas una posición de fuerza que el General no esperaba. Se había hecho la ilusión de que el cansancio entre los liberales era tan grande como el suyo. Una breve reunión con Rojas sirvió para fortalecer la posición que llevaría y para definir dónde se reunirían. El Campo de Carabobo era un buen sitio, allí Guzmán estaría en desventaja, el Campo había sido escenario de su gran éxito militar. Después de un ligero almuerzo, contestó la misiva estableciendo el sitio y el día, sería el 8 de diciembre. Cuando la firmó pensó que sería extraordinario anunciar la paz que todos deseaban antes de las festividades navideñas, eso, sin duda, fortalecería su posición.

La reunión con Rojas sirvió para que el General descargara algunas de sus preocupaciones.

-Escuche Rojas y no piense que los años en el norte me han cambiado. Cuando tuve la responsabilidad de dirigir a éste país,

todo parecía ser un desastre. No funcionaban los jueces y casi no existían policías. Recaudar impuestos era una tarea muy ardua, unos no querían pagar y la mayoría no tenía con que hacerlo. Pero algo quedaba del orden colonial. Ahora el abuso de autoridad es una enfermedad, los policías son los príncipes de la corrupción, los jueces, en su mayoría, unos bandidos y cualquiera con media docena de hombres armados se hace llamar Coronel y hace lo que le da la gana en cualquier pueblo, desde robarse el ganado, hasta tomar por la fuerza a las jovencitas ¿Cómo se gobierna un país como el nuestro? Preguntó Páez.

-No todo es malo General. Existe gente buena. Dijo Rojas tratando de apaciguar a Páez.

-Haría falta la lámpara de Diógenes para encontrarlos y cuando te topas con alguno, se niega a participar en cualquier acto de gobierno. Pero los pillos están tocando la puerta todo el tiempo para que les otorguen su cuota de poder. Escuche Rojas, ahora los liberales están hablando de otra Asamblea y una nueva Constitución ¿Acaso otra Constitución va a cambiar a la gente?

-No sé General, quizás se pueda mejorar algo…

-Rojas, los ingleses ni siquiera tienen algo parecido a Constitución y se han convertido en un gran imperio. Los norteamericanos tienen una con una docena de artículos y pareciera que les basta. Aquí queremos legislar todo y al final no hay control sobre nada. Lo peor es que yo soy uno de los grandes culpables.

La Guaira, agosto de 1863.

Felipe y Nicolás regresaban de Francia poco después del acuerdo firmado por los dos bandos en la Hacienda de Coche. Carlos Roberto y Cristina fueron a La Guaira a recibir a sus hijos que, con las dificultades esperadas, habían viajado primero de Cádiz a Nueva York, luego a La Habana y finalmente, hacían el último trecho en el pequeño velero que estaba haciendo la última maniobra antes de atracar en el bastante deteriorado muelle de madera. La pareja caminaba lentamente bajo el inclemente sol de agosto hacia el punto en el cual les habían indicado que descenderían los pasajeros.

Varios hombres con sucios calzones que alguna vez habían sido blancos y torsos desnudos y brillantes por el sudor, estaban listos para iniciar la descarga del velero tan pronto descendiera el reducido número de pasajeros esperados. A un lado, los bultos que serían cargados mostraban que la escala del velero sería muy breve. Escucharon pasos a sus espaldas y Carlos Roberto giró la cabeza y se detuvo. El general Páez seguido por una comitiva de unas diez personas, caminaba en la misma dirección que ellos. Carlos Roberto le comentó a Cristina en voz baja:

-Páez viene detrás de nosotros. Vamos a saludarlo.

El General los reconoció y levantó la mano saludando. Carlos Roberto lo observó sin encontrar huella alguna de la derrota en rubicundo rostro. Llevaba con garbo su uniforme militar y parecía más alguien en disposición de hacer un viaje de placer, que un depuesto presidente encaminado hacia otro exilio. No lo había visto en más de un año, de hecho pocos días después de la fallida reunión con Guzmán Blanco cuando Páez rechazó la propuesta de convocar una Asamblea y hacer un gobierno provisional con dos ministros liberales y dos conservadores. Con una sonrisa en los labios y paso enérgico los alcanzó.

-Mis queridos amigos. No me digan que han venido a despedir a éste viejo General. Dijo Páez extendiéndole la mano a Carlos Roberto, mientras inclinaba la cabeza en un cortés saludo a Cristina.

-General, le mentiría si le digo que sí. La verdad es que sabíamos que usted viajaría, pero no cuando. Estamos aquí para recibir a nuestros hijos.

-¿Qué edad tienen? Los recuerdo de niños, ya deben ser unos jovencitos.

-En efecto General, Felipe cumplirá pronto 23 y Nicolás 21. Contestó Cristina.

-¿Saben algo? He conocido cuatro generaciones de Carvallos. Aún me acuerdo de su abuelo durante la Guerra de Independencia y naturalmente de su padre. También recuerdo la velada que compartimos en Nueva York, ahora voy de regreso y por favor, si algún día se le ocurre viajar hacia el norte, no deje de visitarme

¿Será que me estoy poniendo viejo? Preguntó Páez sin esperar respuesta.

Carlos Roberto decidió ser cortés y respondió:

-General sabemos que edad tiene, la misma de Juan del Río, ambos son del 90, pero yo desearía tener el mismo aire juvenil que los caracterizan cuando llegue a esa edad. Como verá, a mí también se me está poniendo blanco el pelo.

-Dígame Don Carlos, ¿cómo está Doña Mariana? ¿Qué me dice de esa extraordinaria hacienda que es Altagracia? ¿Y su primo Víctor? Preguntó Páez en rápida sucesión.

-Con algunos achaques, pero lleva muy bien sus ochenta años y sigue siendo nuestra inspiración. Gracias por preguntar. La hacienda está, gracias a Dios, muy bien. Víctor ha regresado a su comercio y lamenta todos los días la forma en que se han desarrollado los acontecimientos. Contestó Carlos Roberto.

Páez sintió de pronto la necesidad de explicar sus actos. Los Carvallo habían sido honestos con él y Víctor un incondicional hasta el último momento.

-Escuche Don Carlos, estoy por embarcarme y quién sabe si lo veré de nuevo. Ahora que estamos en el umbral de un nuevo tiempo hay algo que quiero confesarle. Recuerdo que a fines del 61 usted, sus hermanos, Juan del Río y otras personas me hicieron llegar una nota sugiriendo que pactara con Falcón y Guzmán. Yo reaccione mal, quizás me equivoqué, no descarto que ustedes podrían haber tenido razón. La guerra duró por más de otro año y ahora me voy sin haber podido cumplir, se logró la paz entre los bandos, pero el país sigue hundido en la anarquía y poco será…

-¡*Ya están desembarcando los pasajeros*! Dijo Cristina emocionada, que aunque escuchaba a Páez, no había dejado de mirar hacia el barco donde venían sus hijos.

-Vayan no más, vayan a recibir a sus hijos. Dijo el General moviendo la mano en dirección hacia el barco que poco después lo llevaría hacia el exilio.

Los protagonistas

Además de los integrantes de la familia Carvallo, sus parientes, amigos y conocidos, en su mayoría ficticios, la novela hace referencia a un elevado número de personajes, algunos famosos por el papel de jugaron en la historia. Entre ellos destacan:

Aberdeen, Adams, Addington, Agüero, Álamo, Alegre y Cavo, Alva, Alvarado, Álvarez, Andrés, Anjou, Araóz, Arce, Argaín, Arismendi, Aristeguieta, Arizábalo, Armstrong, Árvelo, Arvide, Astor, Austrias, Averroes, Ávila, Azteguieta, Azuero, Bacon, Baker, Balmis, Barbanegra, Basalo, Beldden, Belhay, Bello, Belon, Berástegui, Bergood, Berindoaga, Bermúdez, Beroes, Berthier, Biassou, Billops, Blanco(s), Blandain, Bocaccio, Boggiero, Bolívar(s), Borbones, Borges, Boukman, Boves, Briceño(s), Brion, Brissot, Broglie, Bucareli, Bull, Buroz, Burr, Butler, Cabrera, Cadoudal, Cagigal, Calderón de la Barca, Calonne, Calzadilla, Camacho, Campins, Campuzano, Canterac, Carabaño, Carbonell, Cardozo, Caribens, Carlos III, Carlos IV, Carnot, Caro, Carreño, Carujo, Casa Irujo, Casa León, Castellanos, Castelreagh, Castro y Araóz, Castro, Catalina de Rusia, Cedeño, Cervera, Cervériz, Cevallos(s), Chautebriand, Cheney, Chirino, Chirinos, Clavijero, Clemente, Cochrane, Codazzi, Coll y Prat, Colón, Condorcet, Cortés de Madariaga, Cortínez, Croix, Cromwell, Drake, Dayton, de Casas, de León, De Rouvay, de Segur, de Torres, de Vigo, Dehollain, del Alcázar, del Toro, Del Valle, Depons, Dessalines, de la Madrid, Díaz(s), Diderot, Diez Madroñero, Dorantes de Carranza, Dupont, Duque de Alba, Durning,

Edsall, Eduardo, Emparan, Enghien, Escalona, Escorihuela, España, Espejo, Falcón, Fajardo, Farghnarson, Febres Cordero, Felipe II, Ferguson, Fernández de León, Fernando de Aragón, Fernando VII, Ferris, Gardner, Fierro, Figueroa, Flores (s), Fortique, Fouché, Francier, Francia, Francois, Galaguera, Galindo, Gallardo, Gámez, García, Garci-González de Silva, Garibay, George, Godoy, Gómez, González, Gore, Gual, Guerrero, Guevara Vasconcelos, Guevara y Lira, Guillelmi, Guzmán, Guzmán Blanco, Habsburgos, Hamilton, Hannon, Harvey, Hawke, Hawkins, Haydn, Henry, Heredia, Hernández, Hilsop, Hall, Hodgson, Huddle, Humboldt, Ibarra, Isabel la Católica, Isnardy, Iturbide, Iturbe, Iturrigaray, Jalón, Janot, Jeanot, Jefferson, Jeréz, Johnson, Key, King, Kirkland, L' Overture, L'Olonais, La Condamine, La Granja, La Taza, La Torre, Lafayette, Lamannon, Landaeta, Lander, Lanz, Lardizábal, Laveaux, Lavoisier, Lax, Leclerc, León de Urbina, Lewis, Level de Goda, Locke, López de Cevallos, López de Quintana, López Méndez (s), López (s), Loppenot, Losada, Lovera, Luis XIV, Machado(s), Madison, Madriz, Maimónides, Manrique, Maquiavelo, Mariño, Martí, Martín, Matos, Mayorga, McGregor, McLane, Medrano, Melo, Melville, Mendoza(s), Mengual, Mérida, Michelena, Mier y Terán(s), Mijares, Mirabeau, Miralles, Miranda, Mohedano, Moliere, Monagas (s), Moncey, Monserrate, Montesquieu, Monteverde, Montilla(s), Monzón, Morales, Morgan, Morillo, Moro, Mosquera, Moxó, Muñóz Tebar, Napoleón, Narvarte, Navarrete, Núñez de Haro, O´Higgins, O'Donoluce, O'Leary, Ogden, Olano, Olavide, Oliva, Olivares, Orrendain, Otis, Owen, Pacheco,

Padilla, Páez, Palacio, Palacios(s), Pau, Paúl, Pedro de Portugal, Pedroza, Pelgrón, Peña, Perú de Lacroix, Petion, Piar, Pichegru, Picornell, Picton, Pitt, Planas, Plaza, Ponte(s), Popham, Potemkim, Powell, Pozo, Pressis-Praline, Primo de Verdad, Pufendorf, Punceles, Quer, Quero, Quintana, Quintero, Raynal, Réamur, Rembrandt, Rengifo, Revillagigedo, Ribas(s), Rico, Riquelme, Riva, Rodríguez del Toro, Rodríguez(s), Roebuck, Rojas, Romana, Romero de Terreros, Roscio, Rosencreutz, Rousseau, Rubio, Rufus, Rusiñol, Salas, Salias(s), Salom, San Javier, Sánchez, Santander, Sanz, Sarmiento, Sigüenza y Góngora, Silva, Smith(s), Socarrás, Sojo, Mijares(s), Solano, Sor Juana Inés, Sosa, Soublette, Stevens, Sucre, Talamantes, Tallyerand, Tamariz, Tejera, Tellería, Texera, Todd, Toro, Torres, Touissant, Tovar(s), Trelawney, Turnbull, Turner, Unzaga y Amezaga, Urbaneja, Urdaneta, Urreztieta, Ustáriz(s), Valiente, Vallenilla, Vansittart, Vargas, Vasco de Quiroga, Vatel, Verois, Veroes, Villarette, Villegas, Vizcardo, Vollmer(s), Volta, Voltaire, Washington, Wedgwood, Wellesley, Wellington, Wilberforce, Whitlocke, Xedler, Yanes, Zamora, Zuazola, Zubillaga y Zuloaga.

(s): Más de una persona citada con el mismo apellido.

Earth edition

www.ingramcontent.com/pod-product-compliance
Lightning Source LLC
LaVergne TN
LVHW091030080826
845145LV00002B/437